大地的记忆

《黄河文学》生态散文作品集·1

代晓宁 主编

《黄河文学》编辑部 编

天津出版传媒集团

百花文艺出版社

图书在版编目（CIP）数据

大地的记忆 / 代晓宁主编；《黄河文学》编辑部编
. -- 天津：百花文艺出版社，2024.6
（《黄河文学》生态散文作品集；1）
ISBN 978-7-5306-8816-8

Ⅰ.①大… Ⅱ.①代… ②黄… Ⅲ.①散文集-中国
-当代 Ⅳ.①I267

中国国家版本馆 CIP 数据核字(2024)第 085433 号

大地的记忆
DADI DE JIYI

代晓宁　主编

出 版 人：薛印胜
责任编辑：王　燕　徐　姗
装帧设计：彭　泽
出版发行：百花文艺出版社
地址：天津市和平区西康路 35 号　邮编：300051
电话传真：+86-22-23332651（发行部）
　　　　　+86-22-23332656（总编室）
　　　　　+86-22-23332478（邮购部）
网址：http://www.baihuawenyi.com
印刷：天津海顺印业包装有限公司
开本：710 毫米×900 毫米　1/32
字数：210 千字
印张：10.625
版次：2024 年 6 月第 1 版
印次：2024 年 6 月第 1 次印刷
定价：68.00元

如有印装质量问题，请与天津海顺印业包装有限公司联系调换
地址：天津市东丽经济技术开发区五纬路 62 号
电话：(022)84840016
邮编：300300

目录

贺兰山下（外一篇）

◎ 李青松

贺兰山下。

葡萄葡萄——这是一种怎样的植物？能挺立，能倒钩，能攀缘，能扭曲，能旋转，能腾蹿，能垂挂，能抛掷。葡萄葡萄，该蓬勃昂扬时蓬勃昂扬，该节制内敛时节制内敛。

大漠孤烟直，长长的驼队向我们走来。当初，张骞出使西域时是出于什么考虑，把种子带回并在这里种植的呢？它是如此奇异，如此不合逻辑。它从不与严冬争锋，从不对抗时令的律动。埋土培根，卧荒蓄能，偃藤息叶，深藏功名，舒展与隐忍兼备，刚烈与柔情集于一身。

葡萄葡萄，一架一架，一串一串，一粒一粒，青葡萄紫葡萄绿葡萄玛瑙葡萄。葡萄葡萄，是在倾听？是在静观？还是在想着什么心事？葡萄葡萄，葡萄里有贺兰山风的豪迈，有黄河水的野性，有星辰日月的倒影，亦有农人温暖的故事。

葡萄葡萄，当双手和时间创造出那个叫葡萄酒的美物，当橡木桶用魔法将有变成无，又将无变成有，无尽苍穹之下，葡萄的概念、内涵和边界,以及我们对自然的理解和认知便以多种可能向着广大饱满地延展。

这是贺兰山下的一座酒窖。窖壁是凝重的黄土垒砌的,窖顶窖棚则是由疙疙瘩瘩的葡萄藤排列并结构而成。我沿着台阶一格一格由高而低步入酒窖,酒香也就扑面盈鼻了。

葡萄酒从来就不是速成品,它醇厚的性格里有世间的人情冷暖和悲欢离合。我在一个百年橡木桶前驻足。凝视橡木桶表面上岁月留下的印痕和疤纹,用手轻轻抚摸着它的外侧,似乎感受到了时间和记忆的温度。

为什么用橡木桶灌装葡萄酒窖藏呢?别的木材纤维或者太软,或者太硬,只有橡木纤维软硬适中。制作橡木桶是一件很麻烦的事,木条要晾晒三四年才能加工,箍桶的过程几乎全部是用手工来进行。橡木桶都是椭圆形的,这样的容器能够和空气充分接触。葡萄酿造出的酒,装桶里经过"养性"之后,就芳香浓郁,口味诱人了。

若干年前,我曾访问过法国西贡扎克小镇,那里是著名的葡萄酒之乡。当地酿酒师朋友告诉我,装桶之前的葡萄酒一般在七十度以上,装桶后的酒在桶里至少要"养性"两年半的时间,长的能达到五十年。他说,橡木桶的作用至少有四个方面:一则让生酒的烈性在橡木桶里慢慢沉淀,滤掉杂质,降解脾气;二则通过橡木桶的透气性把生酒的粗鄙味道交换出去;三则让生酒把橡木的烤木味道融入进去;四则让时间把清新空气吸纳到酒里去。

我还了解到,葡萄酒装在橡木桶里"养性"的过程中,有百分之五的酒被挥发掉了。

其实,被挥发掉的酒并未消失,而是变成了酒菌,成为一种微生物,像苔藓一样蛰伏在酒窖四周的墙壁、木柱、门窗上,以及一些被人忽略的角落里。

出桶上市的葡萄酒,只有四十二度左右,弥漫着淡淡的香气,柔和而绵润,带给人浪漫的情调和无尽的想象。

贺兰山下的酒窖四周绿树葱茏,最多的是油松和榆树,它们相拥相抱,甚是欢愉。也有沙棘和柠条等灌木覆盖在外面窖顶的山体上。谁能说除了贺兰山和黄河之外,这些乔木和灌木,以及藤本植物和草构筑的小小生态世界,对酒性和酒的品质没有积极的影响呢?

是的,两千五百年前的老子没有见过葡萄,更没有喝过葡萄酒。然而,老子却说,万物负阴抱阳,冲气以为和。从生态角度来说,黄河就是阴,贺兰山就是阳,和就是生态系统的平衡吧。老子又说,万物生于有,而有生于无。这个无是什么?仰首贺兰山,一瞥黄河水,我自己问自己——知道吗?不知道。一个声音却说——无,就是道。道可道,非常道。

道涵养生态,生态涵养万物,也涵养葡萄酒的品质和境界。

在中国,葡萄版图有三分的话,宁夏占一分。在宁夏,葡萄版图有十分的话,贺兰山下占九分。

葡萄葡萄,当我牵动一片叶子的时候,葡萄藤蔓就微微颤抖了一下。一只鸟便从葡萄架下飞起,扇动着翅膀,消失在远处贺兰山的山影中。我忽然就悟出一点儿什么了——葡萄与葡萄酒总是与美的事物联系在一起呢。呃,贺兰山下,生长着爱与美,也生长着快乐与幸福。

山里人家

我们要去深圳大鹏湾滨海山区造访一户山里人家。

我们是沿着一条崎岖的山间小路进山的。路边是芭茅、芭蕉、柑橘、荔枝、龙眼、柚子,还有被农人忘了收割的挺立着的甘蔗。

走着走着,小路一分为二,一条向左,一条向右。该走哪条呢?——左!左左!带路的人不在前面,却在后面传来喊声。其实,这座山就在畲吓村的后面,野草野果灌木乔木横生,间或有几块农田,种着红薯、白菜、南瓜、萝卜、芋头。田垄上插了许多旗子,有红旗子,有蓝旗子,有白旗子。旗子懒洋洋的,无精打采,只是偶尔摇动一两下,就静了,呆了。一打问,旗子是防野猪野鸟的。野猪恐惧红色,看到红旗子就会远远躲开了;蓝旗子是防鸟的,有些鸟对蓝色敏感。然而,林子里照旧有鸟鸣深深浅浅,空中也有翅膀划过。白旗子吓什么动物呢?不得而知。我张了张嘴巴,想问问,可还是闭上了。

那户山里人家悬在山腰,很是有些苍古之气,给人一种恍若隔世的感觉。这是一户守山人家，是为八年前买下这座山的老板守山。

守山人叫焦水生。这座山有多少亩、多大面积呢？我问焦水生。不知道。他说。他真的不知道具体有多少面积，也从来没有丈量过，但知道这座山的四至和疆界在哪里。当初老板让他看守这座山时，带他走了一圈，却没有跟他交代清楚多大面积，只是说了一句山上有多少棵果树。不过，焦水生心里清楚，他的职责是守山巡山，确保那些果树不被人偷砍。

当初，在一个黄昏时，老板神色慌张地接了一个电话后就急匆匆地下山了。那是他见老板的最后一面，已经八年了，老板再也没有出现过。此间，他也没有拿到老板发的一分钱工资。但是，他说，既然已经答应了给老板看守这座山，就要看守下去。他相信，老板总有一天会回来的。

人，应该信守承诺。焦水生这么认为。他，尽职尽责，每天坚持巡山，风雨不误。八年过去了，山上的小树长成了大树，山上的果树没少一棵，山上的生态越来越好。

虽然老板没了踪影，没人给他发工资，但日子总要过下去。焦水生除了巡山外，在荔枝林里还养了几十只鸡，靠卖鸡蛋养家。后来就越养越多，现在居然养了七百余只。那些鸡在荔枝林里散养，吃虫，吃草芽，吃花蕊，吃露珠。还养了七十只鹅、五十只火鸡。狗呢，有七只大狗、五只小狗。大狗很少叫，小狗整天汪汪地叫个不停。

大狗是防贼用的,有一点儿动静就警觉地竖起耳朵,呼呼冲上去。浑身沾满草屑的小狗汪汪叫着,胡乱在后面跟着追,跌跌撞撞。

焦水生言语不多,朴实厚道。一九七六年出生。老家在茂名。中专毕业,学的是计算机专业。起初,在一家企业做技术员,后因一个老乡在深圳一家酒楼做大厨,就投靠他来深圳打工了。媳妇范月月,随后不久也跟过来了。范月月已经生了两个娃娃,大娃是男娃,二娃是女娃。我们一个也没见到,焦水生说,娃娃们都到山下的小学校上学去了。男娃十一岁,读小学四年级了;女娃七岁半,读小学二年级。墙上贴着数张镶着金边的奖状,看来,两个娃娃学习都很用功,成绩不妥。

居舍有点简陋,是依傍崖壁而建的简易住房。建筑材料就地取材,诸如石板、木头和竹竿,还有芭蕉叶、芭茅草等,都是出自山上原生态的自然之物。焦水生只是按照一定的生存需要和审美要求,把它们组合成了可以居住的空间而已。算不上高雅浪漫,但能遮风挡雨,安顿家人。

焦水生会多种手艺。不但精通计算机技术,修电脑修电器,还会做木匠和瓦匠活儿。更让人想不到的是,他居然还是一个骟匠——就是乡间那种劁猪骟羊骟驴的能人,也叫阉匠。一只手漫不经心地捏来捏去,找准雄性的睾丸部位,顷刻间,刀光一闪,那东西就被割掉了。然后,往流血的伤口上抹一把灶灰(有止血消炎作用),就算妥了。手脚麻利,功夫了得。

墙是土坯墙，墙面毛毛糙糙的、凹凸不平。墙上的木橛还露着白茬，木橛上挂着各种工具和农具。我能叫出名称的有锛、凿、斧、锯、瓦刀、卷尺、电钻，还有镰刀、锄头、叉子，几乎应有尽有。

外面屋顶上嵌着一块一块白亮白亮的太阳能板，把阳光蓄积起来，就成了电。于是，在这深山里，也就有了电灯，有了电视，有了电脑，有了网络。于是，这户孤独的山里人家，与外面的世界也就连在了一起。

一丛翠竹下停着两辆车，一辆是两轮摩托车，一辆是三轮农用车。山路如此崎岖狭窄，这三轮农用车是怎么开到山上来的呢？正当我疑惑地看着车轮轮纹里的泥巴和草屑时，车底下，簌簌地蹿出几只橘黄色的鸡，抖抖翅膀，咕咕地叫着飞到树上去了。

崖壁旁有一口水窖，青苔爬满窖壁。窖台上置着一个白铁盆，安静地倾听着鸟鸣和水声。盆里是刚刚洗过的小白菜，绿莹莹，水灵灵。一根竹管把山上的竹根水引下来，哗哗地通过竹管流进水窖里的水，四季不断，终年不歇。我近前，用瓢舀了一瓢清水，咕嘟咕嘟，痛饮之，甘洌，清凉，解渴。

崖壁下共有三口灶，大中小依次排列，烧的是木柴。灶上热气腾腾，飘着肉香。我们来时，焦水生正在做铁锅烧大鹅，额头上汗津津的，锅铲快速地翻动着锅里的鹅块。也放了些干辣椒，也放了些木姜子，也放了些啤酒。媳妇范月月正往灶口里添柴。灶口里的火霍霍燃着，火的舌头猛舔着锅底，欢乐无比。范月月不时瞥一眼锅里的鹅肉，瞥一眼挥动锅铲的丈夫，满脸幸福。

中午，我们在焦水生家里吃了一顿农家饭。三荤一素：铁锅烧鹅块、砂锅炖土鸡、干煸山羊肉、清炒苦菜，主食是铁锅焖米饭。焦水生还搬出一坛自己酿造的老酒，酒坛里面泡着的是老蜂巢。他说，已经泡了三年了。此酒，舒筋活血，祛风湿，喝了解乏。

吃吧吃吧！

我用筷子搛起一块带骨头的鹅块，放进嘴里。嗯，肉紧实、有嚼头，香！很快，我的碟子里堆起了几块鹅骨头，一碗土鸡汤也悄悄见底了。范月月见了，又为我盛了一碗。干煸山羊肉欠些火候，嚼不动。焦水生歉意地把它端下去，又倒进铁锅里，加猛火二次爆炒，可还是不行。我说，无碍。鹅块和鸡汤已经足够美味了。

一只细尾巴小狗，在餐桌旁边摇着尾巴，看着我们用餐，嘴角流着口水。我趁人不注意，悄悄丢给它一块鹅骨头。那小狗机灵得很，叼起来就溜到角落里独自享用去了。

临走时，当地朋友悄悄把焦水生拉到一边，主动结了餐费，并有意多结了一些。焦水生说什么也不肯，但拗不过当地朋友，还是收下了。共花了多少呢？这话不好问。焦水生又拎出一篮子火鸡蛋，说是送给我们的。火鸡蛋比一般的鸡蛋要大，绿皮，一头大一头小，有点漫画的意味。范月月数了数，一共九枚。于是，转身进屋又拿出三枚，说这本来是给娃留着吃的，九枚少了点，再加三枚。

我说，不可！不可！

焦水生告诉我，他最大的愿望就是盼着老板早日回来，把欠他的工钱尽快给了。攒够钱后，他要在城区买一套房子，改善一下居住和生活条件，把两个娃娃都培养成大学生。范月月站在旁边，看一眼丈夫，看一眼火鸡蛋，满脸通红。她执意让我们把那一篮子火鸡蛋带上。然而，火鸡蛋我们终究还是没有带下山。

人在哪里，哪里就有生活的逻辑和意义。

我深深地为他们祝福！

也许，他们没有寄望于自己能够改变世界。但从那坚韧、真诚、善良的眼神里，我看得出，他们从来就没有因为自己不能改变世界，而放弃改变自己的生活。

李青松，长期从事生态文学研究与创作。代表作品有《开国林垦部长》《遥远的虎啸》《万物笔记》《大地伦理》《薇甘菊：外来物种入侵中国》等多部。获新中国六十年全国优秀中短篇报告文学奖、徐迟报告文学奖、《北京文学》奖、"呀诺达"生态文学奖等。

（《黄河文学》2024 年第 2/3 期合刊）

追黄羊

◎ 漠 月

多年前，我应邀参加过一个笔会。其间发生的一件事情，至今令我难以忘怀：追黄羊。多年过去了，当时的场景依然历历在目，清晰如昨。

经过一夜休整，参加笔会的作者个个精神饱满，跃跃欲试。编辑部与达茂旗有关部门达成协议，组织作者到中蒙边界和哨所参观。连日写稿改稿已很疲惫，让作者们来一次放松是应该的，也是必要的。这期间，我们自由组合，三三两两地在百灵庙镇周围随意地走了走，看了看，包括旁边的女儿山。女儿山蒙古名称呼很乌拉，又名查干哈少，山脚下有艾不盖河与塔尔河汇流。女儿山是一座孤峰，位于百灵庙正南方向，高约百米，宛若一位亭亭玉立的少女，故名女儿山。传说在这座孤峰上，曾经有过一位少女，夜夜演奏马头琴，慰劳从沙场上归来的将士，哀婉的琴声不绝如缕，飘荡在人们的心上。女儿山周遭至今留有石砌的井壁和兵寨残垣，据说是康熙皇帝当年亲征噶尔丹叛乱路经此地的驻跸之所。如果再往前推，女儿山的历史背景上会无可奈何地出现一个巨大的身影，此人就是成吉思汗。有关成吉思汗与女儿山的传说，纷纷扰扰，有的过于血腥残酷，在这里就不展开说了。

我们分乘的四辆吉普车鱼贯钻出百灵庙镇，沿着草原公路行驶。是夜，刚刚下过一场透雨，空气格外湿润清新。头顶上是一尘不染的蓝天，既深邃又透澈，几十层玻璃叠落在一起似的。我不知道这样的形容究竟对不对，可能很不准确，但是我的确见过几十层叠落在一起的玻璃，在阳光照耀下就是此时此刻天空的颜色。如果进行严格的分类，蓝色有几十种之多，蔚蓝和瓦蓝是其中之一二。我总觉得用蔚蓝还是浅了一些，用瓦蓝更合适，而且是瓦蓝瓦蓝。蓝天之下是白云，白也不是一般的白，是白而又白的白。不仅白得纯粹，而且浓厚，富于质感，因为云朵压得很低，仿佛伸手可以触摸。也许是它们降下甘霖般的雨水之后，还没有来得及撤退；也许是它们对草原太留恋了，迟迟不肯离去。太阳高照的时候，它们才无奈地退却了，很快化于无形，遁于天际，不留一丝痕迹，将辽阔的草原留给大地，让灼热的阳光拥怀深吻。大地坦荡，草原碧绿，微风轻拂，草深的地方，花儿也开得茂盛；草浪一波一波地荡漾开去，花儿前呼后拥，涨潮般卷起千堆雪似的，又紧跟着随波逐流。我们的吉普车行走其中，像一只小小的甲壳虫，无足轻重，甚至可以忽略不计。这就是地处内蒙古西部的达尔罕草原，像一片绿色的肺叶，吐故纳新，生生不息地呼吸。

"皎皎白驹，在彼空谷。生刍一束，其人如玉。"《诗经》对青草的赞赏和溢美，堪比人中君子，纯粹、清澈、透亮，是一股卓然脱俗的清流——换言之，青草如玉。青草如玉、繁花似锦，都是极其美妙的比喻。古人对大自然的钟情和敬畏，是浪漫主义和现实主义相结合的，无疑给予我们后人以诸多启发和警示。于是，此时此刻，我要说的是，青草是翡翠的玉，青草是温润的玉，青草是灵魂的玉。如玉的青草在阳光的抚慰下，空气中满含醉人的芬芳，这是如玉的青草奉献给这个世界的佳肴。我们人类是自然之子，也是草原之子，面对这样的佳肴，不可贪杯，更不可烂醉；适可而止，微醺最好。事实是，"达尔罕"就是神圣的、崇高的、不可侵犯的意思，甚至是禁区的意思。这也很好理解，尤其在草原上生活，是有很多禁忌的。众所周知，有的禁忌逐渐演变为大家必须共同遵守的公序良俗，乃至是法律法规。

我们此行的第一站，是新宝力格苏木（乡）。让很多人意想不到的是，这里就是"草原英雄小姐妹"龙梅和玉荣的家乡。电影动画片《草原英雄小姐妹》描述的故事就发生在这里，包括与之同名的连环画，我们都耳熟能详。不过，此次笔会期间，我们是见不到她们的。岁月不居，昔日的小姐妹早已经长大成人，相继离开家乡，在不同工作岗位上为祖国和家乡建设事业做贡献。当然，她们也收获了许多荣誉。我相信，让人们牢牢记住的，还是她们小小年纪不顾个人安危，在暴风雪中勇敢抢救羊群、保护集体财产的感人事迹。车子轻快地在公路上滑行，速度放得较慢，就是为了让我们能够更多更好地欣赏草原，而且是养育了英雄小姐妹的草原。作为重要的活动内容,在新宝力格苏木显得简陋的办公室,我们一边喝着香喷喷的奶茶,一边聆听年轻的苏木达(乡长)讲述英雄小姐妹的真实故事:当时,她们放牧着集体的三百八十四只羊,经过二十多个小时与暴风雪搏斗,羊群大多保住了,却也被冻死了三只羊。当时一只羊的价格是两元钱,等于损失了六元钱。可是,妹妹玉荣却落下了终身残疾,一条腿被截肢。后来,有记者就此事采访玉荣时,她说了这样一句话:精神不能用金钱衡量。小姐妹的觉悟之高,令人肃然起敬。

在乡政府吃完午饭,我们继续向下一个参观点行进。

不包括司机在内,我们同车的四名作者,分别来自四个不同的地方,而且相距甚远。都说能够在达茂旗相聚,共同欣赏达尔罕草原的美丽风光,也是一种缘分,值得好好珍惜。当然,是文学这根红线将我们牵连在了一起。文学让我们找到共同的话题,也让我们感觉到彼此之间的温暖。同车的四名作者中,云晓光年龄最长,创作成绩最大,已经是国内知名的蒙古族作家了。他有一副与电影演员达式常极其相似的面孔,如果偶然碰见,恍如与达式常兜头相遇,然后惊愕和讶然于这尘世竟然有如此相像的两个人,简直不分彼此。因此之故,我们有了新的话题,就拿云晓光的相貌说事,车内欢声笑语,伴着车子发出的平稳的引擎声,气氛是再轻松不过的。可是,就在我们谈笑风生的时候,车子突然大幅度地摇晃了一下,我们没有任何防备,个个东倒西歪,吃惊不小。其实是有惊无险,原来是司机猛地打了一下方向盘,将车子拐下路基,然后往草滩上冲去。就在我们困惑不解时,司机兴奋地惊呼一声:"黄羊!"

顺着司机手指的方向,我们的目光透过车窗,果真看见一只黄羊在前面奔跑。这只奔跑的黄羊,毛色黄白相间,肚腹和后胯却是纯白色的,两只黑色的犄角在阳光下醒目地闪闪发亮。这是一只正在觅食的公羊,被汽车的轰鸣声打扰后,开始奔跑。遭遇意外之后的第一选择是奔跑,是绝大多数动物的本能,当然也是黄羊的本能。这只黄羊恰恰是在跑动的时候被我们发现的,因为移动的物体更容易引起关注,更容易暴露。如果这只黄羊静悄悄地卧在草丛里,甚或站在原地一动不动,便很难被发现,它的命运就会是另外一种结果。紧接着,其他几辆车子也拐下路基,追随这只黄羊而去。于是,蓝天白云之下,绿色的草原之上,出现了四辆吉普车共同追逐一只黄羊的场面。也就是说,现代化的交通工具和古老的黄羊展开了一场角逐。我不想用"壮观"这个词,尽管的确很壮观。此时此刻用"壮观"这个词,是一种亵渎,甚至是一种罪恶。因为角逐双方的力量对比太过悬殊,四比一,这是其一;其二,一方是强悍的钢铁组合而成的怪物(从黄羊的角度看待),大功率的发动机驱使着四只轮子高速旋转,另一方是弱小的肉体,仅仅依靠自己肌肉的爆发力带动四条腿奔跑和提速,然后依靠肺叶和胸腔进行呼吸和调节。当然,我必须承认,无论是哪一方,无论双方的力量对比有多么悬殊,它们一旦在草原上展开角逐,顷刻间爆发和呈现出来的都是速度美和力量美,这种力度的美,令人惊叹。而且,我也不得不承认,整个场面确实够得上惊心动魄。车内的其他几个人因此被刺激得十分亢奋,手舞足蹈,尖叫声不断,似乎完全忘记了自己所谓作家的身份。我确实无意指责他们,仅仅是表达一种现场观感。我相信我们都是在赞许和欣赏黄羊奔跑时呈现的力量之美,发现美,欣赏美,原本是没有错的。

我沉默不语。

达尔罕草原辽阔而平坦,车子奔跑起来除了偶有小小的颠簸,基本上不会大起大落,加之司机在草原上开车跑习惯了,对这里的情况了如指掌,可谓轻车熟路。作为牧民之子,或许感同身受的缘故,我自认为对黄羊这个古老的生命物种,还是有些了解的。黄羊是草原上的精灵,它们的警惕性极高,对生存环境非常挑剔,往往来无影去无踪,很难捕捉得到。也有牧民试图驯养它们,却都以失败而告终。尤其重要的是,就草原生态环境而言,黄羊还是一种标志性的物种,黄羊的出现与否,以及它们种群数量的多寡,标志着草原生态环境的好坏。曾经,黄羊被当成野味和美食,遭到毁灭性杀戮,几近绝迹。黄羊的天敌首推狼,然后是狐狸和苍鹰,而不应该是我们人类,人类完全可以和黄羊和平共处。遗憾的是,黄羊的消失,却是人祸大于天灾。为了满足自己的口腹之欲,人类在柔弱的黄羊面前,变成了张牙舞爪、嗜血成性的饕餮之物,人类那种固有的残酷和暴烈,以及扼杀弱者的快感,在这种时候暴露无遗。就是这个匪夷所思的原因,在牧区出生和度过少年时期的我(后来上大学,参加工作进了城),居然没有在自然环境里真正看见过黄羊。真正在自然环境里看见黄羊，竟然是在这次笔会期间。这令我羞愧，难以自容，甚至觉得不可原谅。那么，黄羊的再度出现以及其种群的繁衍，说明达尔罕草原的生态环境还是不错的；即便之前遭到破坏，现在已经得以改善，一切都向好的方向发展。那么，在这里能够遇见黄羊，看似偶然，实则必然。物竞天择，适者生存。在与大自然抗争的漫长过程中，为了自身生存和延续生命，黄羊已经进化得堪称完美，它最大的特点或者优势，就是长时间奔跑。擅长奔跑，让黄羊在险象环生中摆脱困境，获得新生。

于是，我看见这只黄羊高昂着头颅，挥动着四蹄，舒展自己的身体，进行跨越和腾跳。刚开始的时候，它的身形是矫健的，步履轻松流畅，像一道黄色的闪电，在追赶它的吉普车面前，跃动的姿态堪称优美。有那么一段时间，我认为这只黄羊是在表演，故意在我们面前展示自己的风采。内心深处，我为这只黄羊感到骄傲，而不是祈祷。然而，问题来了。司机们都心有灵犀似的，四辆吉普车不仅加快了速度，而且配合默契，分头从不同的方向向黄羊发起更加迅猛的攻击，形成围追堵截之势。看来这些司机面对黄羊，无数次干过这样的勾当，否则，他们不会配合得这样默契。这只黄羊继续奔跑一阵后，开始左冲右突，试图跳出包围，却无一例外地失败了，它不得不来来回回地在逐渐缩小的包围圈里环绕，寻找新的突围的机会，但是，它跨越的步履越来越小，腾跳的高度越来越低。内心深处，我开始为这只黄羊祈祷，希望奇迹能够发生。事实上,长时间持续不断的奔跑和突围,终于让这只黄羊耗尽了能量,体力突破了极限。我看见这只黄羊最后突然停止奔跑,雕塑一样静静地站立在那里,然后,软软地倒了下去,一动不动。这次钢铁和肉体的抗衡和较量,整个过程持续了大约一个小时。车子停了下来,包括司机在内的许多人跑过去,围在倒下去的黄羊跟前,开始品头论足,我不知道他们是兴奋还是惋惜。我没有下车。我看不清这只黄羊的表情,我也看不清他们的表情。当然,我也看不清我自己的表情。我依然沉默。我真的不知道该说什么,保持沉默也许是最好的回答。我相信,这只黄羊的灵魂会长久地在达尔罕草原上徘徊,然后被一片洁净的白云带走。

悲壮,这是我对这只黄羊的最后礼赞。

后来,我竟然梦见过一只黄羊。我不能确认它是不是我在达尔罕草原上见到的那只,因为它留给我的始终是一个模糊的背影。后来,我依据这次经历,写了一篇小说《风过无痕》。当然,这篇小说呈现出来的,已经不完全是原初的样子。

漠月,出版小说集《锁阳》《放羊的女人》《遍地香草》《父亲与驼》《风过无痕》、散文集《随意的溪流》等。作品近百次入选各种选刊和选本,两次入选年度排行榜,部分被译介到国外。获《小说选刊》奖、《十月》文学奖等奖项。

(《黄河文学》2022 年第 1 期)

山色里

◎ 李万华

苍鹭

就鸟的气质而言,我更喜欢苍鹭的沉静。苍鹭长时间立于水畔芦苇丛中,风吹草偃,一概不动,这点与猫相似。猫性子高冷,若不愿理睬人时,静卧或行走,任讨好者百般巴结,它都视若无睹。猫举止优雅,又好干净,养猫之人自愿将其奉为主子,各种伺候。苍鹭作为鸟,它的警惕性并不妨碍它入定似的站立半天。而且它从不慌乱,任何时候都显得胸有成竹。不过苍鹭与猫不同的是,它遗世独立,始终与人保持距离。

春分后一天,沿尚未返青的芦苇丛前行,小心翼翼,脚下不敢发出大的声音。前段时间我于此处见过文须雀嬉戏,半月已经过去,不知它们还在不在。春气虽已滋生,但东风浩荡,树梢不时发出呼呼声响,仿佛深秋又要来临。芦苇丛的冰雪已经融化,阳光不好,水面也就没有粼光闪烁。走几步,见到几尾大鱼,仰面浮在水上,已经死去,不知何故。芦苇丛中央,是一带宽阔水域,以前常有一只孤独的大白鹭生活，偶尔有赤嘴潜鸭游来游去。一条栈道从堤岸向芦苇丛伸过去，伸到一半，戛然而止。我每次来，都要走到栈道尽头，于风中搜寻芦苇丛中的动静。

十几只苍鹭站在水域边缘的芦苇中，芦苇大多倒伏，这使苍鹭身形更为高大。有人站在栈道上用专业照相机拍苍鹭，我走过去，不出声，拿出自己的迷你望远镜看苍鹭。已经有很多鸟自南方归来，白骨顶鸡、中华秋沙鸭、针尾鸭。它们都在水面上忙碌。看上去，苍鹭并不为食物犯愁，它们只是安静站立，一个姿势保持不动，眼睛始终望向远方。它们旁边，几只大白鹭起起落落，并不怎样悠闲。

前天我也来过这里，傍晚时分，见到许多渔鸥。春天的渔鸥，不肯好好捉鱼，就站在水中陆地上啊啊怪叫。嗓门儿大，音调高，音色倒不过分尖锐，渗出一股阴冷气，若在夜晚听见，肯定以为是鬼叫。前天还不见苍鹭，那么这些苍鹭一定是昨天飞来的。昨天恰是春分。杜甫说："迟日江山丽，春风花草香。"这自然是蜀地的春天。在高原，山青花燃，几乎要到立夏之后。但春分到底是一种标志，这一点鸟都明白。

退回原路，绕苇丛走半圈，一些野草已经发芽，都是熟悉的，却叫不出名字，单知道它们长什么叶，开什么花，结什么果。这种只依赖记忆存在的熟悉是轻松的，一旦忘却，一切皆可归咎于记忆而无须愧疚。走到栈道另一面，拨开荒草踏进去，又见到那几只仙风道骨的苍鹭，在苇丛中隐隐约约。

此时正是午后,阳光从远处山头罩下,一派迷蒙,仿佛烟岚初生。山脚横一带寒树,枝柯萧疏,近前是这茫茫苍苍的芦苇。隔得远,反而能看见芦苇丛中那一面水泛出的亮白光泽。借助望远镜一点一点由高到低移动着看,如果抹去山上那一座铁塔以及电线杆,眼前之景就能成为一幅古画。赵干的《江行初雪图》寒意足够,只是人多,董源的《潇湘图》色彩稍嫌富饶,那就倪瓒吧,苍鹭随便站在倪瓒画中的任何一角,都不会显得突兀。

跟多数水鸟一样,苍鹭休息时喜欢单腿站立。单腿站立的苍鹭,如果长羽被风刮起,又有些像麦田里的稻草人。它始终那样孤单站立,全不管风云暗去天际。

一直以为大个头的苍鹭饮食简单,无非吃点鱼虾之类。一次在网上见到一组图片,原来苍鹭觅食与猛禽没有多少差别:它会趁鸭妈妈分神,掠走雏鸭;捉住兔子,将其摔进水中溺死,然后整只吞下;还想偷袭小鳄鱼,后来似乎没得逞……这一切,颠覆了苍鹭抚孤松而盘桓的形象。其实仔细看,苍鹭的眼睛里并没有猛禽那凌厉之光,有的只是异乎寻常的冷静。

然而苍鹭飞起来的样子那般优美。那天,春分后一天,在我准备离开苇丛回去时,还是看见一只苍鹭飞起来。细长飘逸的羽冠,灰白黑三色羽毛,它的双腿成一条直线,努力向后伸去,脖颈折成"Z"形,尽管我从没见过鹤唳长空的景致,但那时眼前的苍鹭,让我想起的,依旧是寒塘渡鹤影的孤冷凄清。

灰喜鹊

经常去散步的一座小山，山腰长了些灌木，有人来建几座凉亭水榭，起先还有几家供人休闲的园子，经营者在那里砌起矮墙，修建风格独特的房屋，搭起帐篷，栽植花木，用水泥石头筑成桌椅。后来园子被关，人们撤去，门窗拆走，院墙坍塌，成为废墟，荒草趁机而生，流浪猫和风时常出入。加之小山无人管理，登山的人随意穿行，草地灌丛被踩踏出许多小径，凉亭水榭油漆脱落，丢弃的塑料碎片时常挂在树木枝头，更有犬类随处大小便，看上去一派破败杂乱。

起初只在有行人的地方走，遇见不知品种的大狗，很远就躲开。每次去山上，不一定都有行人在——我去登山的时候，人们大多离去。偶尔有吹萨克斯的男子，只听得音符断断续续，不见人影。后来渐渐将散步路线拉偏，到一片行人不愿进入的杂木林中。杂木林野草横生，枝柯缠结，阳光不肯落地，时常让人想起《刺杀骑士团长》里的铃声。

出杂木林，沿红砖铺就的路往前走，拐个弯，会看见一面小池，应该也是早年砌就。奇怪的是，池里的水并不是死水，仿佛哪里有水源。水池一侧，碎石围起一片两百多平方米的松林，松下是一些水泥圆桌，没有椅子。起初经过松林几次，都不曾进去：虽然松树尚幼，从远处看，还是显得阴森，并且那些水泥桌子，好些已被掀翻，七零八落，荒草没过，仿佛此处发生过什么凶杀大案，现在又有鬼魅居住。

那面水池是山上鸟雀喝水的唯一地方，每次经过，都有鸟雀飞到一边的树枝上等我远去。我一不喝生水，二不游泳，何必惊慌？每次弄得我很不好意思，匆匆逃离。

那是初春的一个早晨，灰蒙蒙的，老天仿佛蒙了一块纱巾，风有些冷。这种光线使得松林更加幽暗，我决意进去看看。走近时，见许多灰喜鹊在林中嬉戏。说嬉戏，也不恰当，其实是无法确定灰喜鹊到底在松林里做什么。探头探脑，看到几只站在水泥圆桌上，跳来跳去，竞选一样。几只在地上来去踱步，偶尔低头，谋划什么。还有几只，毫无意义地，从这棵松树飞到另一棵松树。松树上大约还有一些吧，抬头，却只见松枝在空中纵横，一些灰色光线自缝隙漏下。灰喜鹊的叫声我已熟悉，"嘎——嘎——嘎"，带些孩子气。此时，它们一声不出，松林静悄悄的，让人觉得有什么阴谋正在进行。

松下厚厚一层松针，迈步时不想出声都不行。我想更靠近一些，看看它们的眼睛。我曾以此种方式观察过猫，以前还观察过羊和牛，尽管大多时候，它们的眼睛中除去警惕便是温顺，便是纯净，但一些简单的情绪波动还是能看出来。

它们最终嗖嗖嗖地飞出松林，依旧没出声。我连半只灰喜鹊的眼睛都没能看清，还被扔在原地，些许懊恼。

灰喜鹊为什么不像花喜鹊那样黏人呢？

童年时候，从没见过灰喜鹊，偶尔在书本中见到"灰喜鹊"一词，觉得大约也是常见的那种喜鹊，不过羽色不一样，是不起眼的灰色罢了。但书中的灰喜鹊似乎又有着不可企及的美，我必得想象，必得了无边际而又茫然无措地想象。后来见到，果然如此，灵动的体形，黑脑袋，灰白色身子，淡蓝的翅膀和尾巴，尾尖上一抹白，总是跳来跳去。

鸟类学家说，世界上的灰喜鹊只分布在两个地方：亚洲和欧洲的伊比利亚半岛，而伊比利亚灰喜鹊是从亚洲灰喜鹊中分化出去的。亚洲的灰喜鹊是怎样到伊比利亚半岛去的，至今仍是谜，因为伊比利亚发现的灰喜鹊化石在四万年之前，而灰喜鹊并不能做长时间飞行。如果要分辨亚洲灰喜鹊和伊比利亚灰喜鹊，非常简单：亚洲灰喜鹊尾尖有白斑，伊比利亚灰喜鹊则没有。

过一天，再去松林看它们，却发现一只都没有了，仿佛它们从未出现过。松林也并没有因此而更幽暗一些，或者因此而更明亮一些。

第三日又去，还是不见它们。下山的路上想，那群不出声的灰喜鹊，仿佛一些寒窗苦读的书生暂住庙宇，它们一贫如洗，身边却簇拥着意欲报恩的狐仙。现在，它们皇榜高中，春风得意，骑马去看长安花了。

金睅鸼

"鸼"与"珩"应该没有多少关系。珩是横在一组佩玉最上面的玉器，半圆形，有点像磬，但小，所谓"有珌葱珩"。据说珩是用来节制佩玉者行步的，觉得有些荒谬。鸻仅仅是一种鸟类通称，《康熙字典》解释为"荒鸟"。有资料解释说，鸻的名字源于拉丁文中表示"雨"的一个单词，原因可能是鸻有时会出现于一场大雨之后；或者，可能是因为某些鸻的体羽斑驳，仿佛被雨淋过。拉丁文我自然不懂，不过这解释我觉得更荒谬。鸻是一种长腿涉禽，活跃在水畔泽地，荒，长满野草的沼泽地，"鸻"作"荒鸟"讲，感觉才算妥帖。

金眶鸻，自然是这种小鸟有金色眼眶。仔细看，这金色真有画龙点睛之功效，使一双原本平淡无奇的眼睛充满神采。眼眶涂金抹银的，还有乌鸫、绣眼之类。乌鸫的金黄眼眶是因为它的眼珠呈金黄色，绣眼是因为眼圈长一圈白色绒毛。有一种红腹啄木鸟，下眼圈的白色绒毛仿佛绞过——任何一只看上去相似的鸟，其实绝不类同。

春分才过三日，金眶鸻便迫不及待地自南方归来。和它一起到来的，还有雨燕、白鹡鸰、苍鹭和黑翅长脚鹬。不知雨燕将巢安在什么地方，每日只见它们在东风中翻飞，忙碌于果腹大业，养儿育女的事似乎尚未想起。苍鹭是山水画里的高人，"抱琴归去碧山空，一路松声两鬓风。"白鹡鸰觅食在水中滩涂，一步三点头，尾巴比头点得还厉害。不过白鹡鸰不是抢眼的鸟，一般都是它的喋喋不休先引人注意。金眶鸻也在水中滩涂上，起初我将它看作白鹡鸰。它们个头相仿，身形相似，同样边走边觅食，边发出重复单调的细弱声音。不过细观之下，两鸟又各有千秋。

白鹡鸰黑白两色相杂，胸前一块黑羽，仿佛系一个大领结，遗憾的是缺乏绅士风度。它的神经质动作，使它更像一个混迹街头、嘴咬火柴棍、双膝抖动的小混混。金眶鸻白色领圈加黑色项圈，明显的万千溺爱于一身。只是金眶鸻举止也不怎么优雅大方，它走路总是碎步小跑向前，然后突然停住，仿佛琴键雨点般一串急奏，然后一个意犹未尽的停顿。相似处是，它俩给人以始终年轻的模样，"遥怜小儿女，未解忆长安"，即使已经成年或者老去，看上去，还是青葱，仿佛年华尚未虚过。

金眶鸻的后趾退化，腿修长，水中走过，有涉江采芙蓉之感。金眶鸻的雏鸟长一双大脚，两条长腿与毛茸茸的小个子不成比例，不知什么原因，或许跟人类的孩子普遍头大类似。不过大脚并无大碍，当它自石间草际颤巍巍站起，眼睛半睁，黑色项圈未及佩戴时，那双大脚一点儿都不影响它的楚楚可怜与无辜呆萌。

我站在堤岸看白鹡鸰和金眶鸻，它俩无暇顾及我，彼此也不照面，只在水中滩涂上忙碌。这一块水中湿地并不大，绿头鸭和渔鸥栖息其上，还有几只野八哥。野八哥大多一侧翼尖有白斑，它们警惕，看见我走近，便拍翅离去。春天的河流，水势不大，声音却传出很远。岸边耧斗菜和金针已经萌芽，茅草也已萋萋。阳光温煦，时间安稳得似乎停止，并将继续停止，现实一步步向远处退去。

三十多年前，那也是春分之后不久，太阳已从南天空回返，光线明净,河水自石上穿过,发出清越之声,我在林间草地捡拾一种名叫木耳菜的菌类。阳光和暖,草地上的雪水消去不久,木耳菜被雪水泡大,墨绿绵软的一团,捡拾方便。木耳菜拿回家,拣尽杂质,洗净,加葱花,用油拌匀,可做包子吃;有时木耳菜少,便加点剁碎的粉条。捡拾木耳菜时我总是不能专心,春光明媚,有太多事情容易分神:有人将青杨枝子砍下,拖回去扦插,来年那些枝子又是一棵小树;蝇虫早已醒转,蜘蛛来去,小蚂蚁叼着无名尸体步履蹒跚;靠近河岸的泥地上,有一种叫水萝卜的野菜,芽尖刚刚破出,拔出白色根茎,擦去泥土,可以大嚼;防风已经伸出叶子,揪几根来吃,是甜丝丝的药香……河水那一边,白鹡鸰来去觅食,还有金眶鸻。

然而多年前,我并不知道那种鸟名叫金眶鸻。因为没有具体名字,记忆的片段里,那只鸟的细节从未固定。它可以变化,可以似是而非,可以在任何一方面伸展腾挪。现在,一旦赋予名号,它的存在便确定无疑,它被框定,被限制,任何超越界限都会使它成为异类。它的名字最终使它失去自由的无限可能。

灰头鸫

坐在田埂上,我对两只小云雀的午后时光产生了兴趣。很显然,我的到达惊扰了它们,可这广袤原野又不仅仅是它俩的,我便赖着坐在田埂的草丛中。高原八月,其美不能言。云在天空大开大合,风呼啦啦地长时间吹,麦子抽穗,金黄油菜大片相连,地头苔草深至膝盖,翠雀花幽蓝,马先蒿的浅紫和异叶青兰的白已将草丛渲染,青山远处绵亘,烟岚也在那里。少见人烟,庄稼的生长更多时候似乎只靠老天。小云雀的雏儿大约在麦田中,也可能在油菜地里,还有可能在田埂的蒿草中,无法确定。因为当我注意时,发现小云雀夫妇已经在布迷魂阵:鸣叫着,在麦田上空悬停一会儿,飞到路旁一棵小云杉的枝子上,左右观望,然后到路面捉虫子,逮够一嘴虫子,再飞到云杉上观望,然后依次飞进麦田、油菜地和蒿草丛中。

在我到来之前,它俩是否也如此这般谨慎小心地哺育幼鸟呢?不清楚。或许它俩的午后时光极慵懒:打个盹儿,梳理梳理羽毛,找五个肥胖的虫子,三个自己享用,两个带回给孩子,展示歌喉,半空中嬉戏片刻,追一只蝴蝶,误入歧途……大约不可能。鸟儿应该最自律,懂得慎独,不屑于人前人后各一套。没人监视时,想必它们依旧勤谨,任劳任怨,遵守自己的秩序,恨不得将大地上所有的食物都喂给孩子。如果选劳模,除掉大杜鹃那几个投机取巧者,大多数鸟类都应该入选。当然,像我这种擅自闯入者,是不受欢迎的,这从它俩咄咄逼人的叫声就可以断定。如果原野和天空有围墙、有柴扉,想必它俩早已关门闭户,拒我于外。所谓"小扣柴扉久不开",不一定是柴扉里面没人,有可能是来者不受欢迎。不过在原野上,面对花鸟鱼虫,我是厚颜无耻者,它们如果侧目,如果议论,我也会将那些言论奉作真理。

两只灰头鹀站在穿过原野的电线上。有一瞬间，我将它们当作休憩的小云雀，但百灵科的小云雀是不会站在电线上的，如同雁不栖树那样。刚才那两只在云杉枝上观望的小云雀，攀住的是云杉枝顶端松针簇成的小圆球。一只灰头鹀与另一只灰头鹀相距约五十米左右。这是不远不近的距离，既非陌路，亦非熟络。其中一只高声鸣叫，神情专注，一只沉默不语，两只像一对中年夫妇。

　　它们之间不会有事发生，我想。于是伏身，用手机录下风过醉马草的样子。醉马草的穗子已经泛黄，若是小时候，肯定要将它们一一拔回家，晒干，扎成扫帚用。小时候，总想将原野的许多东西带回家，一把醉马草、几棵柴胡、一枝川赤芍……现在，走进原野，仿佛回到了家。如此一时风突然变大，叶子击打叶子，发出啪啪声响。不放心，再次抬头看那两只灰头鹀，发现鸣叫的那只灰头鹀，一边叫，一边向沉默的那只慢慢挪过去，试图靠近，但那只静默者，沉思片刻，毅然离去。

　　早先，另几只灰头鹀谈情说爱时，我曾在水畔将其关注。灰头鹀属于黏液质，不喜欢像柳莺、大山雀那般在枝上蹦来跳去。灰头鹀雄鸟为讨雌鸟欢心，会做出撒娇模样：跟在雌鸟后面，也不出声，只将两翅耷拉下来，不停抖动，仿佛雏儿在讨要食物。我性情算不上急躁，大约也不柔婉，看灰头鹀雄鸟那死皮赖脸的样子，觉得无法忍受，可那只灰头鹀雌鸟，居然一点儿都不厌烦，任其傻来傻去，丢人现眼。

我也曾见到它们的雏儿跟在母亲身后讨要食物的情形。那是一个多月前，在一座已经寥落的医院草坪上。灰头鸫的嘴角、眼先和面颊为黑色，整个头颈喉胸为灰色，远处看去，就一愣头青，俗名"青头愣"大约因此而来。那只雏鸟面颊的黑色尤为严重，看上去仿佛因为街头约架而鼻青脸肿，但它的母亲格外宠爱它，片刻不离，找出的每个虫子都喂它，典型的慈母形象。

粗略地算一算，灰头鸫短暂的一生，我大致也见到了。此刻雏儿羽翼丰满，离巢而去，留下的中年夫妇，便将日子过得按部就班，既没风暴，也无微澜，活着仿佛本该这样。

李万华，青海互助县人。出版散文集《金色河谷》《西风消息》《丙申年》等。获百花文学奖散文奖、青海文学奖等。

（《黄河文学》2021年第2/3期合刊）

走失的鱼卵

◎ 菡 萏

一

　　一九九八年抗洪时,在街边捡到过活鱼;这几天,范家渊公园也有不少人抓鱼。家鱼塘的水漫了,鱼跑出来,成了大家的鱼,几家欢喜几家愁吧。

　　爱人说不喜欢吃鱼,小时见得多,到处都是;猪肉才香,一月一斤的计划。对他说的,我倒是很神往。

　　夫家最早住堤上,茅草屋,门前支个摊子,卖包子馒头。那个位置叫盐卡,运输交易盐的官船码头。往来商贾、官员、挑夫络绎不绝;江里小火轮、大洋船、木帆船,往来穿梭。比这热闹的还有水里的鱼。那时长江是黄的,滚滚东流,每到雨季浩浩荡荡。几米长的中华鲟司空见惯,"江猪子"也如下饺子,成群结队在水里翻滚。"江猪子"是土话,乃"江豚"之意,黑灰色,比海豚小,类似猪的样貌体重。圆滚滚,滑腻腻,皮脂富有弹性,憨憨的,非常可爱。通常五六个,七八个,导弹一样弹射翻越高空,优美而富有活力。

因为多,机帆船的螺旋桨常把"江猪子"打得血肉模糊。村民捞起来吃,肉白白的,像猪肉。

二十世纪三十年代,公婆尚小,处少年时期,堤上有洋人有租界。而江豚的盛景,持续到二十世纪七十年代末,依稀看得见在江面飞舞。

一九三一年发大水,水漫过大堤,冲了一个大坑,三平方公里是有的。洪水退后,成为湖泊,水并不太深,但也可淹死人,俗称"冲坑"。每至春季,雨水丰沛,岸边长草。草叫"绊根草",你缠我绕,纠结着往水中蔓延。老根衍新根,新根变旧根,再长新根,一层覆一层,年复一年,有一尺多厚。人可以在上面走,颤悠悠的。小孩没问题,站着不动草会下沉;体积大的大人或腿脚不利索的,得拄根棍试着前行。湖心有鱼,数不清的鱼,草下也藏鱼。因水质好,那些鱼,一清二楚。那时捕鱼,可用"捡"来形容。南方潮湿,空气中水汽充盈,这样的塘非梭罗瓦尔登湖的金沙明净,但鱼的能见度,如出一辙。

一九四〇年日本兵来时,围剿抗日游击队员和民众。婆母他们踩着草皮,往芦苇荡跑。菰蒲无边,一片汪洋,没入便不见了。日本兵在后面放枪,想过去搜。结果纷纷落水,淹死不少。

二

"冲坑"在后来的几十年中,成为取之不尽、用之不竭的财富。捕鱼的方法很多。少年取鱼，一般背个圆柱形细长竹篓，带子多为废弃的皮带，也有篾编的，斜挎肩上。口子用套袖或剪断的袜桩转圈缝上，鱼和青蛙放进去，便跳不出来。手里拿叉，像少年闰土那样，看见猎物，奋力叉住。叉是自己做的，削根竹竿，把自行车换下来的钢丝夹断磨尖，用钳子拧在一起。至于几个齿，看需要，杆的长短也是。一把完美的渔叉做成后，齿愈用愈亮，愈顺手。一杆叉便是一个少年全部的武器与渔猎梦想。

湿漉漉的夏夜，雾气蒙蒙，蛙声如潮，正是鱼肥之时。几个少年穿着套鞋，嬉笑打闹着往冲坑去。手里白铁皮电筒的光亮照耀着寂静河岸、影影绰绰的树木，也晃着脚下潮湿长满荒草的小径。沉睡的荷香混合草腥气，弥漫在渔火闪耀的夜晚。电筒一般两三节，谁的五节，会引起羡慕或嫉妒。到了"冲坑"，分头寻觅。夏季多雨，水漫过草皮，很多鱼上来觅食。青蛙一叉一个准；鱼就太多了，运气好时，叉到过一二十斤重的黑鱼。一柱光打过去，鱼儿在安眠，一动不动。黑黑的脊背，闪着细碎花纹，肉墩墩盘在那儿。一叉下去，任它拼命扭动，就是不松手。有时连竿带人一起卷走；竿若脱手，拼命追也追不上。直到鱼甩掉竿，遁入深处，水面洇散大片血雾。黑鱼迅捷，一飙四五米远。

白天也去，摸几只虾，捉两尾鱼，再正常不过。水乡里的人，糊口不成问题。遇到过蛇，在草丛里嗖嗖嗖，像弯曲的剑，有时突然立在小路，和少年比高，少年们撒腿就跑。也踩到过"青蛇彪"，即竹叶青，粗粗的，软软的，魂都吓掉，所以得穿雨鞋。也有胆大的,几个人扯一条蛇,或打死后踢一脚。蛇吃青蛙老鼠,那时很多,不存在生存危机。

也可以找块喜欢的草皮,挖个坑,脸盆大小,类似凿冰取鱼。见水后,把线垂下去,线拴钩,钩上挂蚯蚓、青蛙。不一会儿就有鱼咬钩,一提很沉,便有了。一条条扯上来了,草鱼、青鲩、鲤鱼不一而足。装满一篓后,结伴而归。空气里满是隆重的喜悦,真有"一路教你看青山"的好心情。进堂屋,倒进木盆养起来,再美美睡上一觉,天就亮了。

也有人在湖中心或草皮空当处,放个木盆。人坐里面,两手划水,往前移。用手摸或用叉子叉,捕的鱼放入盆中。因木盆喜欢在水里打转,故叫"磨盆"。这是个技术活儿,得有足够经验才能掌控好方向与平衡。

还可以在岸边或草丛里放"蹦钩子"。月夜清辉,把竹竿插入泥土,用石头固定好。竿尖吊尼龙线,鱼钩挂在土蛤蟆尾部,竿颤悠悠,土蛤蟆依旧是活的,在水面一蹦一蹦,所以叫"蹦钩子"。弄好这些,人就可以走了,第二天一早来收竿,一般不会失望。小土蛤蟆是黑鱼的饵,若想抓鳝鱼或其他鱼种,得用蚯蚓做料。泥鳅、鳝鱼多藏于高苞根部。鳝鱼的力量大,挣扎时,周围的草扑倒一片。至于夜间发生过怎样惊心动魄的大战,梦乡里的人并不知晓。

三

"冲坑"岸边长着冲天草、芦苇、高苞等植物。野生高苞，细，一般不能吃，长心子时才能吃。高苞秆、芦苇秆都是柴。婆母年轻时，常在齐腰深的水里砍柴，推着"鸡公车"，也就是独轮车，送至江边造纸厂换钱。"鸡公车"没轴承，卯榫结构，推起来，木头和木头间发出咯叽咯叽的声音，像公鸡叫，故叫"鸡公车"。太爷太奶死后，盐码头没落，包子铺关张。靠山吃山，靠水吃水，鱼塘成为活命的根本。婆母每日早起挎个篮子出门，篮里放块，刀石。砍柴时，刀钝了，就水一镗，也算是磨刀不误砍柴工。收工时，篮子往水里一顺，就是半筐鲫鱼。婆母熟知环境，哪里有鱼窝子，一目了然。

鲫鱼弄回来后，煮一大锅，白白的汤，鲜得很。不放什么作料，有盐即可。汤里打上十几个新鲜的绿壳鸭蛋，撒把葱花，便是十足美味。那时夫家养鸭子，二十多只，赶到水边去吃螺蛳、小鱼小虾。一个个肥坨坨，扭着屁股，胖得走不动路。后来吃大锅饭，要没收，不得不弄到八层楼菜场去卖。那个年代购物凭票，几乎没得卖。买菜的"打围"，一两元一只，顾得这头，顾不了那头，有的收钱，有的没收钱。卖了二十多元钱，算是笔不小的数目。

婆母也捡乌龟。那时乌龟常见，不是什么稀罕物，也没多少人吃。路上、沟边、草丛，到处都有。婆母边走边捡，一捡就是一篮子。回来，倒进缸里养起来。吃时杀几个，切半个冬瓜煨上，灶间咕嘟嘟冒着热气,香味四溢。若谁家小孩尿床,叉一只伸进红红的灶膛,烤得滋啦啦香。或把乌龟洗净,掐根荷叶包好,外面裹层黄泥巴,埋在闪着火星的余烬里。熟后,扒出来,层层剥开,撒点盐,据说治遗尿症很灵验。乌龟肉味甘性温,益气补肾,属民间秘方,是一代代人的智慧和经验。河蟹都不大,常在岸边找东西吃,碰到也会捡回来,蒸着吃。

因大自然无私的馈赠,爱人几个姊妹即便在艰苦岁月,也不曾饿着,个个身体长得好。一九六二年大饥荒时,爱人还没出生,城里人没吃的,纷纷往郊区跑。有位"五七干校"的干部被下放到农科所,和公爹脾气相投。公爹收留了他,弄些鱼虾、房前屋后的竹笋给他吃,算是渡过难关,且保持多年友谊。鱼虾情吧,因为有,只要勤劳,便会获得。

到了秋天,天地清明,空气一寸寸剔透。水退后,鱼极为平静安详,在水底偷偷贴膘,也是捕鱼的好时节。冬季,鱼休养生息,捕鱼进入迟缓期。那些年冷,常封河,与北方一样,在上面溜冰,凿洞取鱼。一到春天,疏雨香意,新一轮蓬勃又开始了。

四

二十世纪六十年代,婆母用砍柴的钱,准备在肖家巷建座屋。肖家巷是老巷,原来住着肖姓大地主。隔着一道堤,便是生意兴隆的盐卡码头,故很富有。巷口有棵两人合抱的银杏树,上千年是有的。秋风一起，金叶簌簌，美而壮观。树上挂口大钟，上工收工全靠它，当当声传得很远，有点晨钟暮鼓的味道。不远处有庙有祠堂，几座青砖黑瓦的肖家祖宅立于路边。后来随时间推移而远遁，连古树根都被挖了出来。

婆家最早堤上的草房颇精致，砍下的圆竹滚上搓好的草绳，一根根码整齐，打上夹板，抹泥灰、牛粪做墙；檩子房梁上铺竹板，再盖一层层茅草。冬暖夏凉，通风透气，材料多为竹、木。牛粪里因有没消化掉的一节节草梗，故抹墙牢，并有淡淡的草香气。

建瓦房要打夯，打夯要取泥，找土好的位置挖。挖后留下大坑，下雨积水成塘。塘不大，在家附近，没人管。雨露滋养，日久年深，水愈清。水草摇摇摆摆，虾子成群结队出没，没人放鱼苗，各式各样的鱼如雨后春笋般畅游其中。

有种虾是透明的，肚子发亮，像萤火虫；暗夜里，显得格外温柔动人。还有种红地黄花小鱼，美丽极了，脊背的刺一览无余。这些古怪的鱼虾从哪儿来，是个谜。爱人的看法较靠谱，他说，还是江里的鱼。亿万年的长江，亿万年的长江流域，几万年泽国，没人类时，便是鱼鳖的故乡。水退了涨，涨了退，那些鱼卵层层叠叠埋在土中。即使现在，荆州仍属低洼地，头上悬着长江。只要雨季，长江涨水，漫过大堤，城市乡村就成了大鱼塘。低处被填满，成为大大小小的湖泊，"千湖之省"便由此得名。一旦遇水，埋在地下的鱼卵就会像种子一样复活，所以民间有"千年草籽，万年鱼卵"的说法。那些鱼卵在土里等待机会，哪怕有一点点希望，便会形成生命个体,比人的生命意识还顽强。我听着很感动,鱼,同样可以种在地下,每一个游走的鱼卵,都是深眠不屈的呼吸。等待苏醒,成为生命物种新鲜的链条。

这个鱼塘,也成为聚宝盆——吃鱼,用竹笤箕去撮。小鱼小虾,五花八门,一撮半笤箕。小鲫鱼、"小刁子"、小尖嘴鱼数不胜数。不知名称的,用土话代替,"蓝猛子"非常小,不到一寸,吃微生物,透明,只看见两只眼睛和尾部的肠子。广皮鱼有一拃长,鳞厚五彩,却很丑。"土憨巴"也是,它们吃"蓝猛子",而鲢鱼一口就能将它们喝进肚。

大自然安排好了,螳螂捕蝉,黄雀在后。只有这样,自然界才能平衡,动物间亦是相互依存的关系。

逮到大鱼,去鳞剔骨剁蓉,打鱼糕、炸鱼圆子,或切丝,余鱼圆子汤,都是天然美味,绝好的滋补食物。

五

肖家巷有古井,井水有硝,属硬水,煮出的茶浮层白色粉末。在没自来水的年代,吃水依旧去新河挑。新河离家近,人工渠,抗旱用。仍是长江的水,通过闸门放进来。居民吃水、洗衣、刷马桶,牛饮水、鸭鹅凫水都在那儿。初听,有点不洁净。其实不然,水是流动的,清亮得很。绿油油的水草藏虾,除鲫鱼外,还有鸭嘴鱼、鲇鱼、黄骨、肥头子鱼等。夏日,少年们赤条条下水游泳,不知道鲈鱼有刺，用手去抓，经常弄得血淋淋的。上岸，屁股大腿经常挂两三条水蛭，也就是蚂蟥，吓得用手拍，拍不掉，使劲拉，血往外直冒。蚂蟥的嘴像吸盘，内藏一圈看不见的牙齿，能释放麻醉剂，靠吸食动物和人的血存活。它们喜洁，挑水域，能代表水质的清洁度。

我结婚时，已到二十世纪九十年代，新河还在，现在也在，但没去过，只听说婆母常在那儿漂洗。真正看到新河，是今年四月份，疫情基本结束。婆母已走了近三十年，老屋也拆了近十年。光阴太快，所有房屋和圆门洞已荡然无存。除了荒草、狗尾巴花，还是荒草和狗尾巴花。土干得要命。爱人指着一条黑乎乎的河，告诉我，那便是新河。又腥又臭，翻滚着浓稠的黑浪。昔日鱼虾见底，摇曳多姿的清澈河水早已不见。附近小区的生活污水全部排进来，成为藏污纳垢之所。这条河流入西干渠，西干渠是这座城市的重要内河，唯一一条排水通道。曾被称作"龙须沟"，一再治理，出现过"红水"和"墨汁"现象。鱼很难存活。工业废水、居民排污都是祸首。这条长九十公里、途经很多地方的西干渠流入监利总渠，再转入长江。万水归源，长江的水最后倾入大海，环环相扣。而长江的水，又是我们活命保命的根本。古时，因水临江而居，码头文化得以崛起；现今，我们喝着自己制造的垃圾水、有毒水，污染的最终还是我们自己。

长江鱼类的减少，和过去肆无忌惮的捕捉、电网打捞有关，更与水质有关。各个层面的原因都有，还有回溯问题。春季时，我看见人们一车车地往江里投放鱼苗，以维持生态平衡，但也只是一些经济鱼，鲤鱼、鲫鱼、青鱼、草鱼、鳊鱼。像考古专家在三峡卜庄河人类遗址发现的那样：两米长的草鱼椎骨、长至一千多斤的中华鲟的盛景很难再现。

人类文明慢慢前进时，自然文明却在坍塌。过去的大自然，尽管你死我活，却是蓬勃健康的。现在的毁灭却是灾难性的。胭脂鱼、花鲈很难见，鳗鲡、鲥鱼踪迹难觅，"水中美人"白鱀豚成为绝唱，江豚也在步其后尘。"土憨巴"在菜场已卖到近百元一斤。抢救势在必行，斥巨资、建实验基地、培养鱼种、投入科研人员。我们平日看到的鱼，多半处于幼年期，再精心呵护，也难免夭折。所以古书上说的，鱼鳖像房子那样大，我是相信的，有好的生存环境，必然长寿。

也许有一天，人类对有些鱼的记忆，会越来越淡，像听远古神话，靠图样解说。

六

每至周末，我常去乡里看水看鱼。真的很失望，西干渠还是那么黑，混浊浓稠，像污了的血液。不仅没了鱼，杂草都没有。我非常难过，真担心有一天它累了，会流不动。西干渠的一条支流原本常有人垂钓，如今，一个人都没有。水是三色水，上面一层黄，中间一层蓝，底下一层白，沉淀物根据比重布局，像实验室。

那些鱼很可怜,进化得极为顽强,因水下有毒,便浮在上面。只要有一点点清水,便孩子般欢实得不得了,它们太向往纯洁了。鳝鱼也是,宁可匍匐在岸边草地吃点露水,也不愿意扎进去。有人抓,立马挣脱,潜进去,又迅速浮起。野生鱼越来越少,孤单单的小鱼鹰子,蹲在石矶上,无物可吃。

不知道这些鱼能坚持多久。纯洁是人类、鱼类共同追求的至高目标,何时才能实现。

岸上常有捞浮萍和背壶沿堤坡打药的人。网兜样的瓢子伸到水里,一瓢子一瓢子往上舀。我搭讪问,每年都捞吗?一个黑瘦、满脸沟壑的师傅粗声大气道,捞什么捞?过去再厚,鱼刷刷就吃完了,现在谁吃!我说捞了还长吗?咋不长,天天长,几天就厚厚一层,再捞再长,费时费力!师傅边低头干活儿,边叹气。我笑道,那您就代替鱼了!他一听,竟扑哧笑了。

大自然是忧伤的,鱼的减少,让生物链条断掉了一环。人顶上,又能顶到何时!

另一个脸晒得油光的师傅说,过去哪打什么除草剂,现今整治环境,为美化,人工草坪越来越多,要养护,就要打药。打了又如何,成片野草枯死,无根盘结,下雨滑坡。

举目看了看,河岸光秃秃的。

那个"冲坑"什么时候没的,我并不知道。见到时,只是一片银白沙滩。也许为灭螺,杜绝血吸虫,也许怕影响大堤的坚固,总之从江里抽沙填平了。现在被化工厂征用,建了厂房。大自然在一点点萎缩，物种也在慢慢消失。

去年应邀参加文旅区有关楚市水街设计的会议，参观时，投资几千万的芈月桥荒在那儿。据说施工中，陆陆续续震死珍贵中华鲟成年鱼三十六尾。中华鲟养殖基地在路边，与之一墙之隔。这是件难事，基地搬走要几千万；停工，损失也大。不知道最后咋解决的。可见国家在这方面投资力度足够大。可水呢? 没有优质的水源，大自然的历练，这些鱼还是温室的娇宝宝。

二十世纪九十年代，吃过中华鲟，肉硬。也吃过江里打上来十几斤的"黄鱼"，即《诗经》里的鳣鱼，肉质粗糙，老，实在没什么吃头。真正鲜嫩的还是湖里的鱼，猎奇没必要。

鱼是有灵性的，人类的存在，其实也是另一种鱼的存在。

河流黏稠，就像我们的毛细血管拥堵，势必影响全身。污染的不仅仅是水，还有土，水田同样受到化肥、农药侵害。那些上万年的鱼卵，也许永无再生之机。破坏治理，治理破坏，付出的代价可想而知。青山绿水，绝非表面的青山绿水，而是化学残留物和垃圾输出量的减少，包括固体垃圾、液体垃圾，民用垃圾、工业垃圾以及每个人环保意识的觉醒。

城市再美，如果垃圾量没减少，仍存放在地球某一处，依旧是隐患。所以环保之路很长，绝非建一个街心花园、一个绿化带所能体现的，那只是市政建设，是人类居住环境的改善。

人们总把江河定义为人的江河，称作母亲，实是所有物种的母亲。就像动植物都是土地的孩子，都有情感、思维。人类之所以优于别的"孩子",是因为团结,有了协作能力,掌握了生产工具。越是强大,越要友爱自然界的兄弟姊妹,方能体现人类教养。

又似少年取鱼,给自己下了最大的饵。

"河水洋洋,北流活活",说的是黄河,不妨代指长江,怎奈《诗经》的时代一去不复返了。地下鱼种若何?真的不知道。很痛心,但愿自然还是自然,鱼卵能够复活,也必须作为一种梦想,并付诸行动。

写完此篇,刷朋友圈,看到一个好消息。荆州摄影家文君,竟然在三峡库区拍到一家三口江豚,圆溜溜,脑袋黑黑的。一对父母带着孩子在水里嬉戏,可爱极了,真是开心之事,期待所有鱼类的回归和春暖花开。

菡萏,原名崔迎春。作品散见《清明》《作品》《散文》《广州文艺》《文艺报》等多家报刊。著有文化随笔《菡萏说红楼》《红楼漫谈》,散文集《养一朵雪花》等。

(《黄河文学》2021年第1期)

地库笔记

◎ 杜怀超

　　我常把自己想象成一只猫,黑暗中孤独群体的一员,着一身黑色的寓言,与同伴三五成群,蹲守在小区的进出口或者别处,凝望着行人匆匆、高楼林立、商铺满目以及秋雁长空,目光看上去空洞、呆滞、冷漠。这个凝视,不只是某个时间点上的延展、变形、拉长,也应该包括脱节、藕断、丝连、空白与间歇。

　　住宅小区,作为城市躯体重要的器官之一,是无限隐秘与幽深的积聚之地。而小区的入口之门,就像人类的口腔,张开后,沿着下行,穿过气管,然后依次抵达肺、心脏和肝脏等器官。网状形管道般的水泥城市,其内部不正是由这些无数个住宅小区组合而成?我更愿意把小区之门,比作城市明亮与隐晦的私处,明面上是芸芸众生自由出入的通道,迎接着晨曦、美好与梦想,暗地里抵达的,是归来者深夜窗口不眠的灯盏折射出的暗哑、疼痛和悲欢。

　　当然,我们还可以把小区的门口,看作城市白天与黑夜的沟壑、分水岭、警戒线。门内是夜晚、睡眠、夫妻吵架以及日常的日子;门外,对峙的是日出、奔走的人群、川流的车辆、高耸入云的楼盘、写字楼、金融大厦与堆叠密布不堪的商品住家楼。我以为,那些写字楼或商业大厦,相对住宅来说,是另一个收容场所。小区的活气多是在黄昏归来和夜晚漫溢时来临。热闹、喧嚣地驶入,形单影只地遁逃,无论以何种方式进入,盛装的,不是归来者的疲惫、焦灼与失眠,就是明天与下一个路口的期待与憧憬。上班下班,分明就是从此地到彼地,从左岸到右岸,光亮的部分在路上点燃、捶打与熄灭。

一

我是在小区门口的一块巨石上与它们相遇的。以巨石为圆心蹲守着,散乱,不规则,带着某种日常的自然,也可能是混乱中隐藏着某种序列。无序本身就是一种秩序。黑色的巨石,庞大、笨拙、缄默,长期潜伏于小区一角,像喑哑的思想者,与生俱来的黝黑与凝重,在夜晚的凝视里,藏匿着黑色闪电的踪迹。城市的夜晚,到处都一闪一闪的,布满着陆离与光怪。魑魅或魍魉,也许正在你我的四周。危机四伏。

对巨石的想象,源于我常看到一只黝黑的猫始终端坐在石头上,留守者还是守护者?旁边,还有几只密布虎斑纹的猫,在外围散落着、巡视着。这是它们的分工还是在地盘的争夺中失去了原有的根据地?流落巨石一侧,寻求另一种安慰与依靠。

猫自身的颜色，无形中增加一层巨石凝重的神秘，像隐藏在屋内的黑色蝙蝠，传说中的黑色女巫，神秘与怪异的身影，仿佛带着天空的咒语在人间飞行，让人恐惧和不安。这种神秘与不安，加重了小区人的不安全感。原本这座城市的繁华、喧嚣，房价肆无忌惮的飙升，物价无止境的上涨，还有一票难求的学区房等诸多因素，已经使日常生活遭到了重重包围与剿杀。包围圈里的人们，在时间与空间的双重胁迫下，早就变形异化为一根根细瘦的绣花针，在厂矿企业、商场酒店等场所里，咬紧牙关，埋头躬身于横流的物欲生产线，以此维系着陡峭的生活。

城市的每一个拐角与窗口，吞吐、转折、旋转、下坠的，是经济的水声与充满物质和利益的欲望。我们走在街上、马路上、商店里或者公交车上，耳边响起的是证券所股票的跌宕声、是楼盘的惊嘘音、是商品推销的吆喝声、是教育培训的埋怨声，还有房产交易所的喧哗声。我所在的小区物业管理部门，组建个微信工作群。这原本属于工作性质的沟通联络工具，转眼被日常生活所"圈地"；取而代之的，不是业主与物业之间的交流，而是一日三餐、修补打扫、生活旅游、文娱活动的狂轰滥炸，是股票、楼盘、债券、二手房和旧商品等铺天盖地的信息。城市的拔高，对时间和空间做出强烈的异虚拟的网络勾连。而宏伟和高端的上层建筑，与日常烟火相隔甚远。还有一些能干的主妇，在自家的厨房里，靠着自己的心灵手巧，做起蛋糕、面包以及各种熟食，在群里大肆兜售。从乡村来的业主们，利用故园的土地优势，做起环保、天然、绿色的乡土菜生意,拿来乡下的油桃、土鸡蛋、槐花、枇杷等,赤裸裸地吆喝着,一时间引得吃惯了大棚和超市食物的"吃货",纷纷抛出橄榄枝。进城早的业主,则把家里的旧家具旧物,折价发在群里叫喊,这种叫卖也是有市场的,一些以租房为业或者流落城市的打工妹打工仔,用少许银两,换得廉价的配置,皆大欢喜。实在没什么可以叫卖的,有人力资源的主妇们,就干起媒婆的行当来,给城市里单身的小伙子们,对接纯朴善良的乡下表妹姨妹们。大部分的时间里,小区处于一种现实的静寂,只有群里是热闹的、喧嚣的,人来人往,穿梭不停。

我和它们的相遇,是在时间的凝滞状态下进行的。斑驳的豹纹,围绕着那块巨石,它们像几块被遗弃的、极具重力的风化石。带着时间纹理的石头们,和我一样,俯首在同一个屋檐下,凝视着小区门口的过往,不动声色。

二

这是早晨七点三十分,一个慌乱、拥挤、喧嚣的时间节点。赶赴八点公交、上课、买菜、赶火车、挂号、奔丧等时间的人流,把不足三米宽的门口,在轿车、电动车、自行车以及行人高强度的逼近、挤压下,已经失声了,尖叫了,轰鸣了,车鸣、人叫、门卫的训斥声,还有孩子的哭喊声奔涌而来,空气中已经弥漫着和一丝丝肉体摩擦的撕裂之声。不甘寂寞的外卖小哥,赶趟似的,带着刚出炉的、散发着温度和热气的早点,猫着腰穿过闸门的狭隘保安鄙夷的眼神和人流的缝隙,朝着单元门心急火燎地奔去,活脱脱一只撒腿狂奔的野猫。

这是谁的早点?想必在这个忙乱的早晨,还有人慵懒地躲在高楼里,享受着这晨曦、日出、悠闲,似有"众人皆醉我独醒"的人生况味。

我对高楼里的她们,还有眼前的猫们感到惊奇,在喧嚣和纷扰之外,保持着无动于衷还是波澜不惊?一波波人群,从楼宇的高耸里钻出来,汇成一股强大的、澎湃的、激越的河流,冲向门口。紧张、喧嚷、拥挤,居然没有惊吓到她们和它们。是对这个忙碌世界的麻木,还是看透这早已熟稔的日常图景?老僧入定,静坐在巨石上,静静打量着被光阴和生活打乱的天籁。

有时猫实在淘气,拦在内部道路的中央,有人迫不得已,停下匆匆的脚步,把它们推开,动作看上去有点简单与粗暴,有些生硬和冷酷。这也难怪,人家急等着要上班打卡考勤,你这猫凑什么热闹?可是,这些猫,就像《叶隐》里那独特审美的男子,谦恭、持重和沉静,面对突如其来的野蛮与侵袭,丝毫没有惶遽、惊叫和遁逃,而是随着人流带起的气浪,靠着惯性顺势闪到一旁,"佛系青年"般闪开一道沟壑与空隙,然后继续颓废在一旁,独享一种忙碌中的淡泊与宁静。

我原本以为这些猫会躲避、忍受、溃散或者反抗、挣扎甚至与之搏斗一番,伴随着凌厉的喊叫,竖起锋利的爪子,露出狰狞的牙齿,然而它们都没有,一再地退让,退让,再退让;沉默,沉默,再沉默。这与一身深黑色伪装的象征丝毫不相称,缺乏夜晚中某种惶遽的咒语、令人战栗的锐气。

这是源于小区的呼吸?我所居住的小区,完全被绿地、树林、高大的建筑以及不见天日的荫凉所遮蔽。浓密而巨大的庇护下,许多貌似庞大惊悚的动物,在主人的驯化下,早已演绎为温柔与乖顺的背影。这是一种掩盖虚弱的外表,还是对世界的恐惧与战栗的伪装?我经常见到小区里一些高大威猛的男人或者浓妆艳抹的女人,怀抱着一些娇小的宠物,徜徉在午后的林荫道上。当然,更多的是一些金丝笼里的娇小女子,牵着一只只体型肥大的狼狗、土狗,摇头摆尾地晃悠在小区密林掩映的深处。所到之处,行人纷纷退避,胆小惧怕猫狗的人则瞬间仓皇而逃。跟在一只早已失去威风的狗后面,主人继续威武着。

三

这诡异的表现,后来我在小区门口的黄昏里得到了答案。这个定格的时间,不是某种隐喻与象征,而是一种日常时间的真相回归,像游子归来、倦鸟归林、牛羊回圈。早上外出的人,带着一天工作的风尘,穿过那扇刷卡开启的电动门,陆陆续续地回到小区。小区以门为界,从静寂又恢复到短暂的热闹,一时间像烧开的铁锅水,热气密集上升,喧闹沸腾不已。相对白天而言,空寥与沉寂的小区，已算得上有了城市的活气与言语。

返回到小区后的人流，褪去职业装、办公脸以及在单位的种种消极情绪，换上另一种面孔，以家居服、休闲服的装束，遛狗的遛狗，与爱人散步的散步，或者带着孩子从小区出去，到马路对面的奥体中心休闲、健身，等等。还有的人白天没来得及去买菜，背着包直奔门口几家菜店，挑拣着已经蔫了的蔬菜。烟火气从小区逐渐上升、漫溢起来，生活回到了原本属于她的轨道。

黄昏，是猫群出现的另一个时间渡口，以固定不变的方式，出现在小区门口。一只、两只，或者更多，仍旧盘踞在那块巨石附近，一只猫高傲地蹲在上面，盯着进口处归来的人潮，间或发出一两声无厘头的叫唤，呜咽声里，极尽柔软和委屈的成分。

我后来才明白了猫与巨石的关系。那块半人多高的、方方正正的巨石，对它们来说，是"庙宇"里灰暗、笨重、老旧的"供桌"或"神龛"，现在，在"神龛"之下，是一群虔诚膜拜的"教徒"，它们以贴地俯首的姿态，包围这座"神龛"。巨石的上方，一只不知何时就有的蓝花瓷碗，空口朝天。碗是空的，旁边凌乱地散落着一些吃剩下的鱼刺、肉末等残渣，有新鲜的，也有以前的。看样子，这种情景已经持续了很久。

猫群在黄昏与早晨的出现，我不知道为什么会不一样。傍晚的那群猫似乎没有精神，它们看上去稍显疲惫，弓着腰，缩着头，耷拉着两只耳朵；面对每一个路过它的人，总要发出一两声让人听来软弱无力的喊叫，加上浑身凌乱不堪的绒毛，把小区宁静祥和的气寂顷刻间打碎、撕裂。

对于小区而言,早晨,是道汹涌的河流。一波又一波人,从高楼上乘着电梯,流水般通过甬道,抵达小区的门口,然后在出租车、公交车、电动车等交通工具的承载下,流向每一个人所追逐的地址。一条大河,化整为零,分解成无数条小溪,在属于各自的山路上蜿蜒、流淌。最壮观的莫过于小区的地库,你只要往车库门口一站,不论是早上还是黄昏,成百上千辆黑色的、白色的、红色的轿车,从地库中鱼贯而出,排着整齐的队列驶出小区。地库,像一个大腹便便的孕妇的肚子,或是一个隐藏在地下深处的黑洞,在地表树木葱茏与绿草如茵的掩护下,谁能想到这无数的铁家伙,像夜晚里的猫,隐秘在黑暗之中。

那一刻,我对地库有了某种担心和爱怜。这被掏空肥沃的土壤,承载着植被、种子、蚯蚓、黑壳虫以及各种腐殖质土壤的地下空间,一旦在大型挖掘机的外科手术下掏出肝脏、割断血脉、扯断神经、流尽隐秘的暗水之后,填补进去的则是水泥、石块、钢筋,还有纵横交错、冰冷坚硬的通风管道和鼓风机,包括后来钻进来的无数甲壳虫般的车辆。每一辆车,都有一个秘密抵达的远方。在车主的驾驭下,它在蜿蜒的道路上奔驰着、狂野着,与平坦、笔直、起伏、肉身、恒远有关,也与徘徊、盘绕、停息、曲线和伤悲有关。有的车也许日行千里,有的车也许只能原地彳亍,像一个人或群体,在这个现代化的城市里,有的人找到了驿站与归宿,有的人依旧流星般走在风中。

小区,这个坚强而又缄默的怪物,在早晨和黄昏的日常交替中,要不断地经受着贫血与充血的折磨。上千辆车从它盛大的胸怀里爬出来,带着沸腾的轰鸣、温度和热血,直到渐渐平息。这不正像一个人的失血? 而抵达黄昏,又像一个人躺在病床上输血,夕阳是个巨大的输血袋,充实与空虚、平安与焦灼、憧憬与失望、精神抖擞与一蹶不振,都在车轮滚动的节拍里,发出明明灭灭的示意和寓言。

四

门口人群和车辆进进出出,像河流,猫们对此熟视无睹。不知道它们从哪里钻出来,走到巨石旁,继续着这凝视的功课;应和着小区不远处古寺的钟声、僧人的诵读声,一起铺展来尘世的合唱。

我对猫的记忆,停留在故乡的村落。我以为村庄是猫们最好的家园。作为老鼠的天敌,只有在夜晚不设防的村落里,猫才能发挥脚上的肉垫和缩进去的利齿的作用,才能发挥黑夜中守卫的耐力与执着。别看村庄里的猫们白天躺在屋檐下,眯缝着眼睛,在阳光下翻过来覆过去地舒展着,半睡半醒;或者待在主人的身边,瞅着主人的眼色,围着主人的裤脚绕上一圈,撒上一个娇,发出一声缠绵的叫唤。这声音,其实不是卖弄可怜,而是在向主人报告,别被它白天懒惰、爱睡觉的表象所蒙蔽,那是它们在养精蓄锐呢,时刻等待着冲进黑黝黝的夜晚深处,彻夜不回。

这是猫迷惑老鼠的一种假象。一旦到了夜里,猫们立马从颓废拉到高八度般的抖擞,它们从一家的门洞里钻进,然后从另一家的门洞里钻出,一家一家地,展开对老鼠"惨无人道"地捕捉与虐杀。猫似乎不懂得优待俘虏,逮到老鼠后,不是为了填饱肚子,而总是要调皮地玩弄一番,直到其气绝身亡,才会转身走开。

猫一旦走进城市,乡村就成了诗和远方。乡下的土坯房与城里的商品房相比,没有精致、华丽、高端、封闭,但是乡村房子的宽敞、开放和随意,给了猫们安全舒适的家园。乡下人不管哪家,总会在门框的一角留有一个洞,那是为夜晚进出的猫准备的。而高度封闭、精致雄浑、富丽堂皇的建筑,别说一只猫的门洞,就是一只苍蝇飞进来的罅隙都甭想有。紧闭的纱窗、高科技的密码锁,还有严密监控的摄像头,打造出一个严密封锁、昼夜监控的时空,把一只只崇尚自由、爱捉老鼠的猫,拒之千里之外,望楼兴叹。

失去故乡的猫,会以怎样的一种状态存在着?也许从狗的身上,可以获得答案。黄昏时分,在碎石铺就、灌木掩映的花园小径上,总会碰到一些珠光宝气、牵着狼狗的女人,肥胖而臃肿的身子,垂下来的长发,在一根狗绳的牵引下,摇摇摆摆地溜达。看到贵妇人走来,我们只能远远地躲开,不是怕那贵妇人,而是担心她身边的那只高大的狼狗。小区的微信圈里,早就呼吁文明养宠物,禁止养高大威猛会伤人的危险宠物。这遭到了圈内养宠物的人的群体攻击。冠冕堂皇的理由是,宠物轻易不咬人,只要你不去惹它。这是什么话?难道人会主动地去"撩"狗?养宠物的人说,如果你愿意,也可以咬狗的。

五

巨石。猫群。门口。这是一场日常中的偶然,还是有预谋的演练?那天,万物配合得恰好。天气突变,天色瞬间暗淡下来,风从远方赶来,裹挟着乌云。冰凉的雨,夹杂着天地间的重量,稀里哗啦地砸了下来,在风的助威下,小区的门口,显得寂寥、凌乱。几个执勤的保安,一改往日的殷勤和周到,缩到了岗亭里,摆弄起手机微信来。巨石旁的樱花树,在风暴的攻势下,细碎密集的叶子,盔丢了,甲弃了,溃不成军,散落一地,随着潮湿的雨滴,混搭成一块儿,凋零成暴尸街头的现场。凄风,冷雨。大石头、小石头依偎在一起,抵抗城市的孤独与寒冷。

骤雨初歇。另外一群人开始登上巨石舞台中央。这应该是猫们执着等待的人吧。她们从各自家里拿来食物——煮熟的鱼、火腿肠还有一些零碎的面包,来到巨石边,把食物搁在石头上。讲究的人还带来一只巴掌大的蓝花绣边瓷碗,把食物放在碗里。清一色的老人,从不同楼宇里走出来,操着不同方言,聚集在雨后的巨石旁。

这时,西天从乌云的缝隙中,露出了几片云霞。在霞光的映衬下，大地上出现了一幅奇特的人间画卷。地上散落的猫们，像一个个动词，已经回到了巨石这个句子上；像树叶，按着某种序列，回到了树枝上。它们和原先在石头上蹲守的猫排成一排，在不时发出的喵喵叫声中，开始进食。对面，是小区里来自天南海北的老人们。

我曾了解过，这些老人，有的是随儿女从老家过来带孩子的，或者接送孙子孙女上学的；有的是陪着女儿在异乡生活。他们是小区最忠实的住户、最长情的陪伴者。他们穿着整洁的价格不菲的衣服，虽然看上去还不太合身。白天里，从黑洞洞的窗户里透过来的，是他们空洞而寂寞的眼神。这肯定是在城市打拼的儿女，为了让他们像个城市人而重新包装设计的。可是，从额前散发出的乡村气息，以及浑身上下泥土的味道，明显地与城市封闭的气息格格不入。他们，不正是白天蜷缩于小区深处的猫群？金融大厦、斑马线、旋转餐厅还有灯光舞台等，距离他们很远。他们走得最远的路，应该就是抵达小区门口的路程，等待或者张望着自己孩子的归来。

猫们吃得欢快，嘴里发出吧唧吧唧的声音，有点狂欢，有点撒娇，完全是一种胜利者的激情和姿态；吃饱了喝足了的猫们，不顾风雨零落，围着那只饭碗，展开了一场看似严肃实则活泼的决斗。瞳孔放大，尖锐的爪子已经伸出，身体朝着后方使劲，分明是一种以退为进的攻势。突然不知道哪里响起一声吆喝，立即摁住了那只顽皮的猫，战斗进入休止状态。那只猫失去威风后，转瞬又以温柔缠绵的身段,趴在那只碗边,继续展开吃喝大戏,有时还会转过身来,伸出细软的舌头,朝着过往的行人上下翻卷,舔舔自己毛茸茸的嘴唇,极力证明自己的温柔。

短暂相聚的老人们,一边盯着这群猫,一边操着各自的口音交流着。他们像猫一样,时而大声,时而低语,时而欢笑,时而沉默;自然,熟稔在这里得到完美的演绎,仿佛故旧,老相识。他们的故土、村庄似乎在这只猫碗的周围呈现着。在这雨后片刻的宁静与祥和之中,心早已飞回了遥远的村落。

猫们吃饱喝足后,从巨石上下来,抬起眼帘,用人间小小的满足,朝着老人们叫喊了几嗓子,当作是对老人的一种回应;我已酒足饭饱啦! 当然,也许是对下一次的期待和诉求。你听懂没有,猫们才不管呢,它们摇着尾巴,拖着圆滚滚的身子,踩着"猫王"的舞步,朝地库懒洋洋地走去。

陌生而又熟悉的老人们,没有受到猫们离开的丝毫影响,依旧伫立在原地,继续着一个又一个话题,爆米花般倾泻出来,充满着热望和迫切,讲到低沉处,有的人还会忍不住地流泪。

此时,天已经完全黑了下来。

六

城市的夜黑起来,要比乡下深沉、铁血和支离破碎。高低不齐的楼房,像暗夜里长出的巨刺,挑破夜晚的秘密。远处高楼上的几盏不灭的灯光，在深渊般的峡谷里，执着着光亮。白炽灯的惨白，像一个人剖开肌肉后露出的森森白骨。从某种意义上，黑夜对城市来说，也是一个疗伤的隐秘时分。没有人躲得过伤口或伤疤的纠缠，即使在衣着光鲜与形象靓丽的背后。

夜晚走到小区的门口，就像峡谷与云端的抵近侦察，水泥、电网以及钢铁伪装成一个巨大的黑洞，整个小区从门口望去，是个内部阔大神秘的、错综复杂的黑洞。高楼、别墅、葳蕤的树木、灌木以及猫和巨石，还有暗夜里归来的人，这些移动的惶遽的无助的彷徨的，背井离乡的颠沛遁逃的走投无路而又逍遥自在的黑色身影，聚与散，失宠与失踪，悲与欢，荣与枯，生与死，可以看作是一道聚聚散散的盛宴，一个归而未归的地址，更多的人则被举在半空中。

我在城市里看到最熟悉的一幕，莫过于空中颤抖的脚手架，庞大的巨型机器塔吊，在吱呀声和轰鸣声中，展开对房子的破坏、重建；再破坏，再重建；新旧交换，这是不是被推上山顶的另一块西西弗斯的石头？而地面上奔驰的则是火柴盒一样的轿车、纵横交错的公交以及地面之下运行的地下铁。城市，分明是一台高速运转的绞肉机，与钞票、时间、效率、计算关联，它碾碎汗水、青春、皱纹；稍有不慎，不是下落不明，就是血肉横飞。

我是在小区后门发现了那个令人生疑的年轻女人。我该如何描述那个夜晚中的女人，是无法言说的一节乐章，还是半部詹姆斯·乔伊斯的小说？粉丝们说，乔伊斯的小说是写给未来人看的。生活比文学作品更加精彩,时常呈现一段不为人知的哲学面孔。黑夜、工业园区、高档小区门口的一侧、明暗的灯光、来历不明的妖娆女人和一摊青色的莲蓬,怀抱着看样子没有足年的婴儿,眼神迷离着投射向晚归的人群、疾驰的车流。这过多的隐喻、象征以及多解甚至无解,平面的、立体的、虚幻的、神性的,密集地指向无尽的夜晚和时间深处的分叉。

我发现她时,她很安静,像一只抱着幼崽的黑猫,在宽松衣服的保护下,蜷缩着身子,收拢起所有锋利的爪子,以及那双可以穿透黑夜的目光。树影在斜射过来灯光的照映下,有明明暗暗的光斑落在她的身上,像夜晚的疤痕。怀里的孩子已经熟睡了。她始终站在树影里,既不吆喝,也不言语,更多的时候,是低垂着眼帘,有一种羞涩与躲避。这个夜晚在女人的身旁,似乎变得更加魔幻与神秘,而对女人身份的猜测,也更加扑朔。现代园区的高端大气与现代,造成人们对尘世烟火的排斥与远离。透过那些摩天的建筑,我们很难发现生活的真相或者日子的真谛。难道这个女人是被生活所迫?为了可怜昂贵的生活资料,躲避白天城管的封堵,趁着夜色挣点孩子的奶粉钱?还是被一个四处流浪的男人甩了,留下孩子和不堪的日子? 看着面前不多的莲蓬,即使兜售完,又该如何抵抗生活的席卷?可是看她的神情,分明又不是一个常在江湖流窜的小商小贩。在她的身上,我们很难看到一丝狡黠和欺骗。她的目光没有勾留在路人身上,没有栖息在那些青涩的莲子身上,她的眼睛落在孩子身上。我敢说,任何一个经过的人,稍微一点儿动作,一些莲子就会下落不明,但女人毫不在意,眼睛里只有孩子和车辆川流不息的马路。这个状态,让人都有点怀疑,她不是在卖青莲蓬,是在卖襁褓中的孩子。

当然,我们还有一些猜测,这是个来历不明的女人,是一只"金丝雀"或者被老板抛弃的女人,现在抱着孩子,打着卖莲蓬的幌子,堵在小区的门口,等待那个负心汉。

这是一种用孩子胁迫男人的手段和方式?得承认,钢筋与混凝土的膨胀,加重了人与人之间的陌生感和不信任感。你很难知道,从一幢楼里出来的男人女人,已婚还是未婚,职业、年龄、"土著"还是外地人。一口标准流利的普通话,灵巧的舌头加上厚厚的水泥,已经封堵住方言、习俗、身份等信息通道,我们只能眼睁睁地看着一些人从楼里出来,一些人进了楼里,然后随着电梯,消失在各自的巢穴与远方。我们无法叫出其中任何一个人的名字,即使与我们同属于一栋楼一个单元一个楼层,哪怕是隔壁。

这也给那些不守规矩、花花肠子的男人们提供了可乘之机,他们在几个女人之间游刃有余地玩起了"躲猫猫"的婚姻游戏。

距离我们小区不远,有一处俗称"十三妹"的住宅小区,里面住着一些来历不明的女人,整日里操着各地的方言,每天接送孩子上下学。你很少看到她们上班、下班,但这并不妨碍她们的衣着雍容、高贵、奢华。她们的身边,很难看到男人的面孔;即使有,也是昙花一现,稍纵即逝。我还听到过这样一个真实的故事,一个房地产老板,在那个小区居然养了三四个女人。荒诞的是,居住在同一小区的几个女人,愣是没有发现男人的破绽。几间租来的房子和一个所谓"爱情的结晶",在日子的深渊里,牢牢困住女人的一生。

我不知道这样的女人,在城市里还有多少?站在小区门口兜售的女人,是不是她们其中的一个? 和黑暗中的猫一样,我们无法分清楚哪一个是夜捕的,哪一个是偷情的。我知道,猫偷情时会高声叫,而人偷情总是显得小气和低调,在黑暗中窸窸窣窣着。

七

清晨与黄昏,我开始对小区门口的那群猫念念不忘。一个问题从心底浮起:之后的那群猫到哪里去了?刮风、打雷、暴雨或者更多慌乱与惶恐的时分,它们在哪儿呢?或者说曾经的"小芳们"都躲到了哪里?回到故乡?故乡还在?过得怎么样?现在的乡村,已沦陷为城市的一部分了。在城市里,我们每天都要邂逅清洁工、农民工、饭店服务生、房屋中介、外卖小哥以及无数白领、蓝领、金领,他们在时间的指挥棒下,在夜晚星星的红绿灯下,都去了哪里? 有家可归还是无家可归?

离小区不远的工地上,一幢楼接着一幢楼拔地而起,一群人又一群人随着拔高的楼宇,不断地从一个工地迁徙到另一个工地,密密麻麻的楼宇,却没有一间可以安放他们或她们,甚至它们的身体。我也见过大雨突如其来的情景,马路上总有一些人,在雨中茫然四顾,不知所措。这不是说他们是雨中的战士,或是对雨有所迷恋,而是不知道哪里可以躲雨。在雨中行走,已经成为他们经年行走的方式。好在大雨可以淋湿他们的衣服,却不能淋湿一个人的心田。那一块属于家的空地,始终是响晴的,无风也无雨的故土,始终在城市的反光里飘浮。

至今想来依然觉得自己幼稚可笑。很多时候我还在为一次次被掏空的地库担心,为那群猫担惊受怕。而实际情况则是,那群猫,在我们看不到的时间里,早与地库完美地纠缠在一起。它们离开村庄后,在城市的又一个隐秘世界里继续生活。那也可能是它们在城市里最后的领地。

都市建筑的富丽与堂皇、智能电子的无缝对接,层出不穷的快递简餐,使我们的生活,在不断发展中逐渐走向颓废、异化和程序化,尤其是人的四肢,其功能似乎丧失殆尽。你想从城市的缝隙里,寻找到村庄烟火,或回归田园生活,已经成了一种梦想。同样,城市里的动物与乡村不同,如果不能够成为人类手中的玩物,那么,无人认领、飘荡在外的流浪与被抛弃就是它们最好的结局。

猫们不是不勇敢,也不是不清楚城市对它们来说,是一个建筑疯长和人潮汹涌的荒原。我见过一些清醒的猫逃离的悲壮。在宽阔的高速公路上,或者一些纵横交错的街道上,时常看到一些猫、狗或者别的动物们横穿马路时的惨状，其肉身早已被滚滚车轮碾为枯槁的标本，像马路的一块结痂的伤口。暴尸街头，横尸马路，这就是它们逃离的命运吗？它们想过要逃离玻璃、钢筋的丛林与密集的车流，可是天降横祸，生命迅速地画上了休止符。觉醒的最后，注定是令人伤悲的。是的，城市的不断膨胀，让更多的动物被迫消失或者下落不明。

城市小区的地库，给猫们偌大、空洞而黑色的回答。这个看上去短暂而又永恒的地下空间，收纳着城市的车流还有遮蔽的世界。

我该为猫们庆幸，还是为城市留出这么一块地下空间叫好呢？

它们是黑色秘境中的精灵。在这个玄秘、昏暗的立体空间里，猫们个个身裹着黑暗秘密，带着某种神符与秘语，像四处游走的动词，发出嘶叫。

我忽然惊觉，猫是这个地下空间的主人，入侵者是那些发动机轰鸣的车辆。如果你站在小区门口仔细观察，会发现每一只猫的眼睛里，都闪过一缕不易觉察的轻蔑，那是对那些车辆狼狈逃窜的蔑视。车水马龙、大地轰鸣之后，猫们迈着轻盈的步伐，扭动着灵动的腰身，哼着无人意会的小曲，随着尾巴蜿蜒的曲线，一个个径直回到地库，回到它们的居所。现在，是的，这是它们的居所，谁也不能改变，谁也无法占为己有，即使那些逃窜而去的车辆再次回到这里，也改变不了它们是房客、入侵者，只有猫们才是房东，是主宰者。晚上九点后的地库，则是一片欢腾的世界。

我是在那个时刻偶然闯入猫们领地的，撞开了地库隐秘的一部分。

那个时刻，我和那些冰冷的钢铁盒子无异，笨重、野蛮地闯入它们的领地。我是另一个世界的入侵者。纵然我不是猫，可我分明感到压抑与窒息。

这镜像，与地面上现实的世界何其相似？猫群对应着的，不止是那些无所事事的老人，应该包括所有在地面上奔跑的人。一直以来，我对城市始终保持着某种偏见与警惕。特别是日益拔节的摩天大厦和逐渐衰老下去的人们之间，天生是格格不入的。我以为这种隐秘的博弈，在粗暴的排斥和暗无天日的孤独、如血的黄昏下，有着某种悲壮与凄凉。而那迷乱暧昧的夜店、醉醺醺的酒吧以及宽阔坚硬的马路，则是为新生的事物以及青春期的人准备的礼物。城市的面孔，在时间的一端，始终湮没在一个巨大的词语中：日新月异。"新"很好理解，那么"异"呢？是我们看不到或不想看见的衰老、疾病、孤独、死亡……

很多时候，我一个人爬上小区三十三层的楼顶，俯视地面。

拥挤不堪的人流，在时间的拨弄下，流水般地被裹挟着，奔涌着，直到分解成无数细小的溪流，然后溃散。大量年轻的、看似脱缰的野马，在路上狂奔一段过后，逐渐慢下来，接着机械般地走进厂矿企业的内部，成为生产线上的一分子，安分守己的一分子。大浪淘沙过后的小区里，遗留下的沙石、沙砾以及坚硬的石块，散落在小区宽松的马路上、门口以及失修的私人花园里，稀疏的身影，是河床里那些没有被冲走的石块，没有生气，也谈不上活力四射。如果你要是再马虎一下眼睛，那些遗留在小区河床上的石块，笨拙的、苍老的石块，转瞬即逝。它们或者他们，去了哪里？没有人能告诉你。

道理也许浅显，但并不简单。一个石块的下落跟它受到的重力是有内部关联的。石头自由落体，自然要往下坡落去。那么这些河床上的石头般的老人们，不受城市待见的老人们，他们不断下落、下坠；最后的归宿，正是地库这个天堂般的地方。小区早晨或者黄昏时候的那一幕幕，再次在我眼前闪现。那一瞬间，我对那群流浪猫与河床上的遗留石块般的老人有了某种联想，他（它）们之间的相守与呵护，是有着某种相通的情愫，秘而不宣，却又同病相怜。

我记得那个时间段应该是傍午或者午后的样子，也是一天中最为荒芜、无所事事的时刻。沿着电梯，在一种失重带来的麻木中，堕落感随之上升。抵达负二层后，闪身钻入地库，等待一辆车载着沉重的肉身，抛弃在漫长的高速路上。疾驰的风，带给人一种向前奔跑的力量。其实，我们仍旧停留在原地。

八

走近白炽灯与白天的黑暗交融的地库后，你会发现，这个隐秘的空间里，空气、时间与地面同样令人窒息。这幽暗的地库，不只是那一群猫的领地，也同样属于白天里围绕在猫群身边的老人们。猫群和老人们，都是地库的所有者，各自也都是入侵者。

这场对决或者说是战斗，神秘而又荒诞。神秘在战斗双方，是一群流浪城市的猫与生活在城市边缘的老人们。这看似不对等的战斗，居然会在某种条件下形成战场对峙。这场战斗不像史书上记载的那些史诗般的战役，光荣响亮或者惊天动地，也不像发生在勾栏瓦肆之中的那种大呼小叫，而是无声的、缄默的、暗哑的、愤怒的、张牙舞爪的，甚至是你死我活的。

暗淡的光线，暗淡的猫群，还有暗淡的老人，两支队伍，一高一矮，但这丝毫不影响双方之间的决斗，以人防工事沉重的铁门为楚河汉界，以睁大各自的眼睛作为武器，用冷兵器的寒光，彼此对抗。一时间，地库里的所有景物，在各自瞳孔放大的凝视里，增添了几分凝重，让人心生寒冷。此时的猫群，完全不是白天的那副倦怠、慵懒以及无精打采的低迷状态。

在地库一盏日光灯的照彻下，猫们借势轿车这个"工事"，开始排兵布阵。有的昂着头，吹着胡子，站在光亮处；有的埋伏在私家车底下，伸出头来，打量着对方；有的冲锋在前直抵老人们面前，倒竖着尾巴，眼睛睁得大如铜锣，不时发出几声嘶叫；还有的则像狙击手一样，占据车顶这个有利地形，俯视前方，仿佛稍有不测，就会以一个猛虎下山般俯冲，完成一次成功的阻击。当然，一定还有更多的猫们，潜伏在漆黑的地库一角，作为支援和强大的后方，只等待前线一声令下，吹响进攻的号角。

老人们也不甘示弱。虽只有区区三人。明眼人看得出，三个拾荒的老人，在气势上明显弱于对方，但依靠着逐渐佝偻的身躯，并没有在它们面前胆怯、恐惧，没有后退一步。她们手拎着肥大的塑料袋，袋里装着刚刚从回收箱里拣出的可回收物品，站在猫群的对面，两者相距不足两米。只是平时拿在手里拨拉可回收物品的蜕皮木棍，此刻被紧紧地攥在手心，也就是说此时的木棍，已成为她们手中防御的武器。

对峙还在进行。没有结果就是结果。因为从长时间的对抗中，想必已经看出最终的胜利者，也就是说猫们已经获胜。占据身高、武器（木棍）等优势的三个老人，在长达两个多小时的博弈中，始终没有借助人类瘦弱而又膨胀的身材，挥动一下手中的有力武器，脚步也没有向前移动一分一毫。倒是在锋利的猫爪子和凄厉的喊叫中，惊吓得后退几步。尤其是猫们睁大的两只铜锣般眼睛，从黑暗中射出的两道雪白寒光，像两柄血刃的利剑，剑锋准确无误地击中老人们的目光，寒意沿着衰老的皱纹、透风的牙齿、银白的头发还有弯下去的身子，一点点，渗入，渗入，像某种催化剂腐蚀着，老人们就在这寒意里，开始躲闪、恐惧、后退。她们又望了望前方不远处几位麻将桌旁的老人，甚至有了逃走的念头。

猫们似乎读懂了这一切，或者说已经看到了一群溃败的老人们，她们在围攻垃圾桶、夺取阵地的战斗中，已然败下阵来。猫们还没有收手的迹象，相反，不断地有猫从黑暗中走出来，迈着尖锐的舞步,或凌厉着锋利的牙齿,抖动细长的胡须,在脸庞不堪的变形中,继续与人类展开威吓、恐怖的博弈。

一场战争哪!看似强大与弱小的对峙,最终形成强大反差的对峙。我们以为,在强大的、无所不能的人类面前,弱小的猫们自然是俯首称臣、贴地行走。它们退缩到黑夜的深处,靠着几声虚张声势的喊叫,以惊醒午夜盗窃的老鼠们,否认自身的懦弱与胆怯。当然,也有不识趣的猫们,会在这看似忠于职守的夜里,以呵护黑夜的名义,撕裂几声缠绵悱恻的叫春声来刷"存在感"。

一切都在虎视眈眈中行进着。这场强大的对峙,三个老人,几十甚至几百只猫,这是一组多么可怜的数字对比啊!

这个寒酸而屈辱的情景。让我不禁联想到白天的老人们与猫之间的事情,也可以看作是这场战斗的铺垫与前奏。难道是为了夜晚的战斗而想出的一种用"糖衣炮弹"麻痹敌人的战术?那些老人们,用大鱼大肉或者小鱼小虾,在给猫们"上眼药""抹甜水",还是在沟通、缓和敌我双方的关系?他们在卑微地祈求着,以落寞不安的状态,呈现在黄昏或者早晨的猫群前,以期感化这些坚硬的小石头们。

可是,这个战术是失败的,没有一点儿作用,甚至是极其可怜与悲哀的。这些招数不仅没有换来猫们的退让,相反从软弱与彷徨里,看到了人类的虚弱。为了地库的空间,准确地说为了地库里的一个个垃圾桶,猫们选择了战斗,勇敢地战斗;敌人不退,战斗不止。

人为财死。猫们誓死守卫的,是存放在地库里的那几个垃圾桶。高楼大厦厨房里主人们的奢华生活,为它们带来了一天又一天的美食。大量的食物遗弃,给了它们生存下去的勇气和力量,以便在苟延残喘里,继续着从乡村逃离出来的背井离乡之痛,继续着与这个日益长高繁盛的城市妥协,直到融为一体,不再格格不入,不再老死不相往来。

这些猫们,哪里知道那些拾荒老人的心思?与它们的想法千差万别,她们寻求的不是高楼主人抛下的残羹剩饭,而是废旧的纸箱、撕碎的泡沫以及布满灰尘的旧家具和孩子的昔日玩具,老人们要靠着这些东西,捡拾回去,送到不远处的废品收购站,换取一些生活的成本。

这样一来,地库里的一只只蓝色塑料桶,隐秘的容器,装载的不再是生活的残渣,而是猫们与老人们各自的命运了。

九

猫和几个拾荒老人的对峙游戏每天都在上演。这是一场长久而又没有尽头的拉锯之战。老人走了,会有更多城市的新老人加入;猫们呢,一只猫终结了,会有更多的流浪猫涌来。他(它)们接过各自的接力棒,共同完成对生活乃至生命的某种坚守。

战场之外,不远处,还有一群在下象棋、玩纸牌的老人们,他们躲在一间没有窗户的地下室里。这里其实是墙壁与柱子的一种改装,四面围成一间房子,放上一张业主遗弃的餐桌,还有几把破旧不堪的椅子,以此组合成两个人或者四个人的游戏,对抗老去的时间。

巨大的吸引力,还是熟视无睹?他们沉浸在自己的游戏中,完全没有理睬在地库的另外一侧,一场属于人与猫的大战悄然发生着,看上去无声无息,却也有几分惊心动魄。如果他们能从桌旁走下来,来到拾荒老人的身边,即使不要言语或者手持棍棒,只要那么轻轻地一站,相信战局会立马扭转过来,进而夹着尾巴,呜咽几句然后仓皇逃窜的,不是丢盔弃甲的人类,而是一群与人类同行的猫群了。

那些老人始终端坐在桌旁,热热闹闹地铺陈着没有尽头的游戏,没有抬一下眼皮,或者发出一声惊呼。

后来,我多次来到地库里,发动着私家车。车沿着从地面上穿透下来的光亮,从昏暗的二层,穿过模糊的一层,抵达明亮的地面,然后像一只只奔跑的甲壳虫,在纵横交错的高架桥与快速路上疾驰,以城市为中心,看似有条不紊地生活着工作着。在城市这架庞大无边的、高速运转的机器里,我们很难说得清楚,这就是所谓的城市生活?这就是我们想要的生命状态?

我没有在意那一场荒诞而又隐秘的人猫大战。虽然我也像一个拾荒的老人,或者一只夜晚中坚守的猫,幽魂般,踟蹰在负二层的地库里,看着一辆辆私家车,载着西装男人与浓妆艳抹的女人,在马达声中离开这里;或者等待着他们像夜晚归宿的鸟儿,再次回到这个巢穴,回到这个猫群和拾荒老人争夺的战场。

如果说我还有一点儿好奇的话,我喜欢等待那些深夜回来的人,疲惫的他们,载着一身的星光,匆匆地蹿入地下,然后急匆匆地泊好车,寂寥地穿过猫群、穿过为数不多的人群,沿着上升的电梯,上楼。

而令人夜不能寐的是,我还遇到过午夜寂寞的一群人,她们在暗夜里牵着宠物狗,踱步在地库。还有深夜躲在车内吸烟、迟迟不肯归家的男子,紧皱着眉头,伴着一声声低沉的长吁与短叹,一支烟接着一支烟,直到地上扔下一摊摊烟头,天边露出了鱼肚白,才悄然下车,离去。当然,这样的黑暗车库里,也许一不小心,你也会遇上一对相亲相爱的青年人,他们才不怕那群猫或者那场看上去令人恐惧的对峙呢。地库是他们隐蔽的情感温床,他们隐秘在灯光照不到的角落里,在夜晚的荷尔蒙、汽油味、遗忘、孤寂、性爱以及汽油等合成的气味里,成功地演绎着一次次短暂而狂热的欢愉。

我在地下室里所见到的,那些尖锐而温柔的声音,耀眼而朦胧的光线,是不是我们各自内心的生活图景?在城市的地下空间里,我们、动物以及生活,也许正在暗中上演,比地面之上更为真切、赤裸与异化。老人与猫群的争夺,是不是人类与动物、植物等生死博弈前的一次隐秘的演练?膨胀的高楼,密谋着终有一天把故乡、伦理、情爱、眼泪等挤压侵占,碾碎风干。到那时,大地上剩下的,将会是疯长的漫天漫地的水泥森林。而我们所不能知道的,小区门口的那群黑猫及那只蓝花瓷碗,会不会仍旧在那里;还会不会有人在等着我们归去来兮?

　　杜怀超,一九七八年生。著有《一个人的农具》《苍耳:消失或重现》《大地册页——一个农民父亲的生存档案》《大地无疆》等多部作品。获紫金山文学奖、老舍散文奖、三毛散文奖等。

（《黄河文学》2021 年第 1 期）

工地上的波尔羊

◎ 钱兆南

在野外的工地上，成群的野狗、野猫与成群的工人们相依为命。会说话与不会说话的两类生灵，天注定有着剪不断理还乱的缘分。工地上如果少了它们的身影，算不上理想的工地。"累得像狗"的工人们，拖着沉重的脚步，踩着自己孤独的影子，从喧嚣的施工现场往生活区的活动板房走去，几只毛色灰乎乎的杂种狗，摇头摆尾、欢天喜地抢着到路口来迎接他们。一只诡异的猫，端坐在活动板房的墙头上，也正以俯视的目光打量着归巢的工人。

波尔羊来到工地时就配好了对，一公一母。它们不像猫和狗一样，没有人给它起过名字。小母羊来工地四个月后得病死了，留下一只孤单的公羊。它被一根并不长的尼龙绳拴着，孤独地吃着草，在有限的范围里踱步，从太阳升起到星星升起和脖子上的那根尼龙绳较量无数回。它每天孤单地吸着五峰山里的清新空气，寂寞地吃着刘凤喂给它的五谷杂粮，已有三年半时间。

据说当初养它的时候是项目部的大杨总为求工地平安把它

们像吉祥物一样请过来的,故它的职责是来保项目部平安。这事在管理层秘而不宣,越是想捂着越是成真。羊在古代就是人类祭祀的供品,延续到今天再正常不过。

至于它的来历,在项目部的人口口相传中出现两个版本:一说它和那只死去的母羊一样是被买来的;另一说是别人送给大杨总养的。这并不重要,反正波尔羊是带着使命来的,不能把它当成寻常的羊对待,更不能对它动一点儿歪心思。波尔羊的家就在刘凤和柳桥宁的宿舍边上,是一个健身器材区的一角,左边是一片桂花林,右边是公共浴室。

三岁半的波尔羊膘肥体壮,块头很大。在羊类中,它算是高龄的,早就到了被"白刀子进,红刀子出"的时候。每次与这只羊对视时,我都在猜测它真正的来处,而我宁愿认为它是从五峰山上的放羊人老陶手上买来的,它天生就是五峰山上的羊。在大桥工地的工人进驻之前,我为了写一本田野调查的长篇纪实,第一次前往圌山后面的五峰山船厂,只为了寻找放羊的老陶和他的波尔羊群。老陶和他的两百多只羊都认识山上的草药,在羊道上走了十几年,他(它)们与每条山道上的草药相识并不奇怪。老陶说他的羊吃的是野草,饮的是山泉水。他在山里放羊十几年,那些羊一只只"老成了仙"。老陶说,春天时新区政府要封山整治,他只能把羊圈养到山下;要命的是,只要圈养,这些羊不出一周就会得病,一批批地死。有一年死得只剩下十来只,损失惨重。后来总结养羊的经验才得出一个重要的结论:这些羊只有吃山上的草才不会得病，一下山就遭殃。后来老陶再也不下山，在平坦的地方搭了个窝棚，和羊群同进退。山里野生的草药多啊，仅老陶带着我在山里行走，就告诉了我起码五十多种草药，那些耳熟能详的名字，就在古老的《本草纲目》里记载着。最让我向往的是那种可以救人命的草——九死还魂草。据说可以治疗疑难病症，老陶从他的植物标本里翻出来给我看过。

五峰山的确神奇，包括山里的动物们。项目部在山下选址时，大杨总踏了个遍，最终选在与绍隆寺一墙之隔处建生活区。他还发现山脚下别处的项目部里也有羊，这给他吃了个定心丸，别的动物可以不养，羊非养不可。

工地上的人，走南闯北，到北方要适应天寒地冻，到天涯海角要忍受长久的湿热，于是练就了靠山吃山，靠水吃水的野外生存的本事。从二工区引桥项目调到江北牵索和架设钢梁的郁文说："这里毕竟是江南，一年四季景不同，连江南的羊都与众不同，真的是好地方。"

当我向他描述在五峰山上亲眼所见的野百合如何美、羊群如何壮观后，他说等忙过这两个月，说什么也要回家接老婆孩子来看看，带他们娘儿仨爬一下五峰山，看看在羊道上潇洒行走的羊群。我告诉他，五峰山上处处有羊道，跟着羊道走，无论怎样都不会迷路，总能找到下山的路。羊道边的野百合长在山顶上阳光充足的地方，数量并不多，要是能在秋天成熟的时候遇见，真的算是有福之人，挖出来给孩子们做碗百合羹，保证他们这辈子都能记得。在五峰山大桥驻扎的工地人，无师自通地上山采草药，采得最多的是蒲公英、野菊花等。他们在满足了自己需要的时候，也不忘记扯一把草带给项目部的波尔羊，给它换换口味。羊吃了一冬天的干货，有些不耐烦，刘凤看见它把颈项上的尼龙绳绷得紧紧的。她也希望给羊换换口味，可是五峰山上的千树万木还没醒过来，到哪里给羊找鲜草去？

自除夕这天立春后，山里的空气里渐渐地能闻到草汁的味道，波尔羊在黎明前就开始踢栅栏，刘凤解释说它想念青草的味道想得发狂了。

自从我的邻居6101房间的蒋姐调离项目部到舟山后，她和吴平林师傅宿舍门前的小菜地就荒了。一大蓬一大蓬的毛繁缕、猪殃殃、一年蓬、婆婆纳争先恐后地冒出来，抢占了青菜、香菜、豌豆苗的高地。我实在看不过去，扯了几大把给波尔羊送过去。这些草对于它来说，犹如珍馐。蹲在地上看着它吃光最后一根草，它的眼睛与我对视，目光慈祥。它踱到我的面前，鼻子里喷着热气，不知道是感谢还是觉得这点草太少太少了。

油菜花落尽，开始结籽，通往工地现场的天梯两旁，鲜草遍地。我跟刘凤要了一把镰刀，在下班回来的路上经过天梯，割几把嫩草捎给波尔羊打打牙祭。

三月份，波尔羊在自己的圈地里发起脾气，前蹄竖起，肥硕的身体转起了圈，鼻翼翕动，喘着粗气。也许是头上的角在春天里开始生长，痒得难忍，它把头伸向围墙边的铁栅栏，拼命地磨那对坚硬的角,角上被磨出深深的痕。刘凤说每年春天,这只羊都会"作妖",像个"圣斗士"一样有力,经常吵得她和柳桥宁睡不踏实,又怕它挣脱绳子跑出去走丢了,到时候怎么向大杨总交代呢。

听门卫师傅说,波尔羊前天就挣断绳索从他的眼皮子底下逃出了项目部,他在后面都没追上。那天刚好上面来人项目验收,一下子多出几桌人吃饭,刘凤在食堂里忙得脚不沾地,忘记了喂羊。

等她发现羊不在的时候,天快黑了。她想羊一定是饿坏了才跑出去的,于是沿着引桥向前寻找,翻过几个山坡,找了几片小树林,都没发现波尔羊的踪影。而她又无法像唤阿猫阿狗那样去喊一只听不懂人话的羊回家。她急得汗都出来了,一直寻到51号桥墩,也没瞧见它,只好拖着沉重的步子回了生活区。她想就当这只羊被五峰山收走了,或者是被过路的当地人给牵走了吧。等她准备关门睡觉的时候,突然听到活动板房外面微弱的声音,开门出去一看,是波尔羊回来了,拖着那根断绳,在健身器材边上大踏步地走来走去,像逃学归来的学生娃。

深山老林,它无处可去,五峰山上老陶的羊群应地方政府的要求,全部变卖,据说按两百元一头作价,老陶最终是如何处理那些羊的,不得而知。可是,五峰山上不断在变化,羊道只要几个月不走,很快就会被草吞没而消失。

这只波尔羊,不管它从哪里来,山林应是它的故乡。可是到哪里去寻找它的故乡呢？就算是项目结束，人都走光，这只护佑项目部的吉羊决然是不能杀的，放生最合适。不管是人还是动物，都是群居者，如果把它放生，一座没有了羊群的山里，一只羊连个伴都没有。就如同现在的大桥人，年轻时就背井离乡，到老了想回到家乡，可家乡早变了模样。

老一辈的建桥人，大多是农家子弟，而今天的乡村老年化、空心化、荒漠化，许多土地已经流转，撤乡并镇，他们是否还能够回到家乡在当地安家？造桥人一辈子造桥，十辈子想桥；如同这只波尔羊，哪怕锦衣玉食，魂还是落在大山中。

项目部今年内就要陆续撤离，曾有人请示过大杨总，把这只波尔羊杀了过春节。一口口喂养到现在，玉米、黄豆算不清到底吃了多少。但大杨总始终不肯松口。只有他知道这只羊存在的意义，它是项目部的吉星，只能仔细养着，别说取它性命，哪怕伤着它也不可以。至于它以后的归宿，到大部队撤离的那天，由五峰山来定夺吧。

波尔羊没等到项目部撤离的那一天，死了。

五月中旬的一天，刘凤像往常一样把剥下来的莴苣叶子送到波尔羊面前，平时它一看到莴苣叶子就来劲，可是那天它懒洋洋地趴着不动，连看的欲望都没有。刘凤预感情况不太妙，急得不知如何是好。

第二天早晨起来烧早饭，她连衣服拉链都没拉好就去看波尔羊。屋角处，波尔羊像一块白布落在地上，就这样无声无息地走了,像五峰山巅上的一片云,飘远了,它追随着老陶的羊群而去了。

得知消息,大杨总一声长叹后,让人把它送到半山腰处,回归大山。山脚下的工地上,有九个世界之最的大桥雄姿显现,五千多名工人从天南海北会聚于此,二十四小时在现场拼命的日子里,波尔羊一直在生活区享受它的慢生活,现在,让它好好看看大桥。

波尔羊"上山"的那天夜里,听说大杨总一夜没睡踏实,心里总是担心着什么。

大家很怀念这只安静的羊。有人说螺蛳是羊的天敌,也许菜叶子上有螺蛳或蜗牛,羊吃了戳破了胃导致了死亡。食堂里择菜的人说,每根菜叶子都从手上过,从来没有看到过蜗牛什么的,怎么会呢?刘凤的怀疑似乎更有道理,她说波尔羊可能是吃了飘到面前的蛇皮袋,不消化而死。可是,哪儿来的蛇皮袋?没有人把这些乱七八糟的东西送到那里去,而且项目部大门外放着两个大垃圾桶。最后大家一致认为,它是太老了,像一位老人一样大限到了。可是羊的寿命不可能只有三年吧?起码也得七八年。传达室的师傅说,这只公羊太渴望有个伴了,如果母羊在,也许它不会走。

这只孤独的公羊,像孤独的工人们一样,过着漂泊的生活,"老婆孩子热炕头"只是梦想。

它们和工地上的人相依为命,他们辗转于不同的工地,遇见不一样的它们,所有的相遇好像是命中注定。它们像工地边缘上的荒草,前赴后继陪伴着工地上的人们踏遍了万水千山。

钱兆南,原名钱俊梅,江苏海安人。自由撰稿人,田野观察者。出版"三农"题材长篇纪实《跪向土地》《天时谱》《桥魂》三部。

（《黄河文学》2021 年第 1 期）

我们的颜料盒那么单调

◎ 高维生

美国画家托马斯·科尔说:"在荒野的深处,欢乐像鲜花般绽开。"画家的这句话让我身心震动,想背上行囊,踏上去荒野的旅途,寻找鲜花一般的欢乐。

托马斯·科尔是哈德孙河画派的创始人之一,最初生活在工业化起步的英格兰北部,一八一八年到达美国。他将美国大荒野视作风景画艺术的新主题, 早期作品把艺术天赋展现得淋漓尽致。在美国名声大噪后,他返回了欧洲。一八三六年,托马斯·科尔创作油画《河套》,表现从霍利奥克山俯视康涅狄克河的景色。画面左侧是苍凉的荒野——众壑嶙峋,阴暗的森林,雷电劈断的树干,天空涌动的乌云;画面右侧截然相反,一派恬静和谐的乡村景色——康涅狄克河甩一个弯,河岸上有序的平整田地,矮树丛中有一座农舍,丰富的阳光给田园风光增添快乐的色彩。这幅画不止令人心动,还令人向往。

我家中养了几盆花,都是普通的花草,需要经常浇水侍弄。它们是室内养大的,没有经过大自然的沐浴,缺少野性的气质。

家中养的植物大多如此，更多的是追求一种情调，并非真心热爱大自然。久之，人的眼睛也变得娇贵，愿意接受人工花的造型，合乎世俗的审美标准。

城市的植物经受噪声的侵扰、汽车尾气的污染，逐渐退化，失去野性的鲜活；大地植物则经受狂风暴雨、野露的滋润，在阳光的关照下自由生长。

行走在大自然中，极易感到清新的愉悦。走进野地的林中，结识不同的鸟类，听它们美妙的歌声，观察筑在树枝间的巢，那独特的韵味须身居其中方可体会。大地草木让人信任，是忠诚的朋友，是情感和精神的寄托。在此，不用虚假，不用恭维，不用戴着面具走来走去……当我们从喧闹的街头走出，来到草木间，嘈杂声远去，鸟儿的歌唱、虫儿的鸣叫不绝于耳，枝叶交织成的林荫罩在头顶，绿叶、草木的香气扑鼻而来，大自然调动起我们丰富的感知。

在这个消费时代，技术高速发展，人与人、人与世界，实质变成机械般的关系。人的内心空虚，躲藏在娱乐工业流水线生产出来的视频中，情感和行动带着机械的气味，空虚，寂寞，充满焦虑感，这是困扰人类的大问题。日益紧张的现代工作和生活中，人与人之间失去温暖关爱，愈加疏远。作家张炜说："现代人已经丧失了这种命名的能力，而且也没有了这种欲望和热情。因为他们基本上离开了自然而回到城内，钻入室内，在引以为傲的手工制造物中自得其乐，蜷曲于一个自造的螺壳里。在这个方寸之地上再也没有了地平线的概念，没有了视界里的一片青翠而且也无须为那些绿色生灵去操心了。人类不需要与自然万物对话,关起门来享用小小悲欢,最终陷入真正寂寞的生活。人之走向深刻的孤独忧郁,就是从这种分别开始的,这是个难以返回的旅途,所罹顽症不可治疗。"

文字是时代的记录,通过细节,剖析人的内心世界。在粗鄙的时代,如何守住自己?作家要忍受孤独,享受寂寞,不空洞地喊口号,不为功利诱惑而动,是艰难的选择。只是一味地小欢乐、小幸福,丧失大悲伤、大愤怒,没有心灵的叩问和追寻、灵魂的坐卧不安,不是感触而抒发,无博大、爱的文字,这样的写作是否有存在的价值?精神的假冒伪劣,后果比物质的可怕。精神造假,使一个时代的人精神残疾,心理上存在缺陷,甚至影响后代。物质造假可以修复和灭掉,重新再来,精神的却要漫长得多。

我不喜欢公园,这里人为的痕迹太多。一棵树、一簇花、一片绿草,栽种在规划整齐的公园里,沿着线条流畅的小路,行至其间享受绿意。人的精神敏感度退化,目之所及,只是群体的色块刺激。大自然中的植物,被人为地改变角色,它们存在的意义错了位。佩索阿的目光,触摸排列有序的花,嗅到飘出的"公用物品"的气味,"但是城市里的公园,有用且有序,对我而言如同牢笼一般,那些五颜六色的花花木木,仅仅有足够的空间生存,却没有空间逃离,它们只拥有美丽,却不拥有属于美丽的生命。"我在公园的椅子上看到年轻的情侣,亲密地拥抱在一起,身后是人工装饰的花坛。他们和身边的花,不会融合在一块儿,缺少连接的真情。公园里的花草、树木，因为强制性修剪，成长的生命带着无形的牢笼。

植物寄托于大地，情感与植物融为一体。人的尘俗杂念，被清除得一干二净。每一棵树、每一根草、每一朵花，都是活着的雕塑。它们呼吸新鲜的空气，吮吸大地营养。在不同的季节、不同的天气，情感的状态不一。地图只是告诉我们地理位置的坐标，那片土地的植物，发生的故事，却无法准确标注出来。在大自然中，人不是中心，人与各种植物和谐相处、平等共存，是生物链上的重要一环。

我们要学会倾听，去学植物的语言，在阳光下翻译出来，写在大地上。植物有自己的个性，表达喜怒哀乐。它们不会虚情假意，争功夺利。

人只有在大自然中，才能脱去一切伪装，清除杂质。面对草木、耸天的大树，身心不由愉悦。年过五十岁，更渴望安静和真实，人群中的热热闹闹、是非纠缠，已是一种折磨。在大自然中，少了物质的束缚，人与草木的交流，吮吸的都是清纯的养分。

一个写作者，不应是闷头在书房中，看着视频上的风光，听电子风声、电子鸟叫，在网络上搜集资料，写出一些矫情的文字。写作更应该接触自然，去热爱草木，从生命力旺盛的草木中，汲取灵感，激发想象力，让文字凸显神奇的魅力。这是人类心灵与自然心灵的碰撞，是一种平等的对话。

丰富的自然蕴藏着我们未被发现的生机和活力，只要走进去,人不仅心情能欢快起来,脱去世俗的杂质,也意味美好和健康。梭罗认为:"靠近自然的时候,人类的行为看上去最符合本性。他们如此温柔就顺应了自然。"

自然充满野性、充满活力,它鄙视假恶丑。然而,在技术高速发展的时代,工业文明对自然吞噬、毁坏,筑路、开发、建房,蚕食着大面积的土地;砍伐森林树木,摧残自然景色,昔日的斧头更改为残酷的钢铁巨兽。自然环境遭受破坏,生态失去平衡,动物们失去生存的地方,人类也在失去家园,贪婪追求工业文明发展,给人类带来深重灾难,结出了不可估量的恶果。

在林间草地,每个季节,可以听见种种声响,落叶坠落、树枝折断、无数根树枝在风雨中摇碰。这些声音,不是音响师凭借手中的物具制造出所谓逼真的效果,混淆人的听觉。它们是自然谱写的音符,述说自己的心中话。风的魔指,弹拨林间的草木,每一根树枝长短不一、粗细不同,每一片叶子薄厚差异,发出的声响不会相同。人类尊重植物是一种博大、宽容和接纳的情怀,随着年龄的增长,我体会到每个字的含义不同,当我写下时,种下的是情感。

高维生,中国作家协会会员。近年来致力于田野调查,民间口述史写作。出版散文集《季节的心事》《俎豆》《东北家谱》《酒神的夜宴》《午夜功课》《蝴蝶为什么尖叫》《有一种生活叫品味》《纸上的声音》《老味道》等多部作品。现居山东。

(《黄河文学》2021 年第 5 期)

来自阿尔卑斯山的报告

◎ 朱颂瑜

　　站在瑞士的国土上，从大部分地方向前走，你都可能会与阿尔卑斯山迎面相遇。

　　对于山民，大山既是哺育他们繁衍的温床，也是提振民族士气的巨大推手。人们既要依靠它，也要征服它，所以千百年来，面对阿尔卑斯山，山民的姿态从来没有改变，他们的目光永远向上。

　　大部分国土建立在阿尔卑斯山上的瑞士，总面积只有半个重庆市那么大，然而，让你想象不到的是，就是在这么个弹丸之地，国境内超过四千米的高峰竟有四十八座。那些直插云海的崇山峻岭，陡峭险峻，顽石嶙峋，一般人看到都会吓破胆，但是瑞士人民世世代代驻守此间。那些延绵起伏的山线如一根无形的绳索，贯穿着他们国家的历史，赋予了他们巨大的力量，托起了一个曾经资贫势弱的山地小国。

　　只是今日，当刺眼的阳光照射在这些巨大的山峰上时，山线的弧度与轮廓已经分明有了微妙的变化，在普通人用肉眼难以破解之处，经验老到的山民一次又一次敏锐地皱起了眉头。没错，近代人类活动与农耕活动的发展已经深深地改变了阿尔卑斯山的面貌，对荒野、耕地和淡水生态系统施加了严峻的威胁，野生动植物也面临着步步为营的生存压力，有高达三分之一的物种已处于濒危状态，许多高山的植物物种，正在经受巨大的存活威胁。

面对全球气候变暖的挑战，人类社会向商品社会的进一步推进，哪怕是气吞万里的阿尔卑斯山，如今一样是厄运难逃。怎么办？

拯救，刻不容缓。

在民间，幸在有卓越见识之士早在三四十年前已先走一步，为缓解生态的恶化，付诸各种努力与开拓性行动。这些力量非常巨大，跨越诸多领域又各有其目标与功能。

让我来举个例子，譬如，致力于本土濒危物种保护的瑞士濒危物种基金会。

这是一个已成立将近四十年的非营利性物种保护机构。几十年来，秉持"重新去发现和自然和谐相处的农业和农业生物多样性"的共同目标，基金会与瑞士的养殖协会、普通牧民、农庄主以及普通栽培者密切合作，一起共同保护本土动植物物种资源，特别是濒临灭绝的家畜品种和农作物，成为国境内物种保护领域的领先机构。得益于组织内良好的共同协作和大量捐助者的多方支持，使保障生命群落的恢复力成为可能，本土的生物多样性获得有效的保护。

在基金会的努力下，各类受保护的家禽、牲畜、果树和蔬菜已获得全国逾三千个个人和单位的共同饲养，为保护濒临灭绝的传统农业物种开辟了良好的前景。在民间力量的共同协助下，许多曾经备受生存威胁的本土物种，特别是具有原始品质（如耐寒和粗食）的稀有牲畜才得以摆脱困境，免于走上灭绝之路。

具有如此卓越远见的机构，一直是我所关注的。自从听说这个机构后，在一段很长的时间里，我心里一直隐隐有个盼望，希望能有机会亲身去了解一下，这些自愿的养殖者都是些什么人？他们的心里究竟有些什么样的想法？

念念不忘，必有回响。三年前，终于得了机缘，在一个初夏的周末和主编一同前去了弗里堡州的乡村，实地进行了两天的田野考察，并且，采访了当地"感知农庄"的庄主维亚先生。

弗里堡州位于瑞士的西南部，和瑞士其他地区的乡村相比，这里的乡村并无两样，都有着一些分散式的小型农户，各自耕种着一些本土的农作物。唯一吸引我们前来的是，在维亚运营的这家"感知农庄"里，所有蔬果和家禽牲畜品种，一律全是本土的受保护濒危物种。

我记得的一些物种名称有羊毛猪、雷蒂亚灰毛牛、蜂蜜苹果、白西梅子、瑟莎梅子……这些生僻的名字通通不是瑞士超市货架上的常见品种，别说我没有听说过，连大部分土生土长的瑞士人都几乎没有听说过。

我们的采访任务是记录维亚一天的劳作。依照他的作息规律，次日，我们五点就起了，扛着拍摄的工具，从住所一路步行前去农庄。正是日出破晓时分，晨光在乡村微微初露，为远处起伏的山线镀上了一层亮白的辉光，照亮了整片近处的村舍。

维亚每天的第一项工作是挤羊奶。生产羊奶的品种叫阿彭策尔山羊，是一种源自瑞士本土的古老羊种。每天产出的羊奶多用于制作农庄自产自销的羊奶酪，供应给附近的村民和当地的饭店。挤羊奶结束后，若不是在周末，一般来说，维亚会在此时开车把儿子亲自送到镇上的学校去。

返回农庄后，他先要给一群羊毛猪喂食，然后把完成产奶工作的羊群引到山坡的草场上，同时，把一群雷蒂亚灰毛牛一起赶到山坡上去放牧，让它们在那里沐浴阳光，嚼吃新鲜的牧草。雷蒂亚灰毛牛是我至今见过最帅气的牛品种。它们没有奶牛身上常见的黑白色块，然而毛色格外纯净亮丽，特别是在阳光下时，美若一块厚朴的绸子。羊毛猪我也是第一次见，它们的体形要比常见的家养白猪小一圈，因为身上长有近似绵羊般的卷毛，样子看起来就显得特别的敦厚可爱。

乍看起来，这些受保护的濒危本土畜种和其他农户养殖的畜种都很相似，之所以会遭遇冷遇，甚至有了灭绝之危，我总结的首要原因是：生长缓慢。比如说阿彭策尔山羊，这种古老羊品种的生长速度就比不上通过基因干预的人工杂交新型羊种，从经济效益的角度说，"出栏慢"导致了高成本，使得仅有少量农户仍在坚持培育。

除了生长缓慢，效益偏低是导致大量农户放弃传统畜种的另一个原因。比如羊毛猪，成猪后的瘦肉比相较其他新品种的家猪要低，维亚说，这是它们日渐失宠的重要因素。相对于提速的现代化养殖业，这些就是多数传统农业畜种共有的弱势。它们多数属于个头较小的传统物种，生长周期与成长速度均比不上通过人工杂交的现代新畜种，肉奶蛋的产量也略为逊色。

这样一说，让我想起了近十多年在中国上演过的猪圈危机。

与中华民族有着长久渊源的中国土猪，在国门未曾开放的年代，一直是中华美食的重要良伴。翻过古籍后我才知道，猪在中国的驯养史已有九千多年。汉字里的"家"，其中"豕"指的就是猪。

渊源虽久远，然而遗憾的是，为解决肉不够吃的问题，却在过去短短的四十年间，几乎被生长速度快了将近一半的进口洋白猪挤出了市场，被逼上了灭绝之路，严重抵触了许多种群的持续繁育。一些中华本土猪种已经悄无声息地灭绝了，另外一些也曾处于濒危或濒临灭绝状态，数量一度比大熊猫还稀少，引发起一场严重的本土猪种生态灾难。

一位生态专家曾经告诉过我，古老的畜种尽管生长缓慢，但其基因宝贵，值得好好保护。那是因为传统畜种身上具有自然进化而来的稳定基因，抗逆性好，不易生病，有着抵御自然环境变化的巨大优势。细想一下，在人类科学尚未介入自然世界的漫长岁月里,古老物种,全是凭依自身的强壮跟环境抗衡,不断抵御恶劣气候,适应不利地形,才得以依循优胜劣汰的自然规律在进化的路上不被淘汰,存活至今。

"瑞士的羊毛猪就有特别耐寒的基因优点。这种耐寒特性能通过长期的室外放养而有效控制周围环境里荆棘和荨麻的数量,对自然景观的生态平衡和潮湿生物区的保护都起到了促进作用。"维亚这样解释,"在我这里,其他的古老畜种也大致如此,它们要么有着抵御山区高寒气温的耐力,要么是对山地饲养具有很好的包容性,即便是喂吃质量欠佳的牧草或干草仍能茁壮成长。"

除了基因强壮,我忽然记起来,天然的好肉质亦是中国传统土猪的一大优势。有一定岁数的中国人或许都有过如此疑惑,总觉得旧时吃猪肉,那肉香和肉味真叫一个销魂,相较现在,总感觉不大一样。是生活改善让我们的味蕾挑剔了,还是眼下的猪肉不如以前了?

前年,得幸和国内一位农业教授聊起此话题,方才为我彻底解了惑。原来,肌内脂肪含量的高低直接决定了猪肉好不好吃。中华本土猪因其肌内脂肪含量高出好多,自然口感就要比洋猪种的猪肉要高级不少。

中国的八大菜系当中,有很多以猪肉扬名的特色菜肴。在市场尚未有洋猪上架的年代,传统上一直沿用的都是当地的土猪肉,然而后来,却几乎全由洋猪的猪肉取替,这样一来,口感就不如传统的好，有点辜负了经典菜肴的名气。

古老的物种之所以宝贵，细细想来，不仅在于稳定的基因，也是在那些深厚的时间里，与一方水土互相成全的诸多深厚联系。维亚就自豪地说过，他农庄里的阿彭策尔山羊除了体格强壮，抵抗力强，具有宜在山区放牧的特点外，更可贵的是，它们自古以来就是传统画中瑞士本地羊的形象代表，是别具历史意义与文化意义的旗舰物种。

当下的人类社会最缺人文精神，自然精神离人文精神最近，可见，保护好自然遗产与文化遗产，平衡经济社会发展与人类遗产保护的关系，也能陶冶民族的情操，促进人与自然之间的和谐，真正实现全社会全人类的和谐发展。

遗憾的是，无处不在的攀比、以经济效益最大化为目标的诱惑，导致了传统农业自然情怀在现世的严重缺失，对传统物种的优势缺少了考量和有效的保护，因此加快了古老畜种的灭绝，使种群不断走向单一化。牲畜品种越发的单一化就意味着种群近亲繁殖会越发频繁，基因越发脆弱，抗病性也越差。这场发生在人类后院的危机已经导致了全球大量家畜品种面临灭绝的危险，而这正是近两百年来，人类社会驶入工业化和商品化社会模式后，危及全球农业生态的问题。

每个地方的基因资源都是宝贵的财富，因为它们独特且不可再生。动植物要抵御疾病和适应不断变化的气候，就需要防止基因多样性的丧失。一些动植物种群，尽管眼下看来不一定有太多的价值,但它们关系到整个遗传资源的未来,就如要有足够的准备以预防气候的变化一样。遏制家畜遗传多样性的流失,保护好地方原生种家畜基因,就是在为不可预测的未来变化做好准备。

但是,在享乐主义盛行的消费时代,谁愿意主动担起这些责任呢?面对农业领域商业趋势化的劫持,每个人都知道自我的渺小与局限性。可幸的是,尽管千千万万的人都在急赶向前,但世上还有像维亚这些不去回避责任的人,甘于在豕突狼奔的芜杂中保持独立,在时代的滚滚洪流中逆行而上,以缓慢抵御诱惑,以良善共造循环。

拥有如此清醒与笃定的头脑,在我看来,既是一个个体的伟大,亦是一个社群的伟大。

十年前,维亚从长辈手中接下这座原本已在休耕状态的农庄,着手开垦荒地,修缮农房,然后与瑞士濒危物种基金会取得联系,接收下诸多本土的受保护濒危珍稀动植物,开始自行养殖和育种。这种久违的传统农业情怀已足够让我触动,更难得的是,他的拯救并不囿于牲畜和蔬果,而是把目光延伸到生态平衡中更细微的领域,哪怕是一些易于被人忽略的微小生命都不容落下。

他在农庄的土地上开辟了全生态绿化带,为刺猬、松鼠、小鸟、蜥蜴等小动物提供了良好的生存环境,让野蝴蝶、野蜘蛛和各类昆虫也能在这里栖息、落脚,找到适合繁衍后代的产卵之地。

"为小昆虫和微生物提供一块繁衍地，这对农业和生态的整体健康都至关重要。"维亚明确地表述了这种生态信念。是啊，昆虫是大自然的无名英雄，自然界约有四分之三的农作物都需要依靠各种昆虫和鸟类，同时，它们又是各类益虫的食物，还会将朽木、动植物尸体和粪便转化为肥料。还有那些已经处于濒危边缘的野蜂，你也许知道它们不为人类提供蜂蜜，但你可能不知道的是，其实它们挑起了为自然界五分之三的植物授粉的艰巨劳作。

地球上任何一种生物都可能直接或间接地对整个生态和食物链产生影响，蚊蝇等各类昆虫在食物链中也各自起着重要作用，如果没有它们，鸟类的食物便会减少；鸟类一旦减少，以鸟类为食的动物就受到威胁，而这种连锁反应总有一天会波及人类。一个地方如果蝴蝶或蜘蛛数量下降，说明这里的自然生态系统必然出了问题。

站在农庄的高地上，维亚用手指向远处，示意我们看看那些村舍。那一溜村舍，前后的草坪都修整得十分平整，但在他看来，这样既不是真正意义上的美观，也不能为小生命提供天然的庇护，无法提供原生态所具有的多样性价值。

他希望所有人都明白，只有全方位把田野、草原、树篱、灌木丛的自然形态保留好，才算是为生物多样性提供了永续的条件，为昆虫和各种生物提供赖以生存的原生态栖息地，让它们在盛阳之下有遮阴之处，暴雨时分有避雨之所，这样才能以原生态的自然面貌去对抗商业时代的统一化。

在维亚讲述起这些久违的自然秩序的期间，不时有蝴蝶和蜻蜓从我们身边轻轻掠过，飞向一丘一丘的玉米地、一垄一垄的小麦田。山区的乡村十分宁静，静到能听到夏虫的呢喃声。教堂的钟声从远处缓缓传来，如若梵音中的涟漪在山谷中荡漾。

在维亚身后，曾经和他祖辈世世代代站成一体的阿尔卑斯山，雄峰屹立，一如往昔。它们为山国人民抵御寒流、抵御风暴，也抵御无度的扩张和欲望，使一方天地既容得下良骏嚼草，也容得下飞蛾成虫，不至于长满狂躁和慌张。

当下世界无处不存在利益的扩张，商业对自然农业的许多破坏性介入，使速度与利益越发膨胀成巨大的贪婪，正在不断摧毁千万年来物种的自然进程，摧毁人的价值观以及对自然的谦卑之心。难得尚有如此不易驯服的山民，既不恭顺于快速的效益，也不恭顺于眼前的诱惑，而是以倔强与缓慢去拒绝，与自然深处弱小到肉眼看不见的微生物都互为平等的主体。

背对大山，心怀天地，他们的虔诚，超出我的想象。

像维亚一样自愿守护濒危物种的志愿者在瑞士全国各州都有，成员遍及城乡各地。他们从濒危物种中心获得动植物的幼种或种苗，凭借指导，精心栽培，共同协力，互相鼓励。大凡育种获得成功，成员们还会把自己的作品上传到濒危物种基金会的网站上，分享喜悦，传授经验。

这种美好的氛围让我无法不喟叹。任何公益性质的民间组织，能集结几千人都不简单，何况是在瑞士这样一个小国家；何况是集结一批在利益链条上逆行的志愿者。

憨厚固执的自然追随者，在瑞士民间还有许多。面对商业标准化的挟持，他们怀揣笃定和清醒，固执地传承着古老的信念。首都伯尔尼有"熊城"的别称，距今已经有几百年的历史。老城区内，古老的街道因为备受珍视，时至今日依然美若它几百年前的模样。

凭依古老遗风，小城不仅每周都有露天市场开设，为市民提供新鲜的农副产品，而且，还会定期举办一些特色集市，延续一方水土的人文文化和自然情怀。其中，每年春天举办的野生植物集市是我最喜欢的。

露天集市本来就是个鲜活与动人之地，更让人雀跃的是，该集市由本国不同的生态组织协力举办，来一次就能赏到几百种野生植物。而且，每个摊位都各自有着自己的特色，展示出许多平日不常见的珍稀物种。

为了告诉人们地球上至少有六百多种野蜂存在，呼吁保护野蜂的组织还会展示出形态各异的各种野蜂标本，单是那份敝帚自珍的用心，就足以让人感佩。

来赶集的都是跟我一样的自然爱好者。在他们眼里，小到一朵瓜花、几秧豆苗，都隐藏着让他们为之着迷的天然基因、自然密码，折叠着大地的经纬、季节的变化、植物的身世和历史的知识。

那些种子、那些幼苗，亦如栽培者灵魂之树上长出的枝叶和果实，由不同的手带进集市，再被不同的手带出去，在一方小小的道场上，自成一次良性的循环。

市声沸沸，花草热闹，这一切，多美好！话说回来，对生态的重视固然离不开政府的卓越领航以及相应的支持。在这个世外桃源般的美丽国度，尊重自然一直被视作一种重要的生命情操，哪怕是今天的富裕程度已足以让整个国家放弃农业，但政府依然扶持农产品的自给自足，持续地鼓励绿色发展，让天地更加明澈，时光也绿得明亮。

十年前施行过的一次农业改革，瑞士政府就曾一改对农民的补贴制度，把衡量标准从以往按人头发放，转向以促进农业向环保、高效的方向发展。用联邦政府的话来说，以产量作为补助的单位只是单纯地鼓励了高产，并没有激励农人向环保型农民的方向发展，这种理念对于瑞士来说显然已经过时和落伍。

改革就是力图逆转这种趋势。为了鼓励本国农业能产出高效、环保和多产的项目，政府还增加了许多奖励名目，比如说，粮食亩产量高会获得"供应安全奖励"，采用传统技术耕种会获得"农业质量奖励"，合理利用土地、水源和尽量减少污染空气可获得"能源高效奖励"，注重环保和农作物多样性的农民也会获得更多支持。

不过，即便如此，相对于其他高端的行业，在瑞士，农民依然是收入不高的一个群体，不止是劳动量大，日复一日的农活儿也非常束缚自由。诚然，像维亚这样遵循有机模式进行生产、养殖的又是效益相对偏低的物种，他的付出就要比别人多得多。

幸好维亚乐在其中，一如既往地沉浸在自己的田畴时光里，做着自己喜欢的事情。对于这样一份坚持，他没说什么矫情的大道理，只是朴素地认为只有通过实实在在的保护和持续地育种，才有可能把古老物种的遗传资源从濒危的边缘拉回来，才能保证种群的存活和繁殖的可能性。所以，他既不抱怨传统物种生长的缓慢，也不抱怨它们偏低的效益。他觉得，只有保证了原生物种的永续性，才算是留住了乡梓大地的灵魂与筋骨。

为了帮补家用，每天上午忙完农活儿后，下午，维亚还会到智障人士康复中心去工作半天。这两份工作，原本毫无关联，却因维亚的爱心与体贴，产生出一种美好的联系。智障人士平日都需要很多锻炼以培养独立生活的能力。因为这样，维亚就有了更好的主意。他把他们请到农庄来，让他们可以在更天然的环境里进行肢体练习。

维亚的农庄有个小店，固定在周五迎客，专门提供自己农场以及附近农友的"出品"。到了周五，当新鲜的菜蔬整箱整箱运抵小店后，维亚会手把手地教导他的朋友们把菜蔬分装到纸袋里，既是锻炼他们的肢体能力，也让他们收获一份鼓舞和成就感。一个，再一个，再来一个……那种情景，让我恍惚，像是在回放某部似曾相识的老电影，画风沉静，古朴温馨，还链接着许多久违的社稷襟怀。

　　农庄小店的装潢异常简朴，与城里精彩纷呈的店铺相比，简朴得几可称作毛坯状。不过，出售的农副产品却通通是无公害的有机产品，且肉类一溜全是自家散养的本土传统畜种。这份踏实亦如岁月本身一样厚重，为小店镀上了一份原初的质感、一份无染的本真。

　　告别时，我被墙上一帧彩色的电影海报拉住了注意力。

　　海报的画题是人与大地，来自瑞士电影《无声革命》。画幅中，风吹麦浪，涌向远方，一位农人站在当中，正开怀欢笑。这是二〇一六年一部生态主题的瑞士电影，讲述了一位瑞士农民在推行农业遗产、种子保护和生物多样性保护时所历经的生命故事。

　　海报上方，印有农业生态哲学家皮埃尔·拉比（Pierre Rabhi）的一句话："真正的革命是一场从自己开始的革命。"

　　朱颂瑜，瑞士华语作家。著有散文精选集《把草木染进岁月》。生态散文作品《韭香依旧》《榅桲考》曾入选高考阅读试题。

（《黄河文学》2021年第5期）

与植物恋爱

◎ 祁云枝

去年秋天,乘飞机经过腾格里沙漠,从舷窗看去,包兰铁路两侧,宽达十几公里的黄沙上,飘荡着两条壮观的绿带,是翠生生的绿,如宽屏的无声电影。

一句词从心底升起:"萧瑟秋风今又是,换了人间。"

那些沙漠里升腾的绿意,让这段包兰铁路散发出梦幻、诗意与唯美的光芒。

思绪开始在沙漠上盘旋,沙坡头的绿朋友梭梭、柠条和沙蒿们,纷至沓来。它们在荒漠里立足,和晨夕映照,它们穿越一群大学生的目光,把自己长成了黄沙的绿衣裳。

一

时光倒流三十年。

太阳离灰皱皱的香山尺高的时候,汽车泊在一片沙丘上。

带领我们实习的钟老师,用洒满阳光的声音说:"再有半小时就到驻地了，同学们在这里先感受一下沙漠。从明天起，我们进入荒漠，正式开启毕业实习。"

夕阳下，沙漠像是被人撞翻了颜料罐儿，橘黄的釉彩，染得天地黄澄澄、鲜亮亮的。沙丘，在风与时间的雕琢后，荡起厚重的波纹，逶迤至大漠深处。有诗句在耳畔响起："大漠孤烟直，长河落日圆……"

不知谁第一个脱掉了鞋袜，呼啦啦，全班同学很快都变成了赤脚大侠，在细沙里踩踏、蹦跳。滑溜溜的沙子，了无灰尘，沙子从脚趾缝里一点点溢上来，淹没了脚背，淹没了脚踝，痒痒的，酥酥的。拔脚，迈步，沙子在指缝里穿梭，摩挲着我们的欢喜。

这是二十世纪九十年代初，兰州大学生物系十余人刚抵达沙坡头的场景。时隔三十年，初夏傍晚沙漠的质地和我们当时的欣喜，依然清晰。

我们到沙坡头毕业实习的内容，是协助中国科学院沙漠植物研究所的钟老师，完成他们课题组承担的部分治沙项目，面对面了解荒漠植物。实习的具体任务，是在钟老师选定的荒漠地段，画出一个个长宽各一米的样方，统计样方内植物的品种和数量。

早上七点，同学们准时抵达荒漠。晨曦正把金色的光线温柔地涂抹在米黄的沙子上。习习凉风中，稀疏的梭梭微微颔首，像是在迎接我们。

太阳一步步爬高，荒漠开始变脸。热浪从脚下的沙子里冒出来，在荒漠地表上冲撞，很快颠覆了我们对沙漠早晚的印象。

鞋底越来越烫，像是站在逐步加温的烤箱上。我不得不隔一会儿站起来走两步，或者轮番把腿脚抬起来甩两下，给鞋底降温，之后，再蹲下来工作。

没有树荫，环顾前后左右，最高的植物梭梭，尚不及我的身高，它们都是枝叶稀疏的灌木，在太阳下蔫头耷脑，自顾不暇，哪里顾得上为我们遮阴。

在这片由黄沙主持秩序的荒漠里，绿色，稀有且弱小。

早上十点，我开始在第九个样方里工作。热气从沙子里升起来，又随太阳的光热，一同压下来。汗水开始从毛孔里往外渗，不一会儿，便濡湿了衣服，黏糊糊地成了我的第二层皮肤。汗液在脸上聚集、滚动，我能感觉出汗珠流动的速度和路线，却擦拭不及。大部分汗珠，从下巴滚落，滴在黄沙里，滴在衣襟上。少量汗珠流进了眼里，火辣辣的。仿佛汗液就排队等候在肌肤的毛孔里，喝下去的每一口水，都让同等体积的汗液，快速从毛孔里溢出来。

没有一丝风。在太阳出来后，风非常可疑地就不知了去向。

这一天，沙漠兀自掀开了神秘的面纱，向我们同时展示了它的美丽和残酷。

我头戴草帽，圪蹴在样方里，左手拿着记录本，右手执笔，一一统计眼前植物的品种和数量，生怕漏掉什么，也怕弄坏它们。样方里的植物品种，无非是沙蒿、花棒、柠条和梭梭等有限的几种，没有超过十种的样方。和秦岭同等大小的样方里动辄几十上百种植物相比，少得可怜。

钟老师说："这里的年降雨量仅有一百八十毫米，蒸发量却高达三千毫米。"听罢，心不由得颤了几下，眼睛停留在低矮的植物上，无法移开，又心痛又钦佩。难怪这里的绿，总有厚重的感觉，叶子表面，也大都覆有一层闪闪发光的纤毛。

除去恐怖的蒸发量，这些弱小的生命，还要忍受大尺度的昼夜温差、高盐碱、严寒、酷暑、暴风等的胁迫，生活，对它们来说，实在是多灾多难。

十一点，按计划打道回府时，沙漠地表温度升到了四十摄氏度，已无法继续工作。进到班车里，同学们差点认不出彼此，一个个满脸通红，嘴唇开裂。男生暴露在外的胳膊，多半被晒得起泡爆皮。无论男生女生，头发全都缀着汗珠，耷拉下来，一绺绺贴着头皮，形象尽毁。

钟老师说："中午一点的时候，沙漠地表温度会攀升到五六十摄氏度，最高时达到六七十摄氏度，可以焐熟鸡蛋。"

沙漠实习一个月返校时，沙坡头的风沙和阳光，给我们赠送了最为醒目的礼物——每个人都比刚去的时候，黑了好几度。

二

钟老师蹲在一丛三芒草旁，左手捏住一根三芒草的茎，右手持游标卡尺，眯起了双眼，他正在测量三芒草的根系，长度精确到小数点后一位。他身旁,是一把闪着亮光的小镢头、一本填满数据的实验记录本、两支铅笔和一大瓶水。测量登记完,他把三芒草重新埋进沙土里,浇上水,让它继续在此安家。

带领我们实习的钟老师是河南开封人,眉清目秀,总是满目含情的样子。硕士毕业后,他进入兰州沙漠研究所工作,一年里有大半年时间都待在荒漠里。

当钟老师专注地看一株草的时候,在我们看来,那分明是和草恋爱。沙坡头的大部分草木,一定都有过心潮澎湃的记忆吧。

第一次和钟老师去荒漠里工作,我很好奇,同样是在高温烘烤下做实验记录,钟老师的脸不红,极少流汗,像是置身于沙漠之外。问原因,钟老师笑说:"用进废退吧。在荒漠里待时间长了,我已经变成了一株耐高温的植物。"

没错。在荒漠里研究植物六年,沙生植物的韧劲和执着,一点儿一点儿融入了他的血液,怎么看他,都是一株帅气昂扬的植物,玉树临风。

谈起沙生植物,钟老师的眼睛里旋即闪现出细碎的光芒。对他而言,荒漠是他的"后宫",荒漠植物就是他的"三千佳丽"。他对沙坡头的众多"佳丽",都了如指掌。

钟老师在一丛梭梭旁边站定,说:"植物和人一样,一生面临的最大的不公平,是出生地的不公平。不是这些植物选择了荒漠,而是荒漠选择了它们。求生,是每个生命的原始欲望,植物为了适应荒漠恶劣的生存条件,需要不断进化出相应的生存对策。

比如,叶子越来越小,直至退化掉。梭梭身上的绿色,不是树叶,是枝条。梭梭之所以让叶子退化掉,是因为这样可以减少蒸腾。"

沙者,水之少也。中国古人造字的智慧里,就隐含着"水"与"沙"的辩证关系。梭梭恰恰是践行者里最为励志的生物,因为它拥有世界之最的种子萌发速度——一旦遇到雨水,两三个小时之内,就能迅速生根发芽,快速长成一株小梭梭。要知道,发芽最快的蔬菜种子白萝卜和小青菜,需要三天的时间出芽;草莓种子,需要半个月到一个月才能发芽。

有的沙生植物,会使劲儿长根,譬如两米高的黄柳,它的主根可以钻到沙土下三四米深,水平根能伸展到二三十米开外,不仅能更好地站稳脚跟,而且可以多方位捕捉稀有的地下水资源;生存在荒漠里的植物,还学会了抗碱排盐,种子在土壤含水量不达标时,会长期处于休眠状态,等等。

在沙坡头,沙漠曾以每年七八米的速度蚕食着村庄和耕地,我们实习时依然黄多绿少。钟老师说:"如果我们真正掌握了这里每一种植物的生存技能,因势利导,与黄沙对峙的草木,就会越来越多。"

为了帮草木一把,寻找到更多优良的固沙植物,钟老师的课题组像候鸟一样,冬春在研究所里分析处理数据,夏秋飞往沙漠。夏秋是荒漠植物发生爱情的季节,它们会抓住沙漠里难得的雨季,拼尽全力,把生命中精华的部分绽放出来。

对于沙漠植物专家来说,这就像一个游戏,一个与时间与沙漠奔跑的游戏,很具挑战力。

在荒漠里,钟老师最开心的事,就是发现一片新鲜的茂密的植物。每次他都会走过去,俯下身,甚至是跪下,他觉得这样充满了仪式感,也更能表达他的情感。他伸出手轻轻抚摸叶子,触摸花瓣,深情地注视它们,或者,凑近鼻子去嗅,犹如猛虎细嗅蔷薇。最后,小心翼翼地用镘头取样,做成标本后,再把它们的生境复原,浇上水,行最后的注目礼后,告别。

许多实验设计,都是钟老师在荒漠里面对新绿时突然萌发出来的。沙漠里的许多植被,也都是在钟老师深情的注视与呵护下,一寸寸长高长大的。

我曾经问他:"您觉得沙漠里什么最美?"

他说:"当然是正在开花的沙漠植物。"

说这话时,他的手里就握着一枝红柳花,花穗上米粒大小的红花正次第开放。钟老师说:"这红柳不仅花长得美,对付流沙也有自己的一套高招。若流沙把植株全部掩埋,过不了多久,红柳就会自己往上蹿一两米,重新露出头来。红柳枝条柔韧性好,大风刮不倒它;针形的叶子,风沙打不掉它,却不影响光合作用。这种'一寸山河一寸血'的顽强,让风沙也没了脾气。红柳或许是想用这种方法告诉世人,在所有的存在里,最柔软的才最有生命力。"

钟老师把沙漠里的植物,是当作人来看的。他觉得沙生植物里也有"帅哥"或者"美女",那些细细高高的植物不好看,矮矮壮壮的才美。至于真的好不好看,还要参照生长状况、抗逆性、生态效益等几个方面全盘考虑。他甚至给荒漠里的植物构建了一套美学评价体系,包括生长量、根冠比、叶片厚度、成活率、更新能力、耐寒性、耐旱性、耐瘠薄、耐盐碱、耐高温、抗风性等十七八个指标。

年复一年,钟老师在漫漫黄沙里,逐步构建起一个属于自己的植物王国——荒漠植物群落,他用这个绿色的生态群落,修复漫漫黄沙。

当年,钟老师相信,至少在沙坡头,这些可亲可爱的绿色,能逐步打破黄沙一统的秩序。

三

在荒漠里实习一周后,钟老师带领我们见识了黄河。

和沙坡头的黄沙相似,流经这里的黄河,也是黄色。沙在河里,河在沙中。

咆哮的黄河穿过腾格里沙漠,进入宁夏中卫的沙坡头后,突然改变姿势,拐了个"S"形大弯,原本桀骜的步调,陡然舒缓起来,全然去了李太白笔下"黄河之水天上来"的气势。腾格里沙漠也戛然停下了飞沙走石的狂躁,静卧在黄河岸边。

黄沙黄河,如一对浪迹天涯的伙伴,商量好似的,一起在沙坡头小憩。

一班人站在黄河岸边观望时，一位壮硕的西北汉子，扛着一架用羊皮吹制的筏子，缓缓走了过来。钟老师和壮汉打过招呼后，让同学们都坐到羊皮筏子上去。这是钟老师特意在周日安排的福利，他要犒劳在沙漠里忙碌了一周的学生。

羊皮筏子由十多个充满气体的羊皮囊组成，据说这皮囊来之不易，只能用公羊皮制作，母羊皮因为有奶子，会漏气。最好的皮囊，是冬天宰杀的羊皮，脂肪多，皮厚，结实耐用。羊皮的四肢、脖颈和尾巴，都用细麻绳牢牢扎紧。往里吹气后，羊皮便鼓胀得紧绷绷的，如同一个个浑圆的羊形气球。用手一拍，啪啪作响。扎筏子用的木棍，也不是普通树枝，都是水曲柳，横着扎几排，再竖着扎几排，平放在皮囊上。人就坐在这些经纬交织的木排上。

我们鱼贯坐到了筏子上，却发现这只据说是这里最大的羊皮筏子，竟然超员了。就在我们商量着让谁留下来时，筏子客朗声说："不怕裤子湿的话，都上。"呼呼呼，十多人包括钟老师，都坐了上去。一声"坐稳了"，桨杆子使劲一点儿，筏子移进河道，打了一个转后，便稳稳地顺流而下。超员后的羊皮筏子吃水很深，水面上几乎看不到羊皮囊，我们的屁股蛋和脚丫，与浑黄的河水来了个亲密接触，像是坐在水面上，鞋子裤子全湿了。

大伙儿虽正襟危坐，心里却忍不住在祈祷，千万别出什么岔子。筏子客似乎看出了我们的担忧，安慰道："娃们家不怕，这羊皮筏子稳当着呢。我喝黄河水长大，十来岁就风里来浪里去，这段水路，我闭着眼睛都能撑好。"

钟老师也帮腔说:"同学们别怕,这位是沙坡头有名的排把式,常年漂在水上。他熟悉这段黄河里的每个旋涡、暗礁和险滩,就像熟悉他的手掌纹一样。"

筏子客四十岁开外,面庞黝黑,口音里有浓重的黄土气息。没想到看上去有些拙朴的黑脸汉子,还是一位唱家子。筏子行至水面宽阔处,只见他左手搭在耳旁,扯嗓子漫开了花儿:"葫芦儿开花树搭架,上了高山打一枪。獐子吃草滚石崖,这山高来那水长……"浪花起起伏伏,跳跃着飞快后窜,发出低低的拍打声,仿佛给花儿伴奏。筏子客声音粗粝、高亢,回荡在宽阔的河面上。

多年后想起黄河,耳畔便荡起花儿的腔调,融入了黄沙黄河的花儿"枝头",缀满了当地百姓的甜蜜和忧伤,余音绕梁。

羊皮筏子在花儿声中摇晃着向前,大家逐渐放松下来,开始用眼睛捕捉黄河沿岸的风景。视线里布满流动的黄色,黄色的河水、黄色的沙丘,一一向后奔去。不一会儿,岸边出现了久违的绿色。

那绿,逐渐变大。对,绿是一点点变大的,就像是快放镜头下,春天黄土地里萌发的绿芽,伸枝展叶,吸引了一羊皮筏子人的目光。

对很多人来说,整日面对绿色时,会浑然不觉它的珍贵。但在沙区,稀缺的绿色,是用来爱与幻想的,就像一首豪放诗词里的婉约,就像是黎明的钟声。

大约半小时后,我们漂流到有一片绿树的河对岸。

走近岸边的大树，突然就有了种见到恋人般的狂喜。

忍不住细细打量，目光在树叶上一一抚过。每片叶子，都是一个绿色的音符，阳光恰当地落在每一个音符上，契合出完整的节奏，如同天籁。

这里的枣树、核桃、槐树、白杨也伸展臂膀，拥抱了我们。这些清凉的绿意，天鹅绒般柔化了黄沙黄河的桀骜，艺术地修补了单调的黄。

坐在树荫下，听风从沙漠里赶来，穿过黄河，再拂过树叶，莫名的感动漫上来，又甜蜜又忧伤，真想就这么一直坐下去。

某一天，当我回顾和植物的渊源时，发现三十年前的这次实习，那些弱小的绿色植物，就在这天，从漫漫黄沙黄河中跳脱出来，直接进驻到我心里。

四

兰州大学毕业后，我进入西北最大的植物园上班。一晃，在这座绿色植物的"挪亚方舟"里，我已经工作生活了二十多年。

我的工作和钟老师一样，也是和姿态万千的植物"耳鬓厮磨"，研究记录它们的喜怒哀乐、生死嫁娶和爱恨情仇。

我的名字里有个"枝"字，我常常觉得这中间似乎有种莫名的宿命，我的上辈子，或许，就是一株草木。

当我走近植物，感知到它们在生存繁衍过程中的深谋远虑或豪迈乖张时,我情绪高涨,开心快乐。每一株植物,都链接着一个神秘的国度。探询一株植物的智慧,甚至是狡黠,会调动起我全部的知识储备和情感。沉浸在对植物的畅想里,我常常忘记生活所带来的烦恼、焦虑和忧伤。

当我对一株植物脉脉含情的时候,我觉得对方也认定了我,从岁月深处走向我,并引领我。与它们没有腿无法移动、没有嘴无以言说的外形相反,植物的生命蕴藏着生长的无限可能,也蕴涵着惊人的智慧和哲学。

这么多年,我越了解植物,就越喜爱植物。

我也越来越理解了钟老师,并逐渐变得和他一样,对植物充满了无限的爱恋。

去年秋天去宁夏开会,在飞机上,包兰铁路旁那段令人欣喜的绿带震撼了我,它们以宁静的姿态,站成铜墙铁壁,成为生命线上最神奇的风景。

我与这片荒漠的距离,也在分别了三十年后,又一次被植物缝合。

乘坐沙漠天梯登上那座巨大的沙丘时,那句"换了人间"的词句,再次从心底升起。沙丘上有了人工修筑的笔直滑道,黄河上架起了索道和玻璃栈道,设立了蹦极台。

最吸引我眼眸的,是"S"形的河面,被深深浅浅的绿环抱,形成了一个令我讶异的滨河绿洲,所谓惊艳,便是如此吧。阳光披覆的绿洲,与沙漠、黄河和高山神奇相拥,雄奇秀丽。忍不住看一眼,再看一眼。

流淌的黄河水依旧从天际涌来,沿自己的方向,以亘古的姿态静静流淌。河面上依然有羊皮筏子,似一枚枚纽扣,缀在犹如两块绿色衣襟间的黄河上,让南岸和北岸,从遥遥相望,到心手相牵。

我忽然间觉得自己像是看一部老电影,时间重新在沙坡头打开,当年的黄沙、梭梭、钟老师和沙坡头,犹如一阵花儿的旋律,从岁月深处流淌出来。

大学毕业后,我再没有见过钟老师,但关注钟老师的治沙研究以及他的成果消息,却一直都没有断过。好几次,我在行业期刊上,看到钟老师发表的沙生植物新种的论文;大学同学群里,知晓了钟老师的科研项目"包兰线沙坡头铁路固沙防护体系的建立"获得了林业部的科技进步奖和国家级科技奖。

我也断断续续关注沙坡头的消息,知道因了钟老师以及许许多多的治沙人,沙坡头的黄沙逐步沉淀,植被逐年增长。钟老师当年用眼眸抚摸过的沙生植物,在沙坡头、在荒漠,已铺开茂盛的绿,迎接一双又一双前来观看沙漠绿洲的眼睛。

一些数字很能说明治沙人对林草的热恋:六十年,造林两百五十三万亩,人和沙的距离从六公里扩大到二十多公里;包兰铁路开通以来,六十年从未被流沙阻断……昔日,黄沙主持的荒漠秩序,如今已遍布柠条、花棒、梭梭等植被,开启了沙坡头由黄绿变成绿黄的沙漠新秩序。

回想起来，去年的那个夏日，沙坡头就像一部被我重新翻开的书，书里的内容，多了无数让我爱恋的绿。乔灌草葱茏茂盛，麦草建成的方格沙障，成片向沙漠深处延伸，方格里，绿色星星点点，绿纱般蔓延成片，羁绊止住了黄沙攻城略地的脚步。

祁云枝，陕西省植物研究所研究员。作品见于《人民日报》《广西文学》《散文百家》《绿叶》《奔流》《牡丹》《太湖》等报刊，部分被《散文选刊》《海外文摘》等转载。出版散文集《我的植物闺蜜》《低眉俯首阅草木》《植物智慧》《枝言草语》等。有作品被翻译成英文在海外出版。获第六届中华宝石文学奖、全国青年散文奖、2018 年冰心儿童文学新作奖等。

（《黄河文学》2021 年第 5 期）

草木之疼

◎ 禄永峰

在黄土高原，没有哪一棵草木，平平顺顺地生长。常常，我们无法触摸草木一秋的疼痛。

——题记

一

村庄人的菜窖，都打在黄土地下。菜窖冬暖夏凉，与黄土窑洞一样。出没在村庄的鼢鼠、鼹鼠，村庄人叫"地鼠"，常年活跃在黄土地之下，以吃食树根、草根为生。每只地鼠的地盘，比村庄还大。

大地回春，栽种的幼苗，长不了多长时间，便会被蹿到地下的地鼠拉到窝里去。我抓住蔫了的幼苗提起来，根部光秃秃的什么也没了。我便知这是地鼠干的。村庄人防鼠害有"土法子"——水灌，找见洞口，用水猛灌，直至地鼠在洞内招架不住，跑出洞口毙命。我跟随父亲灌过几次，发觉用水灌并非百发百中，也有缺陷，只能在便于取水的地方才奏效。若是两桶水灌完，不见出洞，再挑水回来，却已灌不进去。地鼠早人一步，将洞内堵死，再多的水也淹不到它们了。

地鼠与生俱来的打洞能力，不仅因为生存，也是为了避难。狡兔三窟。兔子不吃窝边草。搁在村庄，这都是家喻户晓的俗语。兔子的本事，地鼠也生来具有。

潜藏于地下的洞道，地鼠比狡兔技高一筹。地鼠的洞道结构非常复杂，洞里的生活空间设计一应俱全：有孕育室、卫生间、餐厅、活动室、长道、储藏室，距离地面的深度将近两米。地鼠在地下的生活，极像人类，并且过着"有钱人"的生活，很土豪。除了配育期，每只地鼠平时都过着独居的日子。只是到了繁殖期，两只地鼠才同居在一起，一胎少则生育一至两只，多则四五只，繁殖快，种群密度总是很难控制得住。

在村庄，对付地鼠，除了用水灌法，还前后推广过药剂法、人工捕打法。"鼠道难"，一种生物药剂，鼠类吃食，食物只进不出，造成肠梗阻，最后胀死洞中。"莪术醇"是一种生物避孕剂，让地鼠丧失繁殖能力，达到阻止鼠害种群扩增的目的。更厉害的药剂要数"溴敌隆"。利用药剂的毒力，拌种，鼠类吃后没有躲得过的。

地鼠乱窜的那些年，乡下的集市上，最走俏的就算是鼠药了。村庄人可用死鼠换鼠药。卖鼠药人的摊位前，横七竖八地堆积着几堆死鼠，以此验证自家鼠药的毒力。

尽管药剂法管用，但也潜藏不少副作用——破坏生物链。以鼠类为猎物的狼、狐狸、鹰和蛇，误食中毒的死鼠也会毙命，以此反复形成恶性循环，伤残无辜。何况狼、狐狸、鹰和蛇是鼠类的天敌。类似"溴敌隆"的鼠药，还会破坏地下水资源。一只地鼠，害人不浅，真是到了人人喊打的地步。

比较药剂法而言，人工捕打可谓有利环保。在村庄，涌现出一批捕鼠能手。狗娃活了半辈子，捕鼠技能无师自通，手指探进鼠洞，便能辨别雌雄和走向。人工捕打要下弓箭，下弓箭的时候难度最大的是确保找到有效洞口。只要鼠类发现光或者感受到风，便会前来堵洞口，其间触动跟弓箭链接的土球，弓箭扎下才可能被击中。若是弓箭扎偏，地鼠便会迅即堵了洞，窜到别处去了。

地鼠主要危害油松、侧柏、华山松、刺槐等树木根系。因其喜栖于土层深厚、土质松软的荒山缓坡，终年在地下生活，不冬眠，昼夜活动，而黄土高原的气候、土壤适宜其生存，所以严重威胁着幼树。依据地鼠喜食特点，有人把已经枯死的刺槐、侧柏枝叶粉碎置于洞口，能够更好地诱鼠出洞，便于人工在洞口设置弓箭捕打。

捕鼠人打开鼠洞，在它的储藏室发现，草根占到了七成，其余三成都是树根。树根较硬，鼠类是啮齿类动物，有磨牙的习性，储藏室的树根可以视为"红烧肉"，草根可看成"萝卜丝""黄瓜丝"。鼠类若是对草木没有破坏的话，一定没有人打扰它们地下安逸的生活。

好在，地鼠危害的只是幼树，待树木成林后就减轻了。

二

麦田里趾高气扬地生长着稗子，从出苗那一刻开始，它就没有把自己当成一种杂草，混迹在麦田里，颇为旺盛，跟一根根麦子难以分辨得清楚。待麦子抽穗，村庄人才一眼识破，毫不犹豫地将稗子连根拔出，抱回家喂了牛羊。

稗子是一种有害草，跟麦子争夺阳光、养分，争夺一切与生长有关的资源。同是植物，稗子与麦子却是两种结局。尽管总有稗子的生长被人为地在半路终止，但是总有稗子在收获季悄悄地留下种子，来年在大地上继续生长。

至今，在村庄的大地上，稗子从未因为自己是杂草而提心吊胆过。

生长在干旱的土埂上的冰草，顺墙壁攀爬的爬山虎，它们似乎有自知之明，从未混迹在麦田或者别的庄稼地里偷偷摸摸地生长，只要有一把阳光，就够了。冰草和爬山虎的根部扎得很深，生长得壮实。尤其是冰草，抽出的叶子，颇有韧性。长到最茂盛的时间，村庄人带根须拔出，摆开晒一晌午太阳，趁潮湿搓成草绳，枯干后的草绳，捆柴捆紫苏捆玉米秸秆，吃再大的力也断不了，格外结实。

相比较田里的粮食作物，冰草和爬山虎也算得上是一种杂草，但它们与田里所有粮食作物各不相扰，独自生长，也便生长得相安无事。要是所有植物都像冰草和爬山虎一样，选择自己独特的生长区域，不干扰别的植物，也算是植物界的一桩幸事。

可现实并不尽如人意。混杂在黄土高原上树林之中的有害植物超过二十种，狗尾草、苍耳、菟丝子、南蛇藤、灰绿藜、黄花蒿、大刺儿菜、曼陀罗、北美独行菜、黄花铁线莲、刺萼龙葵、菊叶香藜、斑地锦、野西瓜苗、野燕麦、桑寄生、黄香草木樨等亦列其中。中药簿上，狗尾草、苍耳、菟丝子、黄花蒿、大刺儿菜、曼陀罗等大量有害植物的根、叶、藤或者果，却可入药。

植物如人，也有两面性。趋利避害，只能靠人类自己。

记忆尤深的是狗尾草。到了深秋，村庄里随处可见。风稍微一吹，所有的绒毛偏向一边。像是一条条腾空爬动的虫子。我们就叫它"毛毛虫"。带细细的茎秆采摘十多枝，绑扎成一束，扫刷在脸上，痒得人眼睛忽闪忽闪，猛眨一下猛眨一下。那时候，狗尾草对于人的利害，我还是陌生的。现在查阅资料才知道，狗尾草的根须和花穗入药，可以除热、祛湿、消肿，亦治臃肿、疮癣、赤眼。不利的一面是，危害麦类、谷子、玉米、棉花、豆类、花生、薯类、蔬菜、果树等旱作物的生长，一旦形成优势种群，密布田间，争夺肥水，就会造成作物减产。同时，它还是叶蝉、蓟马、蚜虫、小地老虎等诸多害虫的寄主。

对其害，民间却似乎不以为然，有人为其赋予花语——坚忍、不被人了解的、艰难的爱、暗恋、美好。也有人把三根狗尾草麻花状编织成一条，根据手指的大小，弯圈打成结，戴到手指上，表示订了终身。比起人类对待其他杂草的态度，柔弱的狗尾草，有了一些浪漫的寓意。

至于南蛇藤等藤本植物，在林间生长甚是茂盛，对水分的需求量大。好在草木生水。黄土高原若不是林草的滋润，大山里便缺失了水分。南蛇藤的藤条绕着树身缠绕，根部与树根相触，同树木争夺养分、氧气和阳光。茂盛的藤条，不分昼夜地争夺树根系所需要的氮磷钾等微量元素，同时，藤条紧紧地缠绕在树身上，束缚着树放不开手脚生长。而且，藤条的柔韧性极好，很有力量，常年缠绕在树身上，怎么也挣脱不了，随着渐渐沉陷出的深深的勒痕，树也逐渐枯萎。

探索藤本植物对树木的致害机理发现，藤条的力量主要源于藤木发达的根系，它们的根系，大一点儿的几乎跟一棵树的根系相差不多。藤本植物的根系与树的根系纠缠在一起，隐藏于大地之下的一场场厮杀，想必也是惊心动魄的。

"橘生淮南则为橘，生于淮北则为枳。"一个地域的生物链相互制约而形成平衡，不宜盲目引进。前些年疯狂肆虐南方城市的"加拿大一枝黄花"，起初是当园艺花卉引入栽培，后来逃逸出去变成杂草。它繁殖能力超强，种子、地下茎和地上茎均可繁殖。根部分泌出一种物质，对其他作物有很强的杀伤力，所到之处成了它的独占地盘，成为名副其实的"霸王花"，严重影响了生物多样性。同样，南方曾经作为饲料引进的水葫芦，无性繁殖能力极强，茎能够直接生长为株，后来也是泛滥成灾。

如今，令人不无忧虑的是，随着北方生态的改善，湿地密布，活跃在南方的有害植物在北方也逐渐有了生存条件，成为不得不防的生态隐患。

三

一个正常的人都能够感知疼痛，但是人并不了解草木遭受病虫害的疼痛。每一种树木，在生长之中难免遭遇一种或数种病虫害。往往树死了，我们却很少有人知道树因什么原因而死。

黄土高原上的森林里，以山松为主。对山松危害极大的是一种叫松针小卷蛾的虫子。它们既长了兽性的面孔，又长了天使的翅膀。春天结茧于大地，五月份左右成虫羽化、产卵，卵孵出幼虫，藏匿于松针之中。沿松针钻进去，把里面的植物组织吃完为止。直到八月底九月初又出来了，吐丝结茧，把一爪一爪松针黏到一块儿，形成满树的粘包，整棵树日渐枯黄。整片松林，远远看去像是火烧了一样。

虫类对树木的危害似有"分工"：有的害虫只是吃掉树上稠密的叶子，减少叶子的生长量；有的害虫悄悄地爬到树梢顶部，吃食顶部组织，树的梢部便耷拉下来，直接阻止了树的高生长；有的害虫，潜藏在树木的皮层与木质层之间，每厘米密布二三十条，破坏树木的疏导组织，致使树木的水分和养分断供。

在自然界，有的病虫害对树木的危害具有一定潜伏性，并不易被人发现。

叶枯病是危害侧柏的主要病害。病菌侵染后，当年并不出现症状，经过秋冬两季，于来年三月份迅速枯萎。叶枯病的潜伏期长达二百五十天。侧柏受害后，树冠似火烧状地凋枯，病叶大批脱落，枝条枯死。在主干或枝干上萌发出一丛丛小枝叶，所谓"树胡子"。连续数年受害，足以引起全株枯死。由于侧柏叶枯病发病先从树冠内部和下部发生，在集中种植的人工林发病初期很难被发现，一旦发现往往已成片干枯落叶。

刺槐叶瘿蚊把卵散产在刺槐树叶片背面，幼虫孵化后聚集到叶片背面沿叶缘取食，刺激叶片组织增生肿大，导致叶片沿侧缘向背面纵向皱卷形成虫瘿，取食叶片，进而引发次期性害虫天牛、吉丁虫的发生和危害。吉丁虫，也叫剥皮虫，不仅能够钻入国槐树的皮层，而且还能够嵌入树木的木质部，对树木的危害特别大。从树皮的外部看，像是人起了癣一样，一片一片，树皮破裂，慢慢地吉丁虫就钻了进去，导致树势迅速衰弱。

除了蝗虫、飞蝗、草地贪夜蛾之外，大多昆虫的飞翔能力十分有限，不可能是飞翔而来。人类的活动，给植物病虫害的迁徙有了可乘之机。病虫害远距离的传播，主要通过苗木异地运输，土壤或者叶部有茧蛹隐藏，不易被截获。还有，木质包装品也是潜藏病虫害的有效载体之一。摩托车、电缆线的外包装，都是木质的。一旦病虫害区域将木头砍伐后处理不当，用于外包装，运输到林区仍有后患。苹果棉蚜虫吸取树液，它们主要通过苗木、接穗、果实及其包装物、果箱、果筐等异地运输传播。

　　林木的虫害一般或多或少都有自己的天敌。翻阅林木病虫害天敌目录发现，其中有我们熟知的蟋蟀、螳螂、瓢虫，也有陌生的大星步甲、薄翅锯天、狭腹灰蜻等，单从命名看，天敌的本领应该远远超出料想之外。实际情况并不尽如人意。尽管每种天敌对一些林木病虫害有一定的防御作用，但效果很是有限。像刺槐叶瘿蚊的天敌有蜘蛛、草蛉、寄生蜂等，并不能有效控制其种群的发展。杨树上多发的天牛虫，啄木鸟可谓是它们的天敌。但是林中的啄木鸟数量十分有限，要想起到控制作用，就必须靠人工招引啄木鸟。

　　苹果棉蚜虫的天敌有蚜小蜂、七星瓢虫、龟纹瓢虫、异色瓢虫、草蛉和食蚜虻等，其中蚜小蜂发生期长、繁殖快，控制能力强，在九月中旬的最高寄生率达百分之六十五。可是遗憾的是，近年果农农药喷洒量增多，还未禁止的氧化乐果、福美砷、林丹、三氯杀螨醇、杀虫脒等剧毒高残留农药依然在使用，一个果季喷洒各类农药八至十次，使苹果棉蚜虫的天敌也遭受灭顶之灾。

　　草木像个坚强的人一样，无论遭受多少病虫害带来的疼痛，它们却始终保持站立的姿势，屹立不倒。

四

　　夏夜，一轮圆月缓缓升起，浓密的树梢像是一堵厚墙，月光随着两棵大树之间的缝隙匀称地洒向大地。我伫立树下，凝望月亮在缝隙之间行走。月亮也似乎喜欢树梢的重重绿荫，它竟然迟迟不肯离去。在月下，每一片婆娑的树叶像是在跟天空对谈，一颗一颗闪烁的星星是它们交谈的语言。

每天清晨，树与树之间，是鸟类唤醒的。一阵轻风过后，杨树梢上的苍鹭跳跃起来。一树的苍鹭，像是遇到了什么特别喜庆的事情，一会儿飞走了，一会儿又飞回来了。苍鹭的每一次飞翔，像是我在村庄的每一次奔跑。它们的双翼鼓动缓慢，脖颈前倾，缩成 Z 字形，两脚向后伸直，恰似对村庄的一次次拥抱。一棵棵杨树露出嫩绿的枝丫，一定是一只只苍鹭唤醒的。

我常常伫立在杨树下，凝视豁然洞开的那一大片蓝天。蓝天下是一对对苍鹭修葺一新、开始孵育幼雏的巢。树梢上有几对苍鹭相依在一起，沐浴着阳光，像一朵朵绽开的花儿，满树盈香。一只只苍鹭，让春天提前来到了村庄。整个村庄，没有哪一棵树上的叶子像杨树那么稠密。一个个幼雏在巢里成长的速度，比杨树上冒出的叶子还要快。午后，几只雌苍鹭打开翅膀，站在巢沿上，始终保持同一个姿势，长时间站立不动，翅膀之下呵护着一只只幼雏。苍鹭的母爱，在杨树上，杨树一定能够感觉得到。

洋槐树、梨树、杏树、椿树、杜梨树，都是村庄木质较硬的树种。苍鹭却对杨树情有独钟。它们只选择在大杨树上筑巢，而且还是群体性的。我曾惊喜地发现一棵大杨树上竟然有五十多只巢。几十只苍鹭把那么大一冠树当成一朵花来缠绕，整个杨树的树梢便成了它们树上的村庄。

遗憾的是，苍鹭把巢修筑在大杨树上，七八年过后，杨树就会叶败枝残。架着几十只鸟巢的大杨树枯衰，像一个暮年的老人。苍鹭不在死树上繁衍生息，它们会集体搬家，选择在另一棵枝繁叶茂的大杨树上筑巢。村庄人说，苍鹭一旦在杨树上修筑了巢，就会缩短杨树的"寿命"。按说，一棵杨树是有几十年寿命的。但只有七八年时间，修筑了苍鹭巢的杨树就早早死去了。后来人们通过观察总结经验说，是苍鹭的粪便腐蚀性较大，杨树是因为被腐蚀而死。

那么，这算不算是鸟类对杨树的伤害呢？

我坚信，苍鹭给杨树带来的危害和疼痛，是无辜的。苍鹭来到村庄，就算是大地上的丰收。

在黄土高原上，杨树遭受的生命之疼，并非主要来自苍鹭，而是因为病虫害。杨树的成长之中遭遇的病虫害数量之多，仅次于柳树。危害杨树生长的虫害有：蓝目天蛾、春尺蠖、黑蚱蝉、光肩星天牛、白杨透翅蛾、白杨甲叶、青杨天牛、温室粉虱。病害有：杨黑斑病、杨烂皮病、杨灰斑病、杨黑星病、杨叶锈病、杨花叶病毒病、杨叶斑病、杨根癌病。杨树所有的病虫害中，除光肩星天牛、白杨透翅蛾和青杨天牛蚕食干部，其余主要危害叶部，黑蚱蝉和杨根癌病则危害的是杨树的根部。

一棵杨树的生长，从根部、枝干到叶片等，都或将出现这样那样的病虫害，无论哪一种或数种病虫害突袭一棵杨树，杨树还是那么毫无畏惧地矗立在黄土高原的大地上，乐意为南方迁徙而来的苍鹭搭建起一个个温暖的巢。

独木不成林。沟畔或者半崖上，风一旦与哪一棵树较上了劲，树便被风掀成了歪树，一辈子直不起身来。待深秋黄叶落尽，树与村庄一下子矮了下去。山沟对面，那一孔孔被村庄人废弃的黄土窑，成了撑在黄土高原上一只只干涸的眼睛。秋风冬雪中，它们像是呆呆地凝望着村庄远去的人们，更像是期盼着春天里万木勃发的草木。

草木之疼，是生命之疼。无论哪一株草木，站在黄土高原，便是一种奇迹。它们以自己的方式，站出了生命的高度。这高度，高过黄土高原。

禄永峰，甘肃庆阳人。中国自然资源作家协会会员。有散文发表于《飞天》《散文选刊》《安徽文学》《黄河文学》《四川文学》《延河》《意林》《大地文学》《佛山文艺》《作家文摘》等刊。出版散文集《风吹过村庄》、随笔集《暖评中国，给快时代理性的力量》。

（《黄河文学》2021 年第 5 期）

星空里的涛声
——长白山笔记

◎ 北 野

在我的心里,长白山如此浩大。一只豹子的生活,根本不需要插上木栅,如果它围着我,仅绕一个最小的圈,一百座山冈都会有它威武的步伐。

如果其中一座山冈,突然崩塌了,这只血性的豹子,要如何才能躲过一场灾难的捕获,然后一个人孤零零冲上命运的悬崖?

当我四肢僵硬地站在长白山下,我心中的豹子,正出没在一幅画中。它推动着一场暴风雪,向时间的顶端滚动,而我,已经消失在它急切的脚下。但我的耳畔,却一直回荡着枯木断裂和阳光降落的响声,仿佛有一个人,在远处把我的身体打开,从中捧出了一片翻滚的沙漠。

春天多么微妙,大地向一只雌鹿收回爱情,同时也使所有母兽的心灵变得不安和暧昧。阴雨连绵的长白山上方,浮动着一层一层的光,它广大的地面所积蓄的力量,正通过森林,向高处喷出闪闪发亮的云朵和涛声。而入夜后的新月,像活在钟声里的人,正在唤回散失在密林中的麋鹿的新娘。繁星上游动的夜色,和落叶间烟尘一样的芳香，并没有改变。

上帝的思绪和山峰的思绪一样，露珠的诞生从来就无法追上闪电的消亡。而我在词语间创造的幻境，像一棵沉睡的橡树，它早已关闭了身体里危险的喧嚷。

蕨类选择黑暗，而不选择漂泊。在时间中离群索居，独自生活，它接受泥土、陈年的落叶、水和夜色，它也接受整个生命的斜阳、潮湿和寂寞。

如同山边一所孤独的房子，黑暗用光照亮其中熟睡的姑娘，它的芳香和赤裸并不为黑暗所知，只为命运露出爱、凉意和苦涩。

当它真的在一道菜肴中出现，我的心里突然升起了一份悲伤。

夜晚是繁星的穹顶，营盘里却坐满了篝火的幽灵。当黑暗和长白山融为一体，我一个人，出现在明亮的悬崖上。密林并不因拥有浓荫而形成秘密，夜晚却因不丧失黑暗而成为世上的真理。

我相信虚空中的脚步正越来越快，从林蛙、蜥蜴到蛇，从鸟群和人参中的皂苷，以及整个山峰的影子，都在加快步伐。

秃鹫在天空的葬礼，高于它山冈上的仪式。但低于流星和上帝的其他废墟，只有我，在春天的山坡上为一场厄运所迷惑，为更低的事情所吸引。

当荆棘爆开，喊声聚集到深谷，大自然露出了它陡峭的根基。而赶山人，正从腰中取出石斧，跪倒在山脚下，接受心中神秘的洗礼。

雨夹雪总是把夜色变得莹光闪闪。黎明时分,晨光推出了一片激流滚滚的大石头,天池在哪里?春天在哪里?我怀着惴惴不安的猜想,逆风北上,越过松江河、露水河,越来越黑的白桦林,融化在了天边的寂静里。

　　你在山那边找到的城市,错过了我的目的地,而我遇到的美人松,却陷在了一千年可怕的时光里,从没有人想着把它覆盖,或放走;乌鸦飞过头顶,嗅到了远处树林的气味。

　　怀孕的母鹿为春风所拥戴,激越的兽腹翻出了大地上的沙砾和绿荫,而在无忧无虑的森林深处,我所有的行为,都将被另一双目光所代替。

　　与长白山浩瀚的林涛相比,白山市和抚松县只是其中两只飘荡的渔船。在漫长的岁月里,他们所能捞起的,仅仅是不歇的风声和蔚蓝的幻境。

　　而实际的冶炼早已形成,那些像野鹿一样奔跑的山民,那些用鱼皮裹紧的身体,都累死在白雪茫茫的旅途中。而天池的镜子所照出的面孔,既有树枝上的家园和山神的位置,也有传说中一只母熊捶胸顿足的痛苦。

　　只是很短的一瞬,我就说,我必须学习它的坚韧,当它脚步铿锵走回森林,我的心得到了时间的宽恕。人参花开放的时候,要被无私者珍藏。灵芝草爬上树顶的那一刻,月光要照亮少女的额头。

俗人在世上生活,神仙在山中隐居。我遇见的白桦木屋,已经住进了老把头洁白的子孙。而当年沉沦于虚构的女强人,今天都洗净双手,笑盈盈地坐在桌前,向我频频举起酒杯,而我必须严防死守,才能抵挡住她们波光粼粼的豪情。

长白山是否还另有向上的台阶?

晨光中孤悬的王座,在白云中闪烁,它虚席以待,仿佛从神的家里派出的马车,它在路上会遇到一个神情黯然的流浪者?

寂静的天空下,他一个人低头在走,像一颗无人照看的流星。此时,我不关注他突然冒出的思想,我只担心他是否为此而生出了翅膀。如果他是一个毫无意义的空壳人,他必然会在乱云飞渡的神话中,突然坠落到地上。

火山口证实了花岗岩的硬度,也证实了一方池塘的深浅。火山口还证实了一个多元的世界,在一万年之后,仍然不能脱离时间之手,仿佛一座山峰,谁能放任它在大地上自由奔走?

高大的柞木在山中游荡,当一条山脊从中耸起,一百万个黑木耳,填满了它的缝隙。还有巨大的寂静,总是无人注意,好像无法应付的震动;溪水把悬崖划开,也无法找到群山在暗中的回应。

紫藤、木兰和无边的灌木,在天空滑过,沸腾的花海变得炫耀而严肃。而爱情并不取决于其中理性的思考,爱情取决于偶然相遇。两个山头上的老虎,突然仰天长啸,它们嗅出了前世熟悉的味道？

如果我此时在山边经过，月光照临之下，我将是谁梦里曾经消失了的温暖的野兽？像一个落魄王子，怀抱着末日之思，一个人默默来到你空旷的内心？

这一夜，我不能转身，或倾斜，这个星球正在长出我所期待的涛声。

溪流中，天鹅从内心射出了一圈圈的波纹。而月亮需要在梦中把自己缩小成一块水晶。一匹马喷出的白云，移走了众多树冠。鹿回头的地方，是否要用一根独木桥补上虚空？

香獐用膝盖敲打的山岭，又被狐狸用诡计敲打了一遍。渐渐接近积雪的地方，需要留给风声。岁月漫长，没有人在今夜孤身一人穿越深山，一座挂在山腰的白色寺庙，要让给幽灵去攀登。

而我不能转身，我需要站在星空下仰望，一座蕴藏了矛盾和想象的巨大山脉，将安排谁在今夜的梦中和它突然相遇？

像眺望大海一样观察一座山：薄雾从石头里飘出，新叶在寂静中移动，银亮的白桦树所做的一切，我始终不能领悟，它皮肤里的泉水，竟然要发出海鸥一样的叫声？

一条羊肠小道突然消失在拐弯处，像海中的旋涡淹没了一盏鱼皮灯，还有许多林中的动物一闪而过。这些大地上的赤子，飞奔，追逐，互相敌视和爱慕。

它们所在的位置，浪漫而又模糊，如同我始终困惑着自己的命运。但大地偏爱它们的身影，虚幻的春意，因此得以保留。

　　你赐我氏族、姓名，和它们所需的种，赐我风中的眠床和爱的醉意，以及低调的晚霞和仇恨的轰鸣。

　　我的脑子里摇荡着模糊的星辰，和它们坠落的声音。更清晰的是，我从未见它们升起！像人世间衰老的屠夫和濒死的牛羊，这些强大而衰弱的灵魂，它们一旦倒下去，就再也回不到这片悔恨的牧场之中。

　　其实你只给我一个路标就够了，我会像一个燃烧的箭头，快速找到那个与我失约的人。

　　现在，腐朽的人间已经不需变软的傲骨，还有我的坏脾气和一个人寂寥的前生。荒草中的野菊，是思想者和亡灵唯一的败笔。其中昙花最令人伤心，因为我的落魄和目睹，才使它略有惨淡的愁容。

　　此时，即使我茅檐低小，并不在早晨开门；即使高山流水，也不再被我今生所爱慕；甚至它的余音，也不在我耳畔低回，那些巨大而虚无的耳朵。

　　春天走过的地方，到处都是一片危险的生机。连海边寂静的村寨，都在路口竖一牌子，上写："村中有逆子，犹如林中有虎豹，随时伤人。"

　　其实另一群人也很幽默，他们杀死大海中全部的海豚，用它们猩红的尸体，来庆祝孩子的成人礼仪式。迷茫的黄昏，当他们向海湾会聚,礁石漆黑,海水翻动。热爱重叠和跳跃的身影被掀翻、砸碎,大海用雪白的腹部发出低音。

但海底的森林却不怒吼,像帕瓦罗蒂天才的胸膛,从不轻易吐出对灵魂的诅咒。大地依然酷爱沉默,并不趁机减少盛世的繁华和臃肿。

尽管艺术家的内心越来越混沌:他们派我用油漆描绘心中的月色,用墨汁画出大地上的向日葵,用桃花启发羞涩的女人。

而他们自己,模仿着被伊甸园赶出来的陈情者;松弛的赘肉和愚蠢的青春,像土拨鼠堆高的果壳,一层一层往下掉着发霉的碎屑。

一棵树有太高的心愿,它或者超过人类十倍。在这个春天,我开始爱慕它的高度和虚荣,树顶连绵,鸣蝉正在娶亲。春风在上面安睡。麻雀的奔波胜过劳燕分飞。它们在枝丫间建成了新的城市和乡村。

我吹奏的口哨从不为它们所注意,而白云一步就越过了它们头顶,这突然降落的光辉,让整个鸟群欢声雷动;一些小雌鸟得意忘形,未婚先孕,但它们金黄的嫩嘴角,除了废话连篇,还无法把一些沉重的食物带回芳香的家门。

它们需要众多的雄鸟,在空中接应,像一副空档接龙的扑克牌。这蚂蚁恋爱的技巧被搬到天上,让经过树下的女人看得目瞪口呆。但地上的女人还太傻,春天来得太快,她们还不解风情。

没有什么理由让我们心情暗淡,隔着太远的距离,浮云擦亮空中的窗口。那些熟悉的人,从很高的地方探出头来,像画在纸上的脸,连幽灵也有了殷勤的笑容。

但我们还不能在白云中寒暄和握手,飞翔只是一种幻觉。迈出家门,我们的脚步就会断裂;现在我能听见麻雀的叫声,这说明我们离幻境越来越近,而人声稀疏之时,则意味着日渐衰落的大地,正从我们身体上一点点剥离。

这样的困惑一直从燕山蔓延到长白山。通化城被一场雪覆盖的时候,我正在松花江边徘徊。我要去的白山已经无路可通,以人参、鹿茸、林蛙、野猪肉和虎豹的尖叫为乐趣的城市,在幻境中冒着迷人的热气。

长白山站在高高的迷雾里,锈蚀的镜子中翻卷着乌云;林涛上面,只有一盏微弱的灯,那是护林人猩红的双目和望火楼上悬挂的大钟。我是一块并不发光的石头,我隐身在一个小酒馆,我的身影还停留在积雪照亮的天空。

春天既激发生活的热望,也使路上的命运模糊不清。浑水摸鱼的人不屑于和摸着石头过河的人为伍,而背着石头上山的人正在陷入一个人心中的高度。

但春天并不彻底改变什么,包括一个流浪者失败的心情。以及他钻出桥洞、站在桥栏上远眺的目光,草地上让他眩晕的热浪,远非人间的温暖可比,他的心中依然泛起阵阵空旷的寒意。

春雨屠苏,草芥觉醒,而人的身体依然迟钝。他们梦想太高,需要未来解救;他们奢望太多,需要今生偿付。而他们短暂的快乐却低于草木,立春、雨水、惊蛰、春分、清明、谷雨,当这些柔美的文字经过耳根,我们正心事重重。

我一直难以断定,一个与我突然在旷野上相遇的人,到底是来自哪里?他的命运或者已经被漂泊改变?而那些与我擦肩而过的人,转眼又消失在何处? 谁将成为他未来的宿主?

春天是恍惚的,开满鲜花的森林和台地,弥漫着河流、雨水、断裂的道路和明亮的厄运;遥远的星空下,流浪着寂寞的白云;无垠的大地上,人类比大雁飞得更远,但他们遇到的黑暗更大,像落入天边的泥潭,没有人听见他们无声的叫喊,或者,他们已经被命运再次扼住?

几个世纪的旷野,仍然飘着雪花,它默默无闻的羽毛,始终闪动凛冽的光泽。时间不掩盖也不重塑它的寒冷和美。

我身体里的碎片,是它多少年心灵的漂泊?像一个并不存在的女人或画中的夜色,而我只在时间中走动、沉默,或梦见一片旷野,让自己再次成为遥远的幻觉。

在一所房子里,我一住百年,才想:这是一个人的孤独啊。而你待在大地上,是否感觉孤单? 你的结局,要被谁最先看见?

我大概需要五十年,来冥想自己的生活。我大概还需要另外五十年,来改变未来的灾难。像把自己从一棵枯树逼入另一棵枯树中间。

而在我周围,时间是最不易觉察的东西,像大脑中的落叶,它总是无声地闪烁、飘落,像我要把自己的身体掩埋进命运的沟壑,直到它慢慢腐烂。

其实造就一片森林,只用一棵百年柞树和一朵白云就够了。柞树在石头里要保持完美的气根,而白云要飞起来,在它的上方要有足够的寂静。而它的影子,要倒映出天空的蓝色和我零星的脚步。

而我,只是树冠下那个惆怅而无措的人。这样的岁月,仿佛千年一瞬,直到我的身影成为巨大的浓荫。

我小心翼翼地向你说起那片树冠,其实我在白天从不谈论它的绿荫,我在黑夜也从不谈论它的黑暗。

而它只是一个暗示。一双天空的眼。或者白日梦里虚无的誓言。通过它,我可以看到高处,仿佛眺望一个深不可测的谜团。

在我眼里,它其实只是一个囚井的盖子,它压在我的头顶,好像已经几千年了。我掀不动它的白天,同样,我也无法掀动它的夜晚。

燕子不太关心远处。燕子也不太追逐我的目光。我目睹黎明来到窗前,树叶照着露水、发光的小溪,和它们从夜里飞回的翅膀。遍地野花,像笨拙的少女,安静、暗淡,像怀着梦中的忧伤。

而我等待的人,正走在天边。她的身影比一朵白云消逝得还快。而最为迅疾的是她脸上的霞光，那跳荡的光啊，正照亮蓝莓和黑莓颤抖的绿荫和荡漾的果浆。

直到一条河水流过山顶；直到一个路口上的行人，突然停住脚步，贴近了她心中秘密的波浪。

一只蜜蜂在花朵上漫步。一口蜂箱带着整个树林在飞。而灰色的山冈上，风景快速变幻。花朵是唯一的钟声，它静静地在心中喧响。

而我能抓住的寂静，只是大地和草木在暗中积蓄的芳香，它们遍布我走过的山冈。一棵又一棵的杉树，天空上的积雪和眼中无声的远方。如果我此时因衰败而哭泣，有谁知道，那是一阵寂寥的风声，正吹动我脆弱的心脏。

如果大雾并不停歇，而白云也一朵一朵直落天边。我的半面身体，如同彩虹，也被大地拉得向远方倾斜。"即使在一里之外，我也能数出云杉上新结的球果。"我也能摸到那片暗藏在云霓中的荧光。但这并不改变我的视野，也不改变我的爱慕和冥想。

山峦仍是去年的样子，只是雾气比过去变得更加迷茫；云彩中的鸟鸣，断断续续，似乎有一些是来自几百年前的低鸣。而我突然觉得自己的出现，是那么荒谬，如果沉默，反倒是此时最好的安慰。

从长白山的北坡，我沿着湿滑的台阶，一步一步向上攀登。

橙色，是山橘子的光，我要用一百个山橘子，来比喻山中的太阳。我要用爱情一样甜涩的味道,来比喻它懒洋洋的果实和它坠落的影子。而绿色是山野的光、湖泊的光,是幸福的大地奉献的孤独之光。

昨日之光已是记忆中的回声。而今日之光正暖洋洋地照在身上。我虽然对此迷惑不解,但仍醉心于其中的徜徉。在我的视野里,只有细鳞鱼还独自生活在另一片画廊,它总是选择无人时刻突然跳出水面,露出我从未见过的银子的光亮和声响。

那被安排在周围的光,我都不能幸免。那隐身在远处的光,我都无法想象。红色、粉色、蓝色、柠檬色……它们都是花朵的光,这些迷幻的母婴,在我写过的山间窃窃私语、悄悄成长;它们每一次生死,都过于美好和短暂,尽管光从来也不暴露腐烂的迹象。

而麻雀、乌鸦、蝙蝠和斑鸠,总是灰的光,它们像黑闪一样穿越山中,使一切安静的光,突然掀起了一阵一阵的波浪。尤其是薄暮时分,它们在我越写越少的词汇之中,突然就覆盖了寂寞的山冈。

而它们,是由谁派出的呢?它们用自己身体里的光,在一座山中,突然就驱逐了另一片光?

没有一条河流能分开月色。没有一面山坡能倾斜如幻觉。最先经过夜晚的人,像草莽中安睡的小路,突然被远方遮没。此时,我坐在石头上,听见山冈上碎屑流动如风中落叶,当它们经过我的头顶之时,正是霜降时分,大地迷幻,长空皓月。而我却越缩越小,像一枚未孵化的卵石,在暗淡的树影里,星光一样微弱。

那个在山间垂钓的人,并未加重隐居者宴饮的墨色,也未让偶遇者的脚步突然停止。仿佛来自钟磬的余音,仿佛沉睡未醒。而黎明肯定是来自上游,一两声鸟鸣在雾中慢慢洇开,溪水并不溢出镜面,垂钓人的眼睛,却要顺从其中的一两朵波纹。

但他的身躯却像岸边的石头,有一种腐朽而迷茫的美。这样的事情好像已经很久远了,当我在生活中突然想起他,微风已抹去了他蓑衣独钓的身影。

香麝在后半夜选择了一条岔路,只有月光才能捉到它闪烁的身影。它刚在我的梦中翻过一道山梁,露水就照亮了那片白桦纯洁的树荫。

当阵阵松涛卷起远处的夜幕,月光正把山中的寂静倾泻我一身。如果你已经习惯了此时的虚无,那么请保守夜色甜美的气息;如果你已经习惯了生活中偶然的幸福,那么请不要一个人离群索居。

而一只香麝的甜蜜生活,只有遥远的山野才能接受,并且愿意在黑暗中弓起脊背,让它凌空一跃,划出飞翔的幻影。

此时,有我最爱的鲜花,在山中盛开:紫苜蓿、走马芹、三叶草、蟹甲莲和火山岩上的雏菊……高海拔的那面山坡,像乐谱中的七个音阶;大自然不断重复着它的自由和时间,让它们一层一层地向上盛开。

而它们那些绚丽和散漫的光芒,一下子把我罩住,让我不知所措,热泪盈眶。

　　而整条山谷是安静的,这安静来得太久,像一片无人经过的新生的广场。

　　北野,满族。在《人民文学》《诗刊》《中国作家》《十月》等发表诗歌、散文、评论等。出版诗集《普通的幸福》《分身术》《燕山上》等多部。作品收入近百种选本,译为英、法、俄、日等文字。获孙犁文学奖、中国当代诗歌奖等。

　　　　　　　　　　　　　　　　（《黄河文学》2021 年第 5 期）

植物呼吸，动物奔跑

◎ 王 族

胡杨与戈壁、骆驼与沙漠、桑树与丝绸之路、牦牛与雪山，甚至猎人用以投毒时开着美丽花朵的草乌，被神化为在夏天是草、在冬天是虫的冬虫夏草，等等。这些近乎传奇的植物和动物，以其脍炙人口的奇闻逸事，成为中国西部的典型生物。

生物是指具有鲜明生命形体或功能，在自然环境中能够展示自我的生命个体。简言之，就是说在自身功能或者外部事物刺激下，具有明显生命反应的物体。人们通常说的生物，是指与非生物相对的植物、动物和微生物。其元素包括：在自然条件下，通过化学反应生成，能够生存和繁殖的生命物体。通常情况下，人们习惯把生物称为"兽""树""草""菌"等，它们的谱系十分丰富，亦颇为复杂，即使进一步细分如"马""胡杨""麻黄""蘑菇"等，仍然不是明确的分类，而是"兽""树""草""菌"等动植物的具体称谓。

因为东方与西方不同的文化观念，人们对生物世界的探索各自不同，又意趣横生。中国人很早就尝试对生物给予定论。譬如《礼记·乐记》说："土敝则草木不长，水烦则鱼鳖不大，气衰则生物不遂。"《荀子·礼论》又说："天能生物，不能辨物也；地能载人，不能治人也。"认识事物本质并从中总结道理，中国人在这方面做出的贡献有目共睹。在西方世界，人们也孜孜不倦地去探求和总结生物。譬如莎士比亚在《哈姆雷特》中说："我们必须能够辨别老鹰与苍鹭的不同。"可见，认知动物必须严格区分。而科林·塔奇在《树的秘密生活》中说："农田和森林一直被看作是不能两全的竞争对手。森林被砍伐，林地被改成农田，这种情况至今依然在发生……"则道出了植物的生存现状，亦让人看到某种忧患。

植物是机遇下的产物，一场风刮起，一粒种子被卷入眩晕的流浪中，只要风一停就会落进土层，获得水分和泥土滋养生长出幼苗。虽然植物生于一地必死于一地，却充满灵气，让人常常触手可及却不忍打扰。人与植物的关系，常常体现为依赖的方式。譬如，人依赖庄稼、森林、果树等为生，而植物却只挨着植物，像是用根抓着大地，用枝叶望着天空。

在大地上，每一种植物都找到了自己的位置，并且以静止状态创造出诸多传奇神话——因为菩提给了释迦牟尼灵感，故而他在那棵树下开悟；一棵看起来毫不显眼的小紫杉树，也许还能活两千年；椰树上结出的椰子，是植物最大的种子，它们能够漂洋过海，是走得最远的植物水手；沙漠中没有树木，仙人掌却能够长成一片沙漠森林；王棕树即使长到三十米高，也仍然是一棵小树；榕树从枝条上垂下根须，扎入土层又长出一棵棵榕树，但是即使是庞大的榕树家族，一棵与另一棵也只是邻居而已……

在中国西北部，常常能见到胡杨、骆驼刺、红柳、柳树、槐树、芨芨草、杨树、葡萄、松树、枣树、杏树、白桦和榆树等植物。西部地域开阔辽远，有时候你停下脚步不打算再往前走了，前面却仍是绵延至天边的绿色——草原、牧场，或者长着密集树木的森林。这些生长在辽阔之地的植物证明了一个道理——悍然出现的生命就那样逼视着你，要让你明白有些植物穿越了时间，在这里等着你，也等着世界。

西部的动物则具有更明显的繁殖、生长、行动和死亡特征。动物有一定的思维和行为能力，它们受到刺激后更容易体现出具体反应。动物的这一特征与人颇为相似，所以人们悉知动物的习性，与动物构成更密切的关系。譬如有的动物被人驯服后，成为专门为人类服务的家畜；有的动物成为猎物，被长期以狩猎为职业的猎人追逐、围捕和杀戮；还有的动物难以进化，数亿年沿袭古老的方式生存，成为地球上最古老的物种。如果仔细区分，就会发现更多的动物在生存环境和生存模式影响下，压抑着它们天生的兽性。譬如供人骑乘的马，不能按照它们的意愿奔跑；耕地的牛，哪怕骄阳似火，绳子已经勒进了肉里，它们也不能自己做主停下；还有一些动物虽然很自由，但是它们知道接近人类都会让它们丧命，譬如陷阱、猎枪、捕兽器、含毒的诱饵等，所以它们始终与人类保持着距离。其实，真正自由的只能是想象的动物，在现实中无法见到。苏格拉底的弟子色诺芬（雅典人）对此有过精彩的论述:"埃塞俄比亚人说他们的神祇鼻子扁平、皮肤黝黑,色雷斯人则说他们的神祇长着一双蓝眼睛和一头红发。倘若牛马也像人类一样有两只手,并打算用双手绘画或者制作艺术品,那马匹也会仿照自己的模样来绘制它们的神像,牛的神像自然也一定像牛,它们都会依自身的模样塑造神祇的身体。"

　　西部孕育出的长江和黄河,是悬在高处的"水塔"。这两条江河的名字广为人知,无论是中国还是世界历史学家,都乐此不疲地叙述这两条江河,从而使它们名扬四海,但是,很少有人关注这两条江河对植物和动物的影响。一棵高大的树,或者一簇低矮的野草,它们其实都是附生植物,其根须都在从地底下汲取水分,让枝叶从空气中获取湿气,从而得以生存下去。如果缺水导致空气质量下降,无论是植物或动物都会受到影响。塔里木河边的一棵胡杨,因为河水断流便在短时间内枯死、腐朽并倾倒在地,用活生生的例子否定了"生一千年不死,死一千年不倒,倒一千年不朽"的胡杨神话。再譬如草原因为缺水便严重沙化,连狼那样的肉食动物,也不得不放弃草原上的牛羊,在夕阳尽头悄无声息地消失。至于接近水域的动物,则与江河有着密不可分的关系。青藏高原上的黄羊在下大雪的前夜会下山喝水,以确保大雪封山时不至于被饥渴折磨;新疆虎因为塔里木盆地气候变化,沿着塔里木河离去,它们的依靠是河流,但不知它们在最后倒毙于何处。那些直接依赖于江河生存的动物,譬如水獭、鱼和水鸟,甚至那些两栖动物,则更敏感于江河的变化,哪怕水质发生不太明显的变化,也会改变它们的命运。水对动物的恩泽,以及造成的灾难,甚至导致它们消失的原因,似乎都是极难解释的,谁也不知道,水还会给植物和动物带来什么样的命运变化?

在历史中,植物和动物留下了诸多传奇故事。从西域传入中原的葡萄、核桃、枣椰、菩提、娑罗、郁金香、那伽、佛土叶、水仙、莲花、青睡莲、紫檀、桐木、檀香、乌木等植物,曾让中原王朝的王公贵族和寻常百姓都喜不自胜,并由此运用到他们的生活中。至于动物进入中原后,则留下更多的趣事。西域人把马、牛、骆驼、绵羊、驴、骡子、犬、大象、犀牛、狮子、豹、黑貂、白貂、羚羊、土拨鼠、猫鼬、鼬鼠、白鼬、鹰、鹤、孔雀、鹦鹉、鸵鸟、频伽鸟等带入中原,换取丝绸、食物和茶叶。西域的一个游牧民族派使者给中原皇帝敬献了一头狮子,令文武百官惊叹不已,他们从未见过那样威风和高大的动物。曹操带兵征伐匈奴,经过白狼山时遇到一头大狮子。曹操命令士兵去杀那头狮子,结果狮子凶猛扑抓,致使士兵伤亡甚多。曹操带贴身护卫百人再次去杀,狮子哮吼而起,贴身护卫因为惧怕不敢向前。危急时,一只狸从林中跳到曹操车辕上,狮子扑来,那狸又跳到狮子头上,狮子便一动不动,乖乖就范。曹操命人将狮子杀之,捉得一幼狮带回。到了都城,三十里鸡犬皆伏,不鸣一声。

植物和动物在古代没有确切的生物概念,也没有被重视和深入研究,但它们却与人们的关系密不可分,一直延续至今。有一些游牧民族敬树木为神,认为自己是狼是天的儿子。他们以西域典型的动物励志，又逐水草而居；边塞诗人的诗歌中，植物和动物常常成为边地光芒；李时珍尝遍百草，遂知晓其中可用作药材的种类；乾隆皇帝留下的文字中，也多提及植物和动物，尤其是当时北方的诸多物种，让他为之着迷；生长于塔里木河流域的罗布麻，成为对人体极为有益的茶叶，传入西方后被称为"东方的叶子"；生长于新疆的无花果，因为果肉太甜，被人们称为"树上的糖包子"；生长于四川的大熊猫，因其数量稀少成为中国的国宝；雪域高原的牦牛，成为西藏人无所不用、无处不见的生活帮手；新疆阿尔金山的普氏野马，从中国辗转于欧洲，后又回归并恢复原有生殖本性；古尔班通古特沙漠中的长眉驼，因其长眉覆面，且有三层眼帘，被誉为"动物中的美人"……诸多植物和动物的趣事，曾在历史中占有重要的位置，在今天，依然以鲜活的生命影响和改变着人类。

它们是大地之子。

王族，获中国人民解放军文艺奖、《中国作家》大红鹰文学奖、三毛散文奖、在场散文奖、林语堂散文奖、天山文艺奖、《西部》散文奖、华语文学传媒奖提名等。部分作品被译为英、日、意、德、法、俄、韩等文字在海外出版。

（《黄河文学》2021 年第 8 期）

河流与岸

◎ 蓝燕飞

"帆船畅通,直连彭蠡。"曾经,定江河上的风帆经修河可以直抵鄱阳湖。它的辉煌终结于一八九〇年的一场山洪。那场没有留下任何记录的山洪,肯定是以雷霆之势摧枯拉朽横扫千军,被雨水泡透的山体如泥浆般坍塌,造成的结果是河道淤塞,让铜鼓从一个水路发达之乡变成了群山峻岭合围之中的封闭之地。

现在,我的目光长久落在史志中的数行黑字之上,希望通过凝视,唤醒一条在时间的汪洋里沉睡渐至消亡的河流,它和我朝夕相见的定江河判若两河。这条河全长近七十一公里、有三十二条支流、流域面积覆盖铜鼓总面积百分之六十以上的河流,已经失去了生命活力,如一个老妪,只剩斑驳老皮下的嶙峋瘦骨。

我在那个名为大塅的地方认识它时,河中水量虽然载不动船帆,尚有木排往来不绝。作为一种货运方式,它源源不断把盛产的木材运往山外。路经码头时,排工呜嘀呜嘀的声音飘扬空中,引得两岸行人纷纷驻足观看。排工此时的动作完全带有表演性质:长篙一点,弓身发力,木排咿呀呀地向前滑去。

放排其实是个苦营生。敞开的木排遮不了风，挡不住雨，长年风吹日晒的排工个个脸色绛紫，手如烧炭。某个黄昏，我邂逅了一挂停在河边的木排。排上，货物在黑色薄膜下高高隆起，一个老人蹲在排尾的红泥火炉前做饭，手里的锅铲不停地在一只黑色铁锅里搅动，锅面热气腾腾。风吹着锅下的火舌，飘摇不定，做饭人被倒灌的生烟呛着了，一声一声咳将起来。排头上的白衣青年，背对着我，正在吹口琴。旋律是陌生的，听得人想哭。几年后，我在一所卫生学校的女生宿舍，再次听到了它。后来它就被唱滥了："冰雪覆盖着伏尔加河，冰河上跑着三套车……"把我一次次带回那个夕阳染红了河面、排上升起袅袅炊烟的黄昏。

偶遇一个废弃已久的码头。穿过一间濒临倒塌的老房子，拨开柳枝与野茅，几级褐色的石阶慢慢袒露出绿苔斑斑的身体。同行的文友啧啧称奇，连声感叹："这样的画面太棒了。河对面的青山逶迤连绵，善意地看着捣衣的妇人和排上的汉子。妇人的发式、汉子的情话、四目胶着……"他沉浸在想象中，极力渲染一场美丽的爱情故事。这样的故事似曾相识，沈从文先生多年前已经讲述过，因此毫无新意。

阶前的河流已经萎缩成一条水沟，半死不活，平淡无奇，爬满了树叶与蜉蝣。不远处，新修的祠堂富丽堂皇，巍巍然立于天地间，吸引着一拨一拨的游客。春天的油菜花、初夏的荷花，与祠堂组成了乡村旅游的"三驾马车"，嘚嘚的马蹄声碾碎了欸乃桨声。作为定江河下游的一个重要码头，这个名为"浒村"的地方只剩了几级摇摇欲坠的石阶，那是码头留存的骨殖。残存的半截老街，长条青石有着细腻如水墨的质地。想象一条完整石街蜿蜒在纵横的阡陌，想象临街的铺子在朝阳与落日中敞开或闭合，稚童欢闹、老人安详，好一派闲适、悠然、自在。怪不得有人洋洋洒洒著文，说这就是陶令笔下的桃花源原址。

这些盛极一时的乡村胜景随着一条河流的枯涸，不知所终。

我居住在河边，已经超过二十年。

记得夏日黄昏，丈夫带着女儿在河里游泳。那时，河还像个样子，最深处有数米，浅水里卵石杂陈，须草如绿色的丝带随波舞动，小青虾摇头摆尾游戏其间。绿树成荫的河岸上，隔不多远，就有几级台阶通往河边，供人们浣衣、洗菜，垂钓者躲在树荫里，一边吧嗒着纸烟，一边手忙脚乱地收线，一天半天，小桶里总有三五斤收获。现在河边只剩下钓鱼的人，他们埋首端坐在晨昏间，耐心等待也许会来也许不来的鱼儿。偶尔钓上来的鱼尚在幼年，指般大小，它们来不及长大，就成了人们餐桌上的美食。

放眼望去，河道里浅浅的一线，秋冬季节更是水落石出。河是二十世纪八十年代后期开始干枯的。与此同时，木头生意方兴未艾。几乎每个乡镇，都有数个甚至更多的"木头贩子"，他们章鱼般的触角遍及中国的大江南北。据说，县际公路上，晚间十点后，木材检查站前的车辆排成长龙，每辆车都宛似一座小山，那些高出车厢的木材，颤颤巍巍，似乎随时都会滚落下来。木材出县是需要合法手续的，需要有砍伐指标与证明，为谋得一件合法的外衣，木头贩子游走八方，穿梭在此部门与彼部门间。坊间传说，木材生意主要靠超方，超方是超载，但又不等同于超载，它还带着偷运的性质。设若一车木料，有五方指标，通常要装满八方甚至更多，才能够赚到钱。至于你装的是五方还是八方，完全取决于检查站的量方人员。木头贩子都是乡村的"能人"，头脑活络，与量方员建立起了良好的关系，有无法言说的交情。

铜鼓木材外运由来已久。童年时代简易公路旁的木料堆，作为乡村的露天游乐场，经过时间的发酵，散发着甘醇迷人的气息。夏夜的广袤星空下，少女们坐在高高的木料堆上，她们脸如皎月，梳着两条长长的辫子，叽叽喳喳，有时突然爆发一串串银铃般的笑声，乡村静谧的夜晚因此而生动、芬芳。偶有青年男女在木料堆上窃窃私语，随着夜色的加深，两个隔着一点儿距离的影子，渐渐融为一体。冬天的时候，阳光洒落下来，黄澄澄的木料堆放射着柔和的光芒，残霜一点一点融化，涂抹出一幅幅图画，凌乱、神秘、瞬息万变。木料堆就像一个充满魔力的万花筒，只要轻轻一转，总有惊喜。它甚至充当过我的书房。坐在高高的堆顶，似乎一下子从打猪草、浇菜地、哄妹妹的琐细劳动中解放出来，此时，打开一本来之不易的书，心里无比的欢喜和满足。我曾经在木料堆上读完了整本的《剑》，那是一部描写志愿军赴朝作战的长篇小说，它的细节描写与景物描写甚至故事走向全都淡出了记忆，我记住的是阅读的快感与花絮。这本书是我与弟弟凑钱买的，在我们的口头协议里，上午归我，下午是弟弟。谁知我一看就不能罢手，那个中午，我没有出现在餐桌上，自然没有和弟弟进行交接。我完全沉浸在书的世界里，为了怕弟弟找来，我躲在木料堆阴面的最底层，双腿蜷曲着，不吃不喝，一口气把书读完。起身时，腿好像不是自己的，一下子不听使唤，麻木中有针刺般的痛感。夕阳斜斜欲坠，身上寒意阵阵。那是深秋，风越来越硬，越来越凉，如一根根鞭子抽打着大地。那次阅读带给我的是一场短暂的感冒和萦绕在记忆中永不消散的蕴藉长音。

一年中，总有几次，木料被"解放牌"汽车带往他乡。陡然空下来的地方，颜色比周围深了几许，有稀稀拉拉浅黄的纤纤细草。一段时间后，才有新的木料跋涉而来。

从容、缓慢、有序，自然慷慨、人类节制，才是好的相处之道。

但人类时不时会走火入魔，以满足自己无穷尽的欲望。砍树之风突然席卷铜鼓。只要家里有山，山上有树，就可壮胆：瓦缸里粮食见底了，上山砍两棵树，孩子开学，上山砍两棵树，甚至嘴馋了想买点肉，还是上山砍两棵树。一边是木材外销，一边就地建工厂，最早的有火柴厂、胶合板厂，然后又有地板厂参加进来，它们组成的大合唱，高亢明亮、日夜不停，成为铜鼓的主要经济支柱。一根一根的木头、一车一车的木头、一山一山的木头消失在钢铁的巨口里，眨眼工夫就被消化得连渣都不剩。

砍一棵树用去的时间最多一两个小时，而一棵树要成材，需要十年甚至更长的时间，如此悬殊的时间比，决定了山上成材的树木一日少于一日，交通方便的山岭基本上被剃了光头。

许多人眼里，那是山里的黄金时期。山里人的日子似乎变得简单，与生存相关的其他事体都可以不再操心，甚至作不作田也无关紧要，他们着急忙慌的只有两件事：打牌和砍树。至于大面积砍伐可能产生的后果，又哪是小百姓该想的事？树砍光了自然有别的谋生路，老天爷总不会把人活活饿死。

这样的情形直到二〇〇八年之后才有所缓解。那时，山上老林所剩无几。如果"靠山吃山"是积累了人类生存智慧的一句古训，当时的情况就是一代人把几代甚至十几代人的饭都抢吃完了。作为亡羊补牢的措施，砍光的山上都新种了树苗，它们如一队队列兵，排着整齐的方阵，树下裸露的土地红着脸，一副不胜娇羞的模样。

那些靠木料生存的工厂因为原料的匮乏相继下马，木头生意人也开始赋闲。有的成功转型，有的就此落魄。

落魄的还有这条冠名定江的河流。

山的世界是丰富、奇妙的，草类、灌木、乔木，立体交叉，相互依存，相互滋养。这个繁复的世界不仅盛产植物，也盛产动物，野猪、黄麂、野兔，如今，它们随着森林一同消失在时间的岔路口。

与定江河隔窗相望。我不知道它是否还能够称得上是一条河流。它实在太瘦弱了，似乎随便往河里扔几块石头、几块木板，就能够阻截它向前的步伐。与此相反，河畔却总是勃发着盎然生机。从"草色遥看近却无"到茂盛葳蕤，春夏的草棵葱茏、鲜嫩，掐一把，似乎能够滴出水来，及至秋风飒飒，绿意褪色之时，草木摇身一变,突然冒出星星点点的花朵,它们越烧越旺,很快连成片,是野蓼,千棵万棵,竞相绽放,那些细小的粉红的花朵,密密麻麻,如一条花毯轻轻拢在河边。

河畔是美的,却也是荒芜的。许多人打它的主意。先是一些老人,他们已经退出了工作的舞台,开始热衷锻炼身体。而种菜,是一举两得的好事,强健体魄之外还可收获亲手种植的有机蔬菜。于是,青菜、萝卜、辣椒、茄子、黄瓜、豆角、芋头轮番上场,出苗、开花、结果,姹紫嫣红开遍。蔬菜的天敌除了虫子就是暴雨,相对而言,虫子更好对付,只要勤快耐烦些,一只一只总可以捉完,而雨是他们无力把控的。一年中,总有一场乃至数场暴雨,河床陡然长高,漫过蔬菜的头顶,浩浩荡荡装满整个河道。霎时间,浊浪滚滚,似一截咆哮奔泻的黄河。但山溪水易涨也易落,雨过天晴,水位迅速回落,河畔一片狼藉。刚爬架的黄瓜、豆角、挂苞的茄子、辣椒,泥浆裹叶,全部倒伏在地。老人们穿起雨靴,清理出土畦的模样,把蛰伏于地的蔬菜一一扶起。他们细致对待每一棵蔬菜,根部重新培土,该搭架的搭架,该补秧的补秧,如那个推石头上山的人,一天天,一年年,坚持在河边。隔不了多久,就会有管理部门"管理"一下他们,要求他们在一定时间内,清理掉这些蔬菜。瓜果累累,丰收在望,老人们早早晚晚一天几趟来看菜地,神色暗淡却静默无声,从未与管理者发生冲突。他们自知这是公家的场地,见缝插针、随遇而安。蔬菜上场或是下场,都淡然坦然。

有年初春，河里突然开来了几台机器。机器如勤劳的农夫，早出晚归，把河畔侍弄得稻田般平整，然后拉来一车车黄土，黄土又弄平，竟然要在河畔种植草皮。想象绿茵茵的草皮随河蜿蜒，确实漂亮。但这种浪漫主义的随想，落实到严谨的经济事务中，多半会以失败告终。河毕竟是河，虽然有气无力，偶尔也会发飙。春天已经来临，细雨霏霏，雷声滚动，离丰水季没几天了，这些黄土，这些新植的草皮，能够扎下根来吗？县城境内的河段有两三公里，两岸加起来，最少也有五公里。整理河滩、黄土、草皮、人工，还有商家的利润，怎么算也得耗资百万元以上。我不怀疑决策者们的智商，但是这件事确实让人匪夷所思。

那些美丽的草皮，毫无悬念消失得无影无踪。它们甚至还没有真正成活，就在一场大雨中汇入河水，扬长而去。

我目睹了整个事件，见证了它的发生与结束。现在能够记得这件事的人少之又少。时间模糊了太多的人与事，有时，连我自己都怀疑它的真实性，它更像一个梦，像一块飘过天空的云。但它又是一块石头，横亘在时间中，谁也无法把它真正抹去。

因为美化亮化，这些年，围绕着河与岸，做过多少文章呀。一会儿东南风，一会儿西北风，河任你吹来吹去，一副逆来顺受的样子。只有到了万籁俱寂的午夜，它才潺潺发声，那是河的私语与哭泣。它离我如此之近，似在耳边。我不止一次梦见它成了一条大河，梦见与友人泛舟于月圆之夜，弹琴歌咏，推杯换盏，不知东方之既白。在梦里，也知道这是蹩脚的模仿，但是心里真高兴呀。人生短暂，江月永恒，人总是在永恒的自然里追寻短暂的快乐，唯其短暂，快乐才显珍贵。在梦里，也知道这是梦，妄想着把它牢牢抓住，不愿醒来。梦里的定江河波涛汹涌，两岸绝壁猿猴也爬不上去。月亮又高又远，照着山川、大地、河流。一叶小舟，舟中人如微雕中的事物。

河道每年疏通，挖出来的沙砾运载到建筑工地。挖来挖去，河中沙石失而复来，水量也保持着固有的深度，似乎达到了某个平衡点或饱和度。有变化的是河堤，先是铺上木板，配着木栏杆，确实有古朴之美。但阳光暴烈、雨水浸泡，没过几年，木头开始朽坏，修补后的新木如一块块补丁。有此前鉴，对岸的河堤与护栏就铺上了花岗岩，白日里它们迥然不同，入夜后却浑然一体，因为它们身体上都绑上了电棒，在无边的夜色中，璀璨如花。那些红的紫的绿的黄的蓝的光芒，倒映在幽暗的河流，宛如仙境。但这样的仙境总给人一种假的感觉，不如天然的河岸，看上去那般自然。最美的河岸，是植物修饰的，它在永逝的童年里。那条清澈见底的小河，河岸生长着一蓬蓬的野菠，还有一丛丛芳香四溢的金银花，野菠的果实如葡萄一串串垂挂下来，河水像镜子映照着我们贪嘴后的紫唇。金银花晒干后，卖到卫生院，能换来一角或几角钱币，到供销社买几粒糖果、扯数尺头绳，满足童年寡淡的味蕾与对美的渴望。除此之外，还有垂柳的情影，摇曳生姿。还有伏地的绿草、野花，有香喷喷的野蒜苗与鸡肉菜，成为孩子们对餐桌的贡献。它们高矮不一，各有各的颜色与脾性，喧闹不已。夜幕降临,蛙声、虫鸣、河流轻咏,这些天籁在黑暗中成为大地的绝响。它们共同组成了完美的河流与岸。

说一千道一万,河里有水才是最要紧的。没有了水的河不过是一条沟渠,再怎么把岸弄出花来,也是枉然。现在,目所能及处,山已是翠绿一片,幼树们的脚下开始爬满蕗萁与巴茅,灌木蓬勃。忍不住设想,若干年之后,树苗终于长大成材,它们勾肩搭背,你中有我,我中有你,遮天蔽日。那时,魔法般消失的水,会不会重新回到河道,河流涅槃新生?

现在,我们耐心等待一棵树长大。

蓝燕飞,江西铜鼓人。作品散见于《散文》《天涯》《散文百家》《美文》《作品》《鸭绿江》等刊,部分被《中华文学选刊》《散文选刊》选载并入选多种选本。出版散文集《暗处的生命》《逆光》两部。

(《黄河文学》2021 年第 8 期)

草木脾气

◎ 冯小军

人活一世，草木一秋。多少年在林间行走，亲眼看到人类的不少脾气，草木也有。

耍赖是无奈

时下正是三月，眼前这棵柚子树正在开花。纯白的花瓣，嫩黄的花蕊，走近时似有暗香扑鼻。及至细看，竟瞅见了几个排球大小的老柚子灰不溜丢地藏在翠绿的树冠里。显然是去年结的老果实，到今年还没有成熟。

在柚子树前徘徊了一会儿，我竟想起国人称之为"法国梧桐"的悬铃木来。这种树喜欢湿润温暖的气候，比较耐寒，大多栽植在公园和公路边上，因此常被务林人赞誉为"行道树之王"。它的树冠大，叶片阔，生长快，是一种被认为适生性比较强的树，正是因为有这么多优点，不少地方都愿意引种它。而它适应性强的优势表现，是它在华北好多地方都长得很苗壮。人们发现问题是引进多年后的事情了，特别是它不规律的落叶落果给环卫工人带来了麻烦，尤其是移植到北方后表现异常。当杨树、柳树等乡土树种树叶落尽，树冠上尽是光光的枝干时，悬铃木的叶片虽然枯黄却几乎全部留在树冠上，整日在秋风里哗哗作响。尽管秋冬季寒潮不断，冷雨霜雾一再浸润，叶子却始终在跳荡中聒噪不停。还有那些挂在枝头上的悬铃果，在狂风肆虐中总是荡来荡去，一刻不停地摇摆，纵使与树枝碰撞或果球与果球摩擦，果柄撕裂拧成碎条儿变成麻花儿，以致球果部分碎裂，种子四处飞扬，它们就是不落地。

第二年春天，万物萌生，树绿花红，悬铃木也会遵循自然的召唤重新冒芽长叶，孕育青丢丢、毛茸茸的悬铃球。去岁留下的那些没有飘落的枯黄叶片和不新鲜的果球依旧顽固地悬在枝头。新的生命在勃发，新生的叶片一天天在伸展，新生的悬铃球也脚跟脚膨大起来。一个树冠上黄绿相间的情形要持续好多天。绿色在增长，黄色在减退，那惨淡的黄色明显地丢盔弃甲，叶子剩下半边儿或只有叶柄的比比皆是。在春风一刻不停地呼唤和暖雨多次催促下，那些赖着不走的枯叶儿和老球果儿才不情愿地飘落下去。

这件事常常令我思索。我们常常从自己的角度考虑问题，怀着做试验的心思不惜冒点儿"小小的风险"，这样做的结果扰乱了树木自然生长的规律，把不完全适应在本地生存的悬铃木引进来，它们又没有权利选择，在这种情况下，它们只好在适应中修改自己的基因记忆，用不落叶和不落果的方式传递水土不服的信息。

这种现象不仅表现在法国梧桐树上，我所在的城市从南方引进的毛竹、苦楝和木麻黄等都有类似情况出现。树木之外的植物也不少。它们在务林人的引导下开疆拓土，虽属被动却也有适应新环境的欲望，常常表现出在不适应中挣扎的努力。

我家附近的公园从南方引种了不少苦楝树，当年结的苦楝果儿秋季一律不脱落。甭说秋冬，即使翌年春天也不落，直到初夏时节遭遇了一场特别大的暴风雨后才集中落地。显然它们的生命机理紊乱了。我发现最初的几年它们生长得还不错，这两年长势越来越差，我预感到它们可能支撑不了几年就会退出这个领地！在挣扎中挺得住慢慢适应新环境得以成为新住民的可能性会越来越小了，我常常担心这事并在心中为它们祈福。

事物都有自己的生存规律，树木花草也不例外。叶绿素在成长中不断变化，靠着光合作用，一片树叶由春天的嫩绿到夏天的深绿，再到秋天的色彩斑斓，直至冬日里叶片落尽，叶绿素水平由增加到减少逐渐变化，表现出一个生命体完整的成长过程。法国梧桐、苦楝等被引进到新的地方，我想它们会努力适应，本能地追求生长，开拓出一个新领地，创造出一片新的风景。当引进的树种追求生存的能力达到极限时，人们引领它们开拓新疆域的努力只好放弃。我在京城的初春时节时常注意到法国梧桐的生长，在树下站立的一刻，我似乎听得见娇嫩的绿芽儿顽强顶断去岁留存下来的叶柄剥离层发出的爆裂声。偶尔也能看见老叶片在微风中飘落，老的悬铃球骨碌碌滚落在地面的情形，一寻思，时令都已经过了谷雨，我想悬铃木也不过是通过耍赖的方式传递着它不适应的信息，该长还是得长。如若再向更远的地方引种，总有达到生命极限的时候，我想，到时候它们再拼命挣扎恐怕也是枉然。

悬铃木在北方地区不少城乡的异常表现，显然是由一个区域物候特点决定的。这种物候有大致的动态曲线，温度不同，反射到植物生命运程上的成熟状态也不同。有完全吻合的，也有基本吻合的，即使吻合度相对高的乡土树种，由于枝叶生长的不同步，深秋时节总有一些树梢上刚刚长出嫩枝就遭遇严寒袭击含恨死去的情况。寒流滚滚，雪压枝头，它们都是被动地停止了生命之花的绽放。叶子枯萎，花朵或嫩果儿打蔫儿，由于剥离层尚未断裂，新生命依旧保有顽强生长的态势，翠生生的枝丫被冻硬，却依旧高傲而顽强地刺向青天。

哪个不想出人头地呢

眼前山坡上高大乔木的树枝层级明显，这种层与层的距离被人们称为"立体年轮"。我明白，雨水充沛的年份树木长势好，树枝间的层级大；干旱少雨的年份树木少有生长，两层树枝间的距离则要小很多。

山路拐角处长着一棵旺盛的油松，估摸它们的立体年轮间距从半米到一米不等，里面长着几棵相对高大的树，我们业界管它们叫"霸王树"。伐木工在砍树时会专找这样的树，叫"拔大毛"。据说和"出头的椽子先烂""人怕出名猪怕壮"等人类的思维定式一样，是维持生态平衡的一种做法。但是也有另一种选择，就是根据现有生态系统内大多数树木的生长状况决定采取不同的经营措施，留着"霸王树"不砍，把它培养成"目标树"，让与它生长量接近的树木参与竞争，使这一片森林更有生机。

树有被压树，枝有被压枝。一处山坳里有几棵相距很近的落叶松，交叉的树枝都自然死亡了，有些虽然活着，但是枝条光秃，基本停止了生长。我发现这里树木长得越高大稠密，压与被压的现象越明显。身旁的大树下面长着五角枫、柞树等，明显采光不足，生长孱弱。即使是相近年份长起来的树因生长环境差异，采光强弱等自然条件也不同。而且弱的越弱，失去了竞争优势，勉强在那里存在着。

山间有好大一片人工落叶松纯林。营造纯林最大的好处是经济效益，但弊端也明显，在遭受病虫害时容易一次性毁灭，而混交林因为树种多样能避免一次灾害全军覆灭的厄运。但是造林的人往往从节省事务和经济效益角度做选择，偏爱营造树种单一的林木，纯林整齐划一，用规模显示力量，但是个体成员的生存短板相同，抗击风险的能力就很脆弱。

这一面山坡上到处是灌木。胡枝子开放着鲜艳的小碎花，很美。过去没见过扁榆，这次才认识。它的枝条有棱角，很肥厚。看着瘠薄的山地，我想到了沙漠里骆驼储存养分的驼峰，这种植物与骆驼的生存智慧类似，有用肥厚枝丫储存干旱季节所需养分的基因。

在另一道山沟里我看到了山葡萄，它攀附着一棵油松，藤蔓昂着头，阳光照在它绛红色的嫩叶上，生命的底色油亮新鲜。葡萄的藤须紧勒树木的枝丫，限制了它给枝叶输送养分的路径，导致它的叶子蔫巴，缺乏生机。攀附并绞杀是藤蔓植物依托他人生存的手段，甭看身子软软的，却像传说中的美女蛇那样喜欢与寄主亲近。眼前攀附并拥抱着那株油松枝条的山葡萄摇头晃脑，差不多就要超过其寄主的高度了。看得出，过不了多久这棵高大的"山里汉子"就会"玩完儿"。过分亲热是会杀人的，世界上这样的事情多得是。

高处那棵落叶松长出了很鲜嫩的顶梢儿。生长永远是树木的第一要务。这是一座海拔两千多米的山，树随山长，不同的高度长着种类不同的树。走下山岭，穿过河川里的榆林后，我们再次爬到半山坡桦树林的边缘。眼前明亮的阳光从高大的树冠间筛落下来，映照在大叶儿旱莲、羊胡子草、浅绿的苔藓和低矮的蕨菜棵子上，一片斑驳景象。刚坐下来歇一歇，林虫和山鸟儿就恢复了歌唱，让我一下子感觉到了"蝉噪林逾静，鸟鸣山更幽"的意境。在这样的林间小憩，闻着山林里腐殖质的味道身心俱爽。顶峰是一片高山草甸，在这个"高处不胜寒"的地方，竟有人栽了好些落叶松，尽管自然条件不好，可是它们活得还不错。只是山风太大，吹得这些身高不足一米的幼树不断弯腰，命运不济，我估计它们基本上没啥长成参天大树的指望了。如果可能，这里本该是野草的领地，只要人不过分打扰，它们肯定长得很茂盛。

下山经过的山冈上有几棵野山梨树，稠密的梨果蒜辫子一般，自然个头儿不大。人把野生的果树驯化后用科学技术管理，通过疏花疏果使它们按着人的意志生长才能丰收。可是在这样的山野里，野生果木没人管，它们遵循自然法则，在没有自然灾害时枝繁叶茂，结的果实也多；如果遭遇暴风冰雹花朵就会凋零，果实也坐不住；遇见病虫害更可能遭受灭顶之灾，这就叫"自生自灭"。不远的地方还有山核桃，结的果实也特别多，一嘟噜七八个。看来今年这片山地雨量丰沛，到目前为止还没有遭遇什么灾害。可是谁知道以后会怎样？我想，不遇见灾害的话它们就照这样长下去，准会把树木累坏的。今年透支，来年的树势必定羸弱。自然界出现的"大小年儿"，与社会形态"兴也勃焉，亡也忽焉"多么类似。

快出山了，在一处苗圃模样的地方见到了一些杜松树，中间混交了油松。油松都活着，杜松几乎全死了。走近观察没有发现被压的现象，也没有害病，还能明显看出开春时放叶儿的痕迹，看得出它们刚死不久。我数了一下它们的"立体年轮"，估摸树龄起码有十年了。好端端的怎就死了？仔细察看才发现，它们被移栽时肯定忽略了什么。是有人搞的试验吗？有这样的迹象。它们在故土应该生长优秀，所以才被安排种在这样一个新的种群里。是为了引领潮流，还是旁的原因？结果应该是水土不服，适应不了这里的环境，怪可惜的。难道没有采取补救措施？按说"森林医生"该管这事，不知道怎么没管或者是管而无效。人心浮躁，没准儿是主人后来没有了管好它们的耐心吧。森林警察也难管这事，山太深了，况且也与盗窃不相干。

远处山坡上有几点零星的山丹花，仔细瞅过才发现已经过了花期。花无百日红，人无千日好，哪有常胜不败的将军？脚下的山沟土地肥沃，树木茂密。一小片密度大的油松林都长成了"瘦高挑儿"，它们结的松塔太多了，倾斜倒伏着，树干弯得太厉害。此时我不由得想起中山陵里陵道两旁的雪松，因为枝丫繁盛得过于沉重，树枝都用铁架子支撑着。我看了许久，感觉累心。单靠搀扶着生长，总不是事儿啊！

山风吹来，林涛阵阵，非常快意。回到山下放眼整个黑山岭，绿树与蓝天白云构成了一幅美丽的图画。它们虽然都是当地的普通树木，却构成了这片山林的主角。

冯小军，本名冯晓军。著有《林间笔记》《绿色奇迹塞罕坝》（合著）等多部作品，部分被编入大学教材《写作教程》。获冰心散文奖、孙犁文学奖、河北省精神文明建设"五个一工程"奖等。

（《黄河文学》2021 年第 8 期）

乡村鸟谱

◎ 祖克慰

斗士黑卷尾

黑色是诡异的。我喜欢这种神秘的魅惑，它潜藏着巨大的力，这种力是无限的。我看见过一只黑色的鸟，穿过风，穿过雨，穿过雷鸣闪电，以惊人的速度前行。人在风雨中行走，不说形象是如何的猥琐，就是走路，也是一歪一扭的。而雷鸣闪电，在头顶炸开时，心总是随着声光一惊一悚。何况是一只鸟？

这只黑色的鸟，就是黑卷尾。在我们老家，人们叫它"吃杯茶"。在乡村，无论是村庄或田野，你总会听到它们的叫声"吃杯吃杯——吃杯茶"。清晨，你听到的第一声鸣叫，也是黑卷尾发出的。然后才有了百灵、云雀、杜鹃、麻雀、斑鸠、喜鹊等百鸟齐鸣。黑卷尾的叫声，让清晨的朝霞更加绚烂，山川更加秀美，山野更加青翠，河水更加清澈。也因此，在北方乡村，黑卷尾被誉为"黎鸡"。

每年的麦收季节，是黑卷尾迁徙的时候，它们从南方飞来，准时来到我的家乡。此时,家乡的小麦开始发黄,田野里一片金黄。农谚说:"吃杯茶,枝头唱,大麦登场小麦黄。"在农人的眼里,"吃杯茶"是乡村丰收的使者。

小时候,我是不喜欢黑卷尾的。它们太吵闹,天麻麻亮,就开始鸣叫,声音嘈杂、粗犷,叫声响亮,一阵接一阵,一波接一波,此起彼伏。感觉鸟的叫声从四面八方涌来,直往耳朵里钻,震得耳膜一鼓一鼓的,似乎想从耳道里飞出来。

清晨是做梦的好时候,年少的我,总会做一些关于爱情的梦。在梦里,我看到我暗恋的姑娘向我走来,或是喜欢我的姑娘一脸灿烂的笑,她们像蝴蝶一样翩翩起舞,差点就撞进我的怀里。往往在这个关键时刻,一声声尖锐的鸟鸣声突然响起,我心爱的姑娘瞬间消失得无影无踪,我醒了,梦碎了。

有一段时间,我特别厌烦黑卷尾的聒噪,常常在清晨起来轰撵它们。三五成群的黑卷尾并不怕人,我走过去,它们不像别的鸟惊慌而逃,待我走近它们时,它们才画一条美丽的弧线,从这棵树上飞到另一棵树上,与我保持着一定的距离。我用石块投掷它们,它们再向后边的树上飞去,却并不飞远,总是若即若离。如果继续追,它们就又飞回到原来的树上。明明看着它们越飞越远了,一转身发现它们竟又回到了原点,望着它们,我只能苦笑而归,毫无办法。

我一直弄不明白,它们为什么总是在清晨,在我睡意正酣时扰我清梦。后来才知道,它们的鸣叫源于对光的敏感。科学家认为，鸟类在黎明时的鸣叫次序，是受到晨光亮度的影响。其实，如果仔细倾听黑卷尾清晨的鸣叫，很有意思。度过漫长的暗夜，苏醒后的黑卷尾，叫声很有意思，先是"咋个啦"，再细听又变成了"起床了"，声音清脆又嘹亮，冲破黎明前的微暗，迎来第一抹曙光。

其实，我对黑卷尾并不反感，它们虽说没有艳丽的色彩，但一身黑色羽毛，足以与燕子媲美。逆光之中，黑色的羽毛，闪着湛蓝色的光泽。如果在阳光下的树林里穿行，它们身上的羽毛，又变幻成晶莹的宝石绿。这可能是随着栖息环境的变异，产生的奇妙多变的光彩效应。再加上长长的尾叉，外侧一对微微卷曲的尾羽，使它们显得格外庄重而俊秀。卷尾，大概就是因为尾羽上卷而得名的吧。

大约在一九九〇年以前，这种鸟在我们家乡很常见。房前屋后的树上，总有它们黑色的身影。村子里的小孩子看见它们，就会高兴地大喊："吃杯茶——吃杯茶——喊你妈妈吃杯茶。"另有孩子接腔说："吃杯茶——吃杯茶——喊你爹爹吃杯茶。"于是，一群孩子就吵闹起来，撵着"吃杯茶"，绕着村子疯跑。

黑卷尾是一种很随性的鸟，有些时候它也会撵着小孩子飞，和孩子们嬉戏、捉迷藏。一群孩子正玩得高兴时，"吃杯茶"飞过来，绕着孩子们的头顶盘旋。孩子们前边跑，它在后边追，飞得很低，几乎掠着孩子们的头顶。调皮的小孩跳起来伸手抓它时，它就扇动着翅膀飞高一点儿，一边飞一边叫，以此引起孩子们的注意。孩子们跑累了，不理会它时，它又冲下来，在孩子们的头顶继续盘旋。然后落在树梢上，扇动着翅膀鸣叫，十分有趣。

当然，黑卷尾能有这样的好心情，并不多见。能遇上一两次，就很有缘分了。更多时候看到的黑卷尾，是凶猛、彪悍和野蛮，甚至是血腥的。

黑卷尾好斗，性情暴烈，尤其进入繁殖期，性情大变，格外凶猛，只要看到其他的鸟类靠近鸟巢，就感到幼雏受到威胁，不论来犯者强弱，都会发起迅猛的攻击。

我看到过一只红脚鹞子被黑卷尾打得丢盔弃甲、落荒而逃的场景。别小看红脚鹞子，这是一种小型猛禽，虽然体形不大，但生性凶猛，是很多雀鸟的天敌。以蚱蜢、蝼蛄、蟋蟀等昆虫为食，兼捕食小型鸟类。我曾经看见一只鹌鹑正在山坡上溜达，红脚鹞子看到后，从半空中俯冲而下，速度之快，令人目不暇接，没等鹌鹑反应过来，它就一口啄在鹌鹑的头部，鹌鹑当场死亡。鹞子把鹌鹑带到树干上，悠闲地享受美味。可见，红脚鹞子也是很凶悍的鸟了。

多年前的一个初夏，我在老家花生地锄草，听见嘎的一声，一只红脚鹞子从天而降，落在田埂的一棵树上，昂着高傲的头，四下巡视，附近几只麻雀吓得叽叽喳喳四散而去。就在这时，一阵尖利的聒噪声响起，两只黑卷尾应声而来，愤怒地大叫着，向红脚鹞子扑去。刚刚还高傲的红脚鹞子，此时却吓得缩着头，没吭一声。看着黑卷尾直扑而来，红脚鹞子飞起来就逃。两只黑卷尾紧追不舍,一左一右夹击,向红脚鹬子发起进攻。左边被啄了一口,红脚鹬子刚扭过头还击,右边又被狠狠地啄了一口,红脚鹬子疼得嘎地大叫一声,迅速扇动翅膀,向高空飞去。黑卷尾看着狼狈而逃的红脚鹬子,不约而同地转回身,落在一棵杨树上,喳喳大叫。如此凶猛的红脚鹬子,却败在黑卷尾手下,实在令人惊诧。

本来黑卷尾再勇猛,就速度和凶狠程度来说,也不是红脚鹬子的对手。但当看到树上的鸟巢时,我终于明白,母爱的力量是多么令人敬畏。黑卷尾之所以能打败红脚鹬子,是用尽全力,进行拼死一搏。而红脚鹬子并不想搏命,所以退却而逃,避免了两败俱伤。在自然界里,并不完全充满着血腥,也不总会拼个鱼死网破;趋利避害,不管是人还是动物,都有其天性。

早些年,我还看到过一只黑卷尾啄食麻雀的血腥场景。至于麻雀怎么被抓住的我没看到,我只看到黑卷尾蹲在树枝上,爪子按住麻雀,任凭麻雀嘶哑地惨叫和挣扎,仍一口一口地啄食,直到麻雀没了声息。这鸟在猎食时,胆子很大,我们在树下面嗷号了几声,它竟然不管不顾,好像没听到一样,直到我捡了块石子投过去,它才恋恋不舍地飞走。等我们走过去,看到那只麻雀只剩下翅膀和两只细腿,血淋淋的,惨不忍睹。

在乡村,小孩淘气,喜欢掏鸟窝,我多次看到,因为爬树掏黑卷尾的鸟窝,小孩被黑卷尾追打。遇到这种情况,黑卷尾先是大声疯狂地鸣叫,警告淘气的小孩。然后它们迅猛地扑向小孩,用翅膀拍打小孩的头部,甚至猛啄他们的头、胳膊等部位,吓得小孩惊慌失措,从树上掉下来抱头鼠窜。黑卷尾不仅是勇士,还是一位出色的猎手。黑卷尾的飞行能力强,身手敏捷,善于在半空中捕食飞行的昆虫。对它们来说,蜻蜓、蚂蚱、飞蛾、蝉虫都是不可多得的美味。一只红色的蜻蜓在低空中飞来飞去,黑卷尾就在它前面的树上盯着它,那只蜻蜓正在无忧无虑地飞翔,一道黑影从树上飞起,在空中划一道弧线,然后向下冲去,蜻蜓似乎感到了危险,慌张躲避,但还没拐过弯,就成了黑卷尾口中的美味。

黑卷尾常常蹲在牛背上,随着牛晃晃悠悠,寻找猎物。这点与寒鸦有点相似,寒鸦也喜欢蹲在牛背上。寒鸦蹲在牛背上,是捕食还是为了享受,我不清楚,因为我从没见过寒鸦蹲在牛背上捕食。但黑卷尾蹲在牛背上,就是为了捕食。牛吃草时,在草地上来回跑,草丛中的蚂蚱等昆虫,被牛惊动,有的跳,有的飞,黑卷尾看到惊起的昆虫,从牛背上跳下来,嘴一张,一只昆虫就噙在它们的嘴里。这家伙还真有点懒福,几乎次次不落空。

每年的麦收前后,成群结队的黑卷尾,从南方归来,落在大树上,大声地呼喊"吃杯吃杯——吃杯茶",似乎是在告诉农人,天热了,别忘了吃杯茶。于是,农人披晨曦顶残月,磨镰、割麦、装运、垛麦、打麦、扬场,在欢快的鸟鸣声中,收获喜悦和丰收。

遗憾的是,这种可爱的鸟,却越来越少,在我的家乡,几乎绝迹。近年来,每到收麦时节,我都会回到家乡帮母亲收麦。清晨,窗外一片寂静,我多么希望那声久远的鸣叫,突然从窗外传来,慰藉我落寞的心。然而,从窗外传来的,只有几声麻雀似醒非醒时的叽叽声。昔日"咋个啦——起床了"的鸣叫声,吵得人心烦,如今没有了那声鸣叫,又似乎少了一些况味,心中顿生惆怅。

村里人都说,现在乌鸦多,喜鹊多,连过去不常见的八哥,村里都见得到,就是不见"吃杯茶"。这鸟,没影了。它们说走就走,走得干脆,没留下一点儿迹象。留下的,是它们曾经生活过的这块土地。但是,这块土地,也已经失却了旧时模样。

歌唱家乌鸫

开始的时候,我不喜欢这种鸟。我觉得它黑色的羽毛,缺少一种光泽,没有黑卷尾黑得纯粹、亮丽,无法带给人视觉上的美感。尽管它们黑色的羽毛,不掺一丝杂色。但它们的黑,有点灰暗,除了黄黄的喙。这鸟,就是乌鸫。

但是,你不能小看乌鸫,它是鸟类中最善于模仿的鸟。在鸟类中,善于模仿鸟鸣的鸟很多,比如百灵、蓝矶鸫、靛颏、伯劳都是模仿高手。但如果与乌鸫相比,就有点逊色。乌鸫,还有个很厉害的名字——"百舌"。

我不喜欢它,还有一个原因,它们喜欢在粪堆上觅食,有时候也钻到露天的茅厕里觅食。经常看到它们在粪堆里刨来刨去,然后狠狠地啄一下。我猜那可能是一条蛆虫,或者是一粒没有消化掉的草籽。我也曾看到过其他鸟类像麻雀和喜鹊在粪堆里觅食,但都是在干粪饼里,没这么让人恶心。十多年前,在单位附近的垃圾堆上,我也看到过乌鸫觅食的场景。也许,它们的出现总让人联想到不洁的地方,所以心理上就觉得它们是"脏鸟"的代名词。

我知道,这似乎失之偏颇,把它们视为脏鸟,对乌鸫来说,是不公平的。其实,很多时候,它们喜欢在草地上觅食。在乡村的田野里、山坡的林子里、农人的庄稼地里,常常能看到它们十几只、几十只在草地上溜达的身影。如果没人打扰,它们会长时间停留在那里,跑来跑去,或者短距离飞来飞去。

有几次,我想走近看看它们的模样,但它们很胆小,还没等我靠近,就惊慌地飞走了。有时候飞得无影无踪,有时候飞到树梢上,发出急促的吱吱声,音短但响亮。我发现,二十米开外的距离,它们似乎就能感觉到你的存在,翅膀一动一动的,随时准备起飞的样子,只要你再向前一步,距离一旦小于二十米,它们就会立刻飞走,根本无法靠近。它们真是很敏感、很机灵、很警惕。

喜欢上乌鸫,是近几年的事。如果说喜欢的话,准确说是喜欢它们的鸣叫,或者说是歌唱。乌鸫的鸣叫,有时像在唱歌,有时像吟咏,有时像乐器声,叫声婉转,嘹亮动听,是任何鸟都不具备的绝唱。唐代诗人刘禹锡有一首《百舌吟》,里面就有对乌鸫声音的描述:"笙簧百啭音韵多,黄鹂吞声燕无语。"还有一首是宋代诗人、画家文同的诗《百舌鸟》,也是描写乌鸫善于模仿其他鸟鸣叫的:"众禽乘春喉吻生,满林无限啼新晴……就中百舌最无谓,满口学尽群鸟声。"

很多时候,它们的叫声听起来类似于嘎——嘎——,再听又像叽——叽——,如果再仔细听,又变成了啾——啾——,声音响亮。虽是单音,但有余韵绕梁之感。当然,它们也会发出连续的鸣叫,更是美妙动听。

每年四五月,是乌鸫繁殖的季节,雄鸟向雌鸟求爱时,它们的鸣叫声,是那么的欢快,如银铃般脆响。听它们的叫声,你会感到它们是在唱歌,像是在唱一首情歌,那跌宕起伏的鸣叫声,萦绕着无限的深情和爱恋。当然,有歌还要有舞,乌鸫的舞蹈,是围绕着雌鸟飞行,在飞行中展示自己的才艺。或用力扇动翅膀边叫边追赶,或绕着雌鸟转圈,或是飞到雌鸟前边,迎头鸣叫,以此来讨得雌鸟欢心,最终结为伴侣,生儿育女。

在它们恋爱期间,也就是刚刚确定夫妻关系时,叫声是最动听的。有时候,你听到的可能就是箫声,清幽、铿锵、悠扬,时而行云流水,清新悦耳;时而婉转悠扬,余音袅袅;时而如鸣佩环,洋洋盈耳。还有些时候,你听到的又是笛声,清脆、舒缓、激越,时而优游缥缈,不绝如缕;时而悦耳动听,如朱雀轻鸣;时而绵延飘荡,宛若天籁。

乌鸫喜欢在小溪、河流、池塘、绿荫道路附近筑巢,这些地方潮湿,树木茂盛,杂草葳蕤,常有昆虫活动,这可能也方便了它们觅食。近年来,也听说有乌鸫进入城镇居民的阳台上筑巢的,这也说明了人类对鸟类保护意识的提高,爱鸟护鸟,已成为人们的共识,人类不再让鸟类感到危险,甚至带来一种安全感。人与鸟类和谐相处,在未来,将是一道亮丽的风景。

我观察过乌鸫的鸟巢,多由一些树的细枝条、杂草、草根、松针和泥巴组成,每年两窝,鸟蛋四至五枚,颜色浅绿杂以灰色斑纹。从孵卵到雏鸟出窝,整个过程需要一个月左右。我的老家,地处伏牛山浅山丘陵区,满山遍野的林子、山溪、草地、河流,适合鸟类生存。我曾经多次看到乌鸫的巢,就筑在大树的枝丫间。它们的巢,不像喜鹊,筑在路边的大树上,鸟巢裸露,抬眼就能看见。乌鸫的巢,与喜鹊相比,还是很隐秘的,不细找,很难看到。

乌鸫在孵卵和喂养期间,对幼鸟十分呵护和关爱,一旦受到来自外界的威胁,它们会主动发起攻击,直至把入侵者驱除出境。它们是称职的父母,一心一意地哺育子女,每天数十次往返,为子女捕捉昆虫,直到小鸟独立生活。但也听说过对于身体瘦弱、无法独立生活的子女,乌鸫会带着强壮的子女离开,把瘦弱的子女丢在鸟窝里,任凭小鸟在窝里无力地呼唤,依然决绝地离开,冷酷无情。

对这样的说法,我曾一度怀疑过。自己的子女,怎能狠心地抛弃呢?有一天,我在"鸟网"上看到一个拍鸟人的一篇短文,并附有图片,讲述一对鸟夫妻育雏的过程。经过将近一个月的喂养,四只小鸟都长大了,开始出窝独立生活。先是老大扑腾着翅膀,爬上了高高的枝丫,半小时后老二老三也爬上了树枝。鸟爸和鸟妈分别给出巢的三只小鸟喂食，全然不顾鸟窝里的小四眼巴巴地望着父母凄凉地呼叫。大概过了一个多小时，树上的三只小鸟纵身一跃，飞到了十几米远的树林里，鸟爸和鸟妈也跟着飞走了。只留下小四，孤苦伶仃，在鸟窝里凄惨地呼唤着，但那对鸟父母却始终没有出现……小鸟，最终被狠心的父母遗弃。

在自然界里，适者生存是自然法则。鸟与人类的生存条件、生存状况不同，它们在恶劣的生存环境里，时时面临着生与死的竞争。前三只小鸟飞走了，它们刚刚离开鸟窝，还无法适应新的环境，作为鸟的父母，它们不可能丢下前面三个孩子，而去救助一个弱小的孩子。从这点看，鸟父母的遗弃，看似残酷，实则慈悲。

其实，乌鸫不是无情鸟，在面对外来的威胁时，它们为了保护同类，义无反顾地与来犯者进行生死搏斗。我在乡下老家，曾看到过这样的场景：一只雌乌鸫，翅膀受了伤，每飞三五米，就停下来歇息，可能是疼痛，身子微微发抖。一只小狗看到了受伤的乌鸫，迅速跑过来，追赶它。此刻，不远处的树上，一只雄乌鸫飞过来，对着小狗就啄，吓得小狗呜的一声就跑开了。当小狗看到是一只鸟时，又继续追赶那只受伤的雌乌鸫。雄乌鸫看到小狗追赶雌乌鸫，疯了一般扑过来，对准小狗又是啄又是扇翅膀。小狗扭过身扑咬它，它就向相反的方向飞去，看到小狗停下来，就飞过来再次攻击它，小狗就再转回身追赶雄乌鸫。这样反复几次，那只受伤的乌鸫，趁机钻到一片柞树林中，消失得无影无踪。小狗看到那只受伤的乌鸫没了踪影，很生气，站在那里对着树上的雄乌鸫汪汪汪大叫,最终也只能无奈地离开。

有几次,我看到小狗跳起来,扑向乌鸫,张开的嘴巴,差一点点就要咬住乌鸫的翅膀。面对小狗的反扑,乌鸫始终没有退缩,更没有为了活命,丢下同伴,惊慌而逃。那一刻,这种看上去黑漆漆、貌不惊人的小鸟,突然在我的心中美好起来。我对乌鸫,心存敬畏。

最近几年,单位的院子里,常常有乌鸫光顾。它们喜欢在春天、在院子里的草坪上溜达,那些开满细碎小花的四叶草吸引着它们,舍不得离去。它们就那样自由散漫地在花草丛中跑来跑去。树上的灰喜鹊也会落在花草中,但它们保持着一定的距离,既不交流,也不结伴。八哥也会过来凑个热闹,它们看似颜色相同,但不属于一个家族,好像也不往来,各自守候着自己的一方天地。白头鹎在紫荆花丛中跳来跳去,叽叽喳喳地叫,似乎是打破了此刻的安静,乌鸫有点厌烦,嗖——嗖——飞向天空。看到乌鸫飞走,灰喜鹊和八哥也跟着飞走。只剩下白头鹎,孤独地蹲在树枝上。

我时常会在闲暇时,走出办公室观察乌鸫,想从它们身上发现点趣事。有一次,刚刚浇过水的草坪上,看到有蚯蚓在爬行。突然间,一只乌鸫从天而降,对准蚯蚓狠狠地一啄,刚要吃时,又跑过来一只乌鸫,叼着另一头,两只鸟撕扯在一起争食。最终,一只鸟分得一段蚯蚓,这才相安无事。吃过蚯蚓,两只鸟似乎很满足,发出欢快的吱吱声，然后继续在花草中溜达。

我常想，能看到乌鸫在院子里自由地散步、自由地飞翔、自由地觅食，其实就是一件很有趣的事。曾经成群结队生活在家乡的黄鹂，体态优美，羽色艳丽，鸣声悦耳而多变，但是，现在一年也见不到一次，它们的模样，越来越模糊。黄鹂鸟的美，可能已经成为一种美好的回忆。好在，我们还能看到成群的乌鸫在天空中飞翔，在大地上行走，这已足够，还奢望什么呢？

祖克慰，出版散文集《动物映象》《观鸟笔记》《鸟声里的乡愁》等八部。其中《动物映象》获第一届"公众最喜爱的十本生态环境好书"。获孙犁散文奖、冰心散文奖、林语堂散文奖等。

（《黄河文学》2021 年第 8 期）

雄鸡一声天下白

◎ 李汉荣

一只雄鸡，校正了我的营养学，复活了我的美学，拯救了诗。我荒芜的日子开始返青，在被越来越厚的生存雾霾、精神雾霾、经济雾霾、环境雾霾笼罩和逐渐窒息的日子里，我似乎重新看到了心灵的日出，看到了消失已久的地平线……

——题记

一

那天，我买回一只公鸡，想补补身体。医生说我体内寒气重，偏阴，而公鸡性热，属阳，吃只公鸡，以热驱寒，则阴阳平衡、气血通和矣。

只因自己身体寒而且阴，就要请另一个生命帮忙，强行从人家那里拿走热和阳。

人活着，很像在为自己的身体打工，在做一个建筑：把自己加高、加厚、加固，最好弄到摩天的高度，最好弄成一个不朽建筑。建筑材料呢? 大家都在精心构筑自己,都在时刻使用材料,都是建筑专家、材料专家。所以,"材料"的事,我就不说了。

此刻,我的面前,就摆着一个"材料"。

就是这只火红色的少年公鸡。

我就要将它捣毁、搅拌,把它,把这"建筑材料",堆积进我的身体。

我忽然很惭愧,甚至有一点儿揪心的惭愧。

继而,我有了一种犯罪感。

我实在下不了手啊。

面对这少年公鸡,面对它一身霞光的羽衣,面对它热烈纯真的容貌,面对它英国绅士般的矫健步履,面对它那比国王的金冠更为大气和尊贵的火焰的桂冠,面对它那酷似世界歌王帕瓦罗蒂却比另一位歌王多明戈嗓音略高的嘹亮美声男高音,面对它那专注、幽深、警觉而又十分单纯的眸子——

诸位,你们下得了手吗? 我实在下不了手啊。

上天造它,实在不是让我们来吃的,而是让我们来欣赏的。这是怎样英气勃勃、鲜活生动的完美艺术杰作啊。

此时,自私自利的医学退却了,卑鄙无道的营养学退却了,险恶血腥的食物链退却了,丑陋凶残的"丛林法则"退却了。

美学,来到了我的面前。

美学,站在了我和少年雄鸡之间。

美学,要为蒙难的生灵仗义执言,要为血腥的世界主持公理和正义。

我手中的刀逃之夭夭，羞愧地忏悔着，悄悄藏进伦理的角落，它决定立即返回深山，重新变成一块慈祥的矿石。

忽然，这少年唱歌了——你听过这样热烈、雄浑、激扬、响遏行云、一唱三叹的歌声吗？

1234567，哆来咪发嗦拉西。

它刚来到我这里，刚与我认识，就向我热情地献歌，而且，绝对是原创、真唱。请问，当今，在这个商业的星球上，一切都要以钞票做请帖的星球上，像我等穷人，我等"失败人士"，你能请得起哪位歌手，请得起哪颗"明星""巨星""恒星""流星"？请得起哪位"天王""地王""海王""人王"？请得起哪位"超女""超男"？请得起哪一段旋律，慰问你那寂寞的心灵？

然而，它来了，来了，它正在对我满怀深情引吭高歌。

二

连续几天听它向我献歌吟诗，我深深地爱上并崇拜起这位少年歌手、浪漫诗人了。

我发现它是一个伟大的"古典诗人"，它的激情和灵感都来自那些古典的事物——

太阳，这是它赞美和呼唤的母题，无论太阳以旭日的身份上升，还是以落日的形象下沉，我们的这位诗人，都怀着深挚的激情,发出海潮般的歌吟。我猜想太阳在很久以前,把天上的一种稀有的基因悄悄藏进了雄鸡的生命里,因此,雄鸡——我们的抒情诗人才对天上的动静、黎明的动静、火的动静、光的动静,有格外的敏感和深情。这是一定的。你瞧,房地产老板按照利润最大化的商业原则,拼命地篡改土地、篡改河流、篡改山脉,甚至篡改了日出的时间,堵截了月亮的道路,一座座张牙舞爪的摩天高楼,竟然让天上的银河也断流了。

自从我住进高楼,就再也没有看见过天河的波涛,牛郎织女也在我们的视野里消失了。我们浅薄得太浅薄的、张狂得太张狂的、物质得太物质的"幸福"生活里,已经没有一丁点高远伟大的气息了。

我就一次次感叹:我们的大地已经不再是《诗经》里浸润着天真露水的大地,已经不再是唐诗里弥漫着空灵月光的大地,李白走过的大地上已经不再生长诗;如今的大地,是商业的大地资本的大地金钱的大地水泥的大地房地产商的大地,甚至,一个城市的日出和日落的时间,都由资本决定,自从我搬进这个小区,我的日出时间,整整被推迟了两小时,而我的日落,整整被提前了三小时。商业已经改写了我的天空我的地理我的地平线,改写了我的灵魂我的信仰我的生物钟。

可是,此刻,我们的这位"古典诗人",健步跑到我家客厅的门口,然后立正,抖动它旗帜般的羽毛,扬起它那华美的霞冠,昂起头,向着那个神话的方向,日出的方向——1234567,哆来咪发嗦拉西。它大声"朗诵"那首古老的献给太阳的颂诗。

我听出来了，它是在挑战和质疑这个被资本和权力绑架的世界，它在庄严宣布和重申：这日出，仍然是公元前的日出，是神话的日出，是心灵的日出，是诗的日出；这大地，仍然是公元前的大地，是露水的大地，是河流的大地，是生灵和植物的大地，是李白的大地，是月光和诗的大地。

我听清了它朗诵的内容，我禁不住为它热烈鼓掌和点赞，我还想向这位亲爱的"诗人"献一束花。

我以为它"朗诵"完了，想不到它又追加了一段——1234567，哆来咪发嗦拉西。

我听出来了，它是说："这大地，不是房地产老板的大地，不是资本的大地，不是贪官污吏的大地，不是任由权力瓜分、任由金钱买卖、任由水泥覆盖的大地；这大地，是上苍的大地，是百姓的大地，是生灵的大地，是大地自己的大地，是热爱大地者的大地。"

就这样，一种久违了的浪漫激情和纯真歌声，重新回到我枯燥乏味的生活。

就这样，美学，终于部分地战胜了自私的医学和卑鄙的营养学；至少在我这里，在我和少年雄鸡之间，美学替代了生物学；审美法则取代了丛林法则。

三

是的,这位"诗人"的灵感和激情的源泉,都来自它对古典事物的热爱和感动。

没有谁比它对光更敏感,它的诗歌都是献给光的礼赞。光与火,是史诗的意象原型,是历代诗人们的灵感源泉。我们的这位"诗人",一定保持了对上古神话和史诗的记忆。它一生一世眷恋和赞美这些古老事物,在这个已经被消费主义和技术主义彻底解构了的世界上,它坚持在价值的废墟上怀旧,坚持在诗意的荒原上追思,忆想那真理和价值的中心,忆想那诗情澎湃的古典岁月;在破碎的年代里,它提示曾经存在过的那个完整的生命家园;面对泡沫四溢的无常河流,它站在"原型"的岸上,一次次重温失传的歌谣,它永远都在做一个"原型诗人",都在做生命家园的守护者。面对被欲望之狼和资本之虎追赶得魂不守舍、没命狂奔的人们,它时时刻刻提醒:你们都丢失了遗忘了那纯真的原型和价值的故乡,你们被虎狼追赶着,你们也是一群荒原狼,你们终日、终年、终生没命地狂奔,好像前面有一个等待你们的天堂,其实,你们不过是在貌似金碧辉煌实则一无所有的价值荒原上裸身狂奔,从一个废墟奔向另一个废墟,从一个陷阱跌入另一个陷阱,从一个笼子钻进另一个笼子。

没有谁比它对时光的行踪更敏感更伤感,它的诗歌,都是在慨叹时光、挽留时光、依依不舍地送别时光。子时,午时,寅时,卯时;黎明,清晨,正午,黄昏,夜半。这是怎样的大情怀、大意境和大手笔啊,它是在用深情的歌声,用伤感的诗句,为时光划分段落,为天空划分段落,为宇宙划分段落,为我们的生命划分段落,它是在以它天才的智慧和虔诚的爱心,为它崇拜的太阳填写"起居录",填写"工作日志"。在它热烈、清澈的声音里,抬起头来,我发现被它"朗诵"过的天空其实并不高高在上,它就在我的生活附近,我的四周无不被天空注视和抚摸。此刻,我的酒杯里,就盛着公元前的一角蔚蓝天空;被它叙述过的夜晚,比起在被叙述之前,充满了更丰富的意味,夜的阴暗和恐怖感大大降低了,而有了寓言的属性,我们甚至乐意被它暗喻,就像生命一出现就被死亡暗喻。朋友,如果你放弃几个晚上的睡眠,从噩梦或美梦里走出来,来到它的身边,体验一位浪漫诗人不眠的夜生活,你会发现,它拥有的夜晚是何等辽阔和丰富啊,我们钻进被子里和噩梦里,与无聊和颓废同床共枕,却把整个宇宙、把浩瀚银河弃置于生命之外,而它,我们的抒情诗人,却守着满天星斗和遍地月光,整整一条银河的波涛,都在灌溉诗人的宇宙情怀,都在酝酿那首不朽的黎明颂歌。至少在夜晚,相比于我们精神生活的赤贫,这位坚持为大地守夜的"诗人",真是一个宇宙级大富翁啊!

它坚持夜吟的习惯,在人类的鼾声和磨牙声之外,它向黑夜远方运行的太阳抒情,向伟大的银河系抒情,向真理和诗的源头抒情。在它动人的吟咏声里,我们会发现,那些遥远的,显得疲怠、暗淡、颓废、零乱的星斗们，忽然被久违了的纯真、清澈的诗的语言唤醒了，重新集合在价值的轴心，依照诗歌的节奏重新排列令我们想起崇高道德境界的壮丽秩序；稍稍偏移的北斗，又返回到公元前的位置，在诗人海潮般的歌唱里，笃定于一个正好对应于我们内心倾斜度的悲壮斜坡，完成了一个即使我们用一百次人生去仰望也不会厌倦的充满寓意的神圣造型；一度从我们的视野里失踪的织女星，又被它深情的诗歌邀请回来了。记得在今年夏至的后半夜，在它每夜定时进行的第三次"朗诵"刚刚开始的时候，我急忙披衣起床来到户外，抬起头，我看见久违了的我们的织女——我们亲爱的女神。她仍固执地站在天河对岸，等待着对岸那也等待着她的爱情，"河汉清且浅，相去复几许？盈盈一水间，脉脉不得语。"当红尘男女都不相信爱情了，而把一切人生事务甚至心灵生活和情感生活都交给市场和金钱去代理，她依旧信着她的信仰，爱着她的爱情——永恒的女性引领我们上升。今夜，我又看见了我们孤独、纯洁的女神，她站在天河对岸，站在我们心灵的天空，她在问候我们、慰藉我们，也仿若在引领我们，我的一再下沉一再找不到方向的迷乱的心灵，似乎有所触动和醒觉：这小小的尘世的笼子权力的笼子名利的笼子金钱的笼子，难道我们的心灵就只能羁押和活埋于此吗？你高高的苍穹，难道仅仅只是女神的虚拟领空？归来兮……

四

它对电子的声音、刀子的声音、机械的声音、轮胎的声音、玻璃的声音、枪击的声音，有着本能的恐惧。但它不拒斥，它知道自己无力拒斥。它所能做的就是坚持用自己的语言歌唱，坚持自己的叙述，除了日出、日落、黎明、正午、黑夜（这也是生命和死亡的象征）这些宏大叙事，它也叙述生活的细节，比如它自己的喜怒哀乐，它与一只母鸡的相遇，与一队虫子的相遇，与一只狗一只猫的相遇，与一头憨厚的猪的相遇，与一个五岁儿童的相遇，与一丛野草和一颗米粒的相遇，与一滴露水的相遇，只不过在叙述这些细节的时候，它改用单音节词，改用名词和动词。它从不滥用语词，只有在进行宏大叙事的时候，比如迎接日出、目送日落的时候，它才使用那从上古流传下来的史诗和神话的宏大语言。当人类已经缩进利益的店铺和享乐的旅馆，自囚于消费主义的标准间，再也不仰望星空沉思宇宙，再也不在自来水龙头之外遥想存在和生命的更深本源，遥想天河的波涛，遥想时间的开始和时间的尽头，人，终于由浪漫主义的伟大精灵变成了现实主义、利己主义的精明而渺小的动物，人，终于把自己只缩写在利益的帽子和欲望的鞋子之间。它——我们的浪漫诗人，却坚持着对天空、土地的崇拜，坚持着对那些巨大的光源的好奇心和神秘感……它用它曲高和寡的宏大叙事，为我们提示那个被我们遗忘了的辽阔、苍茫的宇宙背景和价值源泉。

1234567，哆来咪发嗦拉西。

它歌唱时间，它朗诵天空，它为时间打上记号，它为天空划分段落，它为宇宙划分段落。它为我们的生命划分段落，并且打上记号。

就这样，美学，站在我和少年雄鸡之间。

就这样，一只雄鸡，丰富了我的美学，刷新和提升了我的伦理学，修改和净化了我的医学和营养学。

就这样，美学，成为我与一只少年雄鸡相处的社会学。

五

你也许不知道，一只雄鸡，一个浪漫派古典抒情"诗人"，竟然改变了我的生活，改变了我生命的行程——

我准备回到乡间，回到山野，过一种简单、缓慢、朴素的生活。

除了种地、读书、散步之外，我剩下的奢侈是植树、种花和养鸡。

与一位古典诗人生活在一起，与一首古老的抒情诗生活在一起，与露水、月光、青草、树木、飞鸟生活在一起，这也许是在这个被金钱、权力、技术统治的星球上最好的生活方式了。

如果不"跳出樊笼外"，如何能"复得返自然"？

我走向孤寂的诗，走向热烈而忧郁的"诗人"。

1234567，哆来咪发嗦拉西。

你听，我们的纯真"诗人"，又开始了黎明的吟唱。

我的天空、我的大地、我的群山、我的日子，将被一首古典的抒情诗反复朗诵，并且被打上记号，划分出意味深长的段落……

李汉荣，著有诗集、散文集《驶向星空》《与天地精神往来》《家园与乡愁》《点亮灵魂的灯》《河流记——大地伦理与河流美学》《植物记》《动物记》《万物有情》《沧海月明》等。获百花文学奖散文奖、中国报人散文奖、冰心文学奖等。

（《黄河文学》2021 年第 8 期）

自然随笔

◎ 丁小村

我们在城市里的亲戚

一只小甲虫闯进了我家的厨房,它大概迷了路,趴在墙上一动不动——这是它自我保护的一种方式。在它的生存环境中,种族的天敌很多,每一刻都面临生死危机,它用这种假死的方式来迷惑敌人,获得逃生的机会。

我妈去捉它的时候,它立即掉落在地上,蜷缩成一小团,像是真的死掉了。我妈把它轻轻拈起来,打开厨房的纱窗,放在外边窗台上,不到一分钟,它就飞走了。

对于所有来到我家的活物——一只甲壳晶莹的金龟子、一只斑点绚丽的瓢虫,甚至一只讨厌的蚊子,我妈都十分友善。当然,更不要说一个收废品的老人、一个送水工、一个走错了楼层的陌生人……多年来,我们移居一座城市,住进楼群中的某一座,经常让我想起古老的森林祖先,他们在树上建居室:清晨起来,朝树下走过的邻居们打个招呼——这些住户都是自己的亲戚。

我妈经常会把站在门口的陌生人请进来，坐在我家客厅的沙发上，倒上一杯茶和对方说话——在她看来，这些来到我家的陌生人也和飞入我家的陌生虫子一样，都像是亲戚。

在这样一座城市里，我们几乎没有什么血缘亲戚，来我家的除了我们的好友，就是别的陌生人。飞错地儿的虫子们，它们可能也是这座城市的寄居者，跟我们差不多。

我们像别的子女一样教育七十多岁的老娘：不要跟陌生人说话，别把陌生人请进家门，因为并非每一个站在你家门口的陌生人，都是怀着善意的——在一座人口拥挤的城市里，入室偷窃、行骗乃至抢劫的人，比阴暗角落里的老鼠和蚊虫狡猾凶狠得多。

但这一课对我妈是无效的：她依然放一些陌生人进我家，就同样把一些美丽或者丑陋的蚊虫放生出去。在她心目中，任何有生命的东西都是我们在这座城市的亲戚，理应受到亲善的对待。

每天中午和下午，我妈都会摆上这样一桌盛宴：撒在地上的米粒豆粒，剩下的米饭或者土豆、菜叶子……都被她收拾起来，放在厨房窗台上的盘碗里——不到一会儿，几只鸟儿聚在这里，悄悄享用这顿美餐。

我十分怀疑城市里的鸟儿们都发生了生物学意义的进化：它们在我家厨房窗台上聚餐，却不像我在乡野里看到的那样，叽叽喳喳吵吵嚷嚷，就像我们人类的酒局——不吵不闹没意思。

这些鸟儿们悄悄地进食，很少发出吵闹声。

我偶然发现了我家窗台上的饭局，这些食客们聚在一起，像是家养的,它们十分讲究礼仪,你一嘴我一嘴,不争抢不打闹。

麻雀们像是一群天性活泼的孩子,鸽子们则像是一群穿礼服的绅士,还有像八哥的黑色鸟儿,就像一个独行侠客,有不知道何处来的山雀,是一些漂亮的野丫头……这些亲戚们天天在我家窗台上聚会,它们把这当成了客厅,我妈早已经在沙发上打盹儿——随你们自便。

也只有亲戚才有资格受到这样的对待——你们来了,就把这当成自己的家吧。

城市是人造环境——水泥马路、钢铁栏杆、玻璃广告牌、钢筋水泥的楼群、喷吐油烟的汽车和小吃店、放送喧嚣音响的店铺……

在这样的人造生态中,鸟类很少——这不是它们理想的居所。自从我们寄居在一座城市,我越来越少看到鸟类。

它们是人类的远亲——从茫茫大海里爬出来,变成陆栖动物,鸟类可能是桥梁。

我妈并不懂这些生物进化和环境演变的知识,对她来说,这些来到我家窗台上的鸟儿,就是可以善待的亲戚。

小时候生活在乡村,哪家房前屋后都有很多树木,这也是鸟儿们天然的家园:喜鹊随意落在门口,麻雀和鸡仔一起抢吃的,鹰从天空掠过,有时候甚至敢于袭击家鸡,长着漂亮尾羽的锦鸡和吵吵闹闹的野鸡就在不远的树林边开会,啄木鸟半夜里还在敲打屋后的一棵老树……

如果没有这些鸟儿们，村庄不像村庄，居所也不像居所。如果你居住在乡野里，却听不到鸟鸣声也看不到这些鸟儿们的身影，那可能带来难以想象的恐怖感——不像在人间。

在几万年生存进化史上，人类驯化了很多鸟儿，变成了家禽——为我们提供肉食和蛋白质，改善我们的胃口，成为我们的宠物，给我们带来精神上的快乐，有的还变成了渔猎和通信的帮手……但它们更像是亲戚，而不是奴仆。

人类驯化的鸟类毕竟是少数，多数鸟儿依然保持着野生的天性：种族自我繁育、天生自由飞翔、逃避和抵御天敌、千里奔走谋求种族延续……

一只蜂鸟以你难以想象的微小，仅有一枚分币的重量，在3200 千米的迁徙途中，需要以每秒心跳 21 次、翅膀扇动 60 次的高强度运动，来飞越茫茫大海——连续飞行十几个小时，既不能补充食物，也无法停下歇息。

当我想到一只袖珍的蜂鸟的生命奇观，就涌起一种神性的崇拜感，我们人类自豪的是我们进化成了现在的样子——位居食物链的顶端，过着舒服的日子，强大到几乎没有任何一种生命能够敢于敌对。但是比起一只蜂鸟来，我并没有什么骄傲感。

我因此把任何一只鸟儿当成我们在一座城市里的亲戚，它们是与人为善的，也是亲切可爱的。它们让我涌起一种作为生命体的快乐感——如果没有了虫鸟、草木，我们的城市全是些走动的两足动物，该是多么单调而无聊啊。

我上下班的途中,会走过几条有树的街道:街边种植着香樟树,有着挺拔的树干、绿云般的树冠,这种美丽的观感,让人很舒畅。

一座缺少树木的城市,也就失去了许多自然的鲜美;一座缺少大树的城市,让人感觉像一个土气的暴发户,既没有体面感,也缺少教养。

这座城市没有大树,在历次的城市改建中,那些承载了时光丰厚和久远教养的大树,被消灭了。多年以后我们才发现自己的粗糙和不体面,栽种树木比建造人工花园更具有意义:一棵树往往就是一个完整的生态系统。

树木通过光合作用可以把阳光、雨水和大地的营养,变成虫鸟和其他微小生命的能量来源;树木还净化空气,使生存环境更利于各种生命延续;一棵树就是一个缩微的地球——通过能量循环养育各种生命。

我走在这些高大的香樟树下, 能嗅到原生的草木的清鲜气息:这是一种自然生命的气息。樟木有一种特有的香气,让人感觉呼吸鲜香,是美好的享受。在秋天,樟木的果子成熟了,掉落在街面上,整个街道都散发出一种果酒的醉人气息。我捡起一颗樟树果子,它是紫黑色的,像所有熟透了的野果一样甜香发酵,有了酒香。

一阵扑簌簌的响动,更多的果子啪啪掉落在街道上,从香樟树绿色的树冠里,飞出了一群鸟儿,它们可能是麻雀,也可能是别的群居鸟儿,它们离开饱餐的宴席,像云一般飘浮在城市的低空:我顿时惊呆了,我从来没发现,这城市有了这么多的鸟儿。

这算是忙碌劳累的城市生活中的一刻惊喜,由于我们补种树木,鸟儿多了,它们是我们的亲戚,它们愿意和我们生活在一起。

按照一种现代演化论观点:我们人类占据的这座星球,最终可能会被大自然收复。到那一天,我们人类灭绝了,我们这些人造工程——城市、公路、工厂、大坝、军事设施、博物馆、纪念碑、科技馆……都将被别的生命占有并且消化,直到那些不知名的草木、进化了的虫鸟和兽类……乃至能吃塑料的微生物,它们占据了我们的地盘之后,开始进行另一个时段的生命自然循环运动。

我们很难想象这样的结局,很可能它将变成真的。

但是绝大多数人都不愿意这么想象,当然,也更不愿意去产生一点儿怜惜感:对一只在城市里奔命的小虫子、小鸟儿。

只有我妈用最朴素的行动给我上了一课:善待这些亲戚,我们在城市里居住的时光,可能感觉会稍微好一些。

世间有三棵老树

我坐在一间带玻璃窗的房子里,一抬头就看到对面山坡上有一棵开花的树。

我立刻想到一个流行的造句:当我们老了,去山里找个小院子,种一院子花和果树,享受春天的绚烂与芳香……

但是当我们老了,树却还没老,树还很年轻——跟树比老,我们比不过。

因此那棵开花的树,立刻成了我面前的一个女神——再过一百年,我们都成了泥土了,它可能还在山坡上灿烂盛放。

我对一棵在任何地方遇到的老树,都充满了敬畏感:树活百年千年,而我们的人生跟它比起来,真是太短暂了,朝朝暮暮间,我们只不过是它面前熙熙攘攘的过客而已。

看惯了风风雨雨,经历了来来往往,老树成了精。

在秦岭深山里,我见到一棵古老的银杏,立刻想要跪拜:它活了几千年,成了大地上的神。

这棵老树能容纳一切:它的树根部,两棵幼树就像儿孙辈,已经长成了大树;它的树身上,又长出另外品种的树,它不排斥这些"异类",把自己的身体变成了别人的营养地;它的枝梢上,有鸟雀筑巢,有蛇鼠为穴……

这棵老树把自己变成了一座万物的栖息地,在这里,众生平等,都能得到它的庇护。

它若不是神,谁还有神性?

我感觉到的神迹,对于这棵老树来说,算不得什么。在一个略显得萧瑟的早春时节,它甚至还没有长出嫩叶。它平静地看着山坡上早开的山花, 就好像一个千岁老人看着一个十来岁的小姑娘，既不嫉妒，也不羡慕。

到了夏天，这棵老树枝繁叶茂，可以供几百人在大树下乘凉。到了秋天，这棵老树撒下漫天金黄，每一根枝条上都挂满了金色的果实，这都像时间的黄金，证明了生命的质量。

这是偏僻山村里的一棵千年银杏树，它在《植物志》里边被称作"活化石"——最重要的意义在于，它是"活"的，活了千岁万岁，它像一台时间的记录仪，把岁月变成了一座宽阔而安静的博物馆。

世界上必须有这么一棵树：你在它面前，必须跪拜，表达对于生命的敬畏；你在它面前，必须安静，来体会时光的宽阔；你在它面前，还必须庄重，这是对于神迹的崇拜。

大概是在一九七六年前后，我父亲在自家的菜园边上种了一棵树。他喜欢种树，不管是屋里屋外，还是田边地头，他都会找地方种上一些竹木：质地很好的木材、果树、竹子——出于实用和美观，也因为一个农民对于种植的热爱。

过了几个月，这棵刚栽上的香椿树就长出了嫩叶。香椿，农村里最普通的一种树，它长得快，而且端直高大，嫩芽是很好的菜肴。

村里有个小队长带着人要来砍掉这棵树，这棵树被扣上一顶大帽子。在人连饭都吃不饱的年代，树是多余的——人性和情感是多余的。

我父亲最后用野蛮粗暴的方式保住了这棵树："你要砍这棵

树，我就砍你。"他手上提着一把斧头。

这棵香椿树长得真是好：玉树临风，端正优雅，装扮了瘦弱的坡地；它在春天会长出嫩紫色的叶芽，父亲摘回来，母亲把它做成了干菜，到了腊月，用这个烧腊肉，我们在寒冬里也能闻到春天的味道。

到了我上高中的时候，这棵树大概已经有脸盆粗了。

我喜欢任何一棵树，哪怕它是不成材的臭椿或者马桑——庄子和弟子们看到的那些不成材的树，往往能够终其天年，老成了神仙。

庄子说，正是因为它不成材，它才得以全活、长寿。

我觉得庄子的话充满了嘲讽意味：人类的这种价值观何等低下渺小！人类只能活百年，树却可以活千年，成材的人和不成材的人都变成了灰尘，树却依然在开花、长叶、结果……

所有想要砍树的人都变成了树底下的一抔泥土，而树却变成了活着的墓碑。时间才是最好的价值判断者。

由于对时间的恐惧，人们通常害怕那些老树，在中国古老的民间故事中，多数老树都会成精成妖作怪。

树活得太久，让生命短暂的人类充满了敬畏，这种敬畏有时候转变为一种恐惧感。

在东方国度里，有老树的地方往往有神庙：神寄身于老树，把一棵生命依然繁盛的树，变成了一座神居住的殿堂。

把恐惧感转化为神圣感之后，老树充满了神奇的气息。

老树不抢时间，不赶季节，它是老神仙，不在乎这些。它可以平静地看着脚下一棵小树在春天里烂漫花开，在夏天里枝叶疯长。它让自己一切都慢下来：比如一棵老桂树，它在春天里慢悠悠地长出嫩叶，到了夏天它才变成一蓬绿荫……结果，到了秋天，它把一座山都变得芳香了。

这棵老树让人敬畏：在早春时节，它像是死了一般。所有的老树都懂得积蓄营养，它有一种属于自然的智慧——比如，它不抢时间。

这让我是满心的崇敬感：得经历多少时光的历练，才能有这份沉着与舒缓？

一棵小小的花树追赶着时光，急不可耐地打开春天。但一棵老树绝不会去赶这种热闹：它看惯了风雨，不在乎一时的热闹。

一棵老树，不是哲人就是神仙。难怪庄子要用一种讽刺的方式来嘲笑人类：成材只是你们的想法，跟树何干！

我在嘉陵江边看到的一棵活了几百年的高山杜鹃，得两人合抱，树干上长出了无数的嫩枝，证明了生命的旺盛，也许，它还得活百年千年。

高山杜鹃以怒放的方式深入春天。

在一个只有六七户人家居住的小山村，看到这么一棵高大的杜鹃，让人震撼，让人惊叹。

这是一种"无用之材"。它长在山石间，生长缓慢，等它成材，会把你等老，作为人类，你没耐心等它成材。它也不结果，不能给你带来实用价值。它只能开花。对于一个贫瘠的小山村来说，一树花开，既不能当饭吃，也不会让人产生写诗的愿望。

它活在这里，本身就是幸运，是奇迹。

我拥抱了这棵树，就像拥抱一团激情——每个人都需要盛放的激情，不管你有多衰老还是多幼小，生命本身是一种激情。

我叩拜了这棵树，就像叩拜一个神迹：如果我们在人间看不到神迹，那就到大自然中去寻找吧，人生需要神迹，因为平凡而堕落的生活往往把我们的生命消磨。

活了几百年的老树开花，让树下的我也感觉到生命的鲜活：它已经不是树，而是启示录。

我用三棵老树打开又一个春天——

一棵是千年银杏，它连一片嫩叶都还没长，它一点儿都不着急，它到秋天才灿烂。

一棵是老桂树，它在春天长出嫩枝，到秋天才会开花，倘若你等不到，那是你太短暂。

一棵是老杜鹃，它在晚春时节开花，百花开尽之后，它怒放成春。

有很多种打开春天的方式，我最喜欢的是在山边一座房子里，推开窗户，突然看到窗外的一棵老树，它静静地站在那里，让你看到时光的宽阔无边。

川端康成在《古都》第一页就写下一棵千年的老枫树，一个少女惊喜地说："呀，它开花了！"

不是老枫树开花了，是寄居在老枫树身上的两棵紫花地丁开花了。

老枫树用这种方式打开的春天，既有惊喜，又有宁静；既让人敬畏，又让人欢喜。

一棵老树可以宣示神迹：你有神性，它给你神示；你有佛性，它给你佛心；你有诗心，它给你诗意；你有爱意，它让你感受到爱情……

世间必须得有这么几棵老树。

大自然如何善待我们

尽管人类为了自己的利益，给大自然带来了深重的伤害，可大自然仍然遵从自己的规律，善待人类。人类做下的罪孽，不单单是人类来承担和赎罪，大自然也承担了更多的恶果，但它仍然极尽可能地修复自己，极尽可能地帮助我们。这是它善待万物的一种方式。

我们只要走出封闭的房间，所有这一切无时不呈现在我们眼前。大自然默默地做着一切，虽然我们从来没注意过这些。

没有什么比一座现代化的城市更粗暴地对待大自然了，但是它并不与我们为敌，也从不离我们远去。

水泥是人类的一个重大发明，并且被到处使用。这东西是大自然的敌人。如果是一块冷硬的石头，经过长期的风霜雨雪，会慢慢风化,变成粉末,成为土壤,长出小草和树木,从而成为一个生机勃勃的小家园。但是水泥不,人类制造的东西,大自然对它无可奈何,人类试图让它长期不坏,从某种角度来讲,它本来就是为了对抗大自然而生产出来的,虽然它的原料本来是大自然中的产物。它抗腐蚀、抗风化、抗氧化,总之大自然能够使用的方法,都被它坚强地抵抗着,所以它堪称冥顽不化。唯一的办法是在它破碎的时候,将灰尘和雨水贮藏在缝隙里,从而变成细菌和小草的温床,大自然用一种特别的耐心来对付人类的制造物,最终,它让这块冷酷而灰色的东西上边显出了一星绿色,呈现了一点儿生机。

楼房,巨大的人造物。楼房是用砖块和水泥构成,瓷砖、水泥、钢筋,这些东西了无生机,也是人类用来对抗大自然的。大自然基本上宽容了人类的行为,因为为了自己生存栖息,人类这么做了。楼顶的沥青,在灼热的阳光下发烫并且散发难闻的臭味。但是依然有蚊虫和小鸟飞来,蚊虫的尸身和小鸟的粪便,可能在一些夜晚,挽留住了一些渺小的生命,它们小到人类用肉眼无法分辨,它们在这些地方工作,软化、蚕食这些坚硬发臭的人造物,最后把这些东西变成粉末,然后会接纳风中吹来的一粒草籽,在春天,悄悄长出小芽,成为一个生命的暗示。

我在散步的时候,会看到樟树被一夜春风吹得满地落叶,樟树仿佛秋天一样的红色叶子垂落,枝头上新叶已长出。水泥的街道立刻被这些青色的、黑色的、红色的叶子覆盖,这种景象让我的眼睛好受了许多。多么讨厌的灰色,灰色的水泥街道,灰色的城市楼群,了无生机的地方,现在被叶片覆盖,显出了大自然的本色。这些叶子还覆盖了人类的制造物,比如顽固不化的塑料袋,它们也是五颜六色的,但是却是无生命而且会挥发有害气味的。这些叶子还暗暗散发着天然的芬芳,改善着我们的呼吸。樱花树长出了嫩红的叶子,叶子间则是粉红的花蕾、粉白的盛开的花朵。它们也在发散芬芳,让我们呼吸空气更多一些舒畅的成分。大自然是在照拂我们,正如诗人所写:润物细无声。就像春雨对幼苗的呵护,大自然并没有因为我们的恶行而冷落我们,它总是极尽可能地善待我们。

再说树根下的一点点土壤。这是在灰色的街道边隔出的不足两步宽的植物带。唯有这条线,是人类的城市留给大自然的一点点空间。城市的地皮如此紧张,人类正努力让这点儿地皮发挥更大的效力。贪婪的土地使用者们,为了获得更多的利益,只好把大自然一点点排挤出去,最后留给大自然的就这么小小的一点。树是人栽的,花草也是人栽的,城市人知道自己的自然太少了,所以想尽可能地留下一点儿大自然。但是大自然并不完全按照人类的安排来行动,它还是要更多地善待我们。它会让一棵计划外的小草长在这里,虽然它很小,只有一点点绿意。它会让一棵指头粗的树悄悄长出来,虽然这东西不值一钱,对于园林公司来说,它不足以提供利润。当然,散落的小花也会开在这条小小的生命线上。由于有了小花小树小草,虫子们寻找到这里,蜜蜂和蝴蝶也寻找到这里，于是，这条小小的绿化带，远远越过了人类的布置，变得更加饱满起来。大自然为万物安排家园，它并不在乎人类的自大。

在可看的绿色和可赏的鲜艳之外，还有可以改善空气的各种大自然的气息。大自然并没到此为止，它还为我们的听觉提供可能的点心。

住在一座现代化城市里，我们听到的是太多的喧嚣。汽车发出各种声音，如汽油燃烧转动齿轮的声音、发动机带动轮胎转动摩擦道路的声音、挤压出来的刺耳的喇叭声……这些声音让我们感到恐惧，却是我们自己制造出来的。还有店铺里的音乐、作坊里的气锤声、人们的叫喊声、空调抽风的声音、小饭摊炒菜的声音……千万种声音，包围着我们，让我们浑身难受，让我们忍无可忍。这也是我们自己制造出来的。

这时候风吹起来，树叶哗哗作响，我们终于听到了自然的声音，或者叫天籁。风把一片片树叶垂落在街道上，树叶在空中划出簌簌的声音，在水泥街道上随风奔跑，发出扑扑的声音。还有雨，雨落下来的时候，敲打着我们的窗玻璃，点点作响，宛然敲打冰河。雨从城市上空划过，风从城市上空吹过，带着潮湿的气息，带着树叶的清香，带着泥腥味儿，让我们离大自然更近些。安静的夜晚，会有小虫飞到窗边，它们从哪儿来，我们无从得知，但是它们突然发出飞动的声音，发出细小的鸣叫，让我们终于发现，我们并非囚禁在一个人造的牢笼里。至于一只金龟子迷失了方向,突然啪的一声掉落在打开的窗户里边,它并不知道我的窗台上已经没有一盆草的位置,依然当我是一个朋友,在我面前无所畏惧地展开翅膀试图飞起来,它扇动翅膀发出了支支吾吾的声音。一只鸟落在街边的树上,在小小的树冠里边歌唱,完全不理会街道上的轰鸣声。还有更多的声音,如果我们明白,此刻,大自然正在做着一切的努力,试图让我们生活得好一些,在这个冷酷的钢筋和水泥构成的笼子里。

大自然在善待着我们,虽然我们待它一向冷酷。在一座城市里,它试图向我们表明,我们并非它的弃儿。

丁小村,本名丁德文,一九六八年生。发表有中短篇小说及诗歌散文等作品,出版小说集《玻璃店》、长篇非虚构作品《秦岭南坡考察手记》等。

(《黄河文学》2022 年第 1 期)

蜻蜓归来

◎ 秋 也

无雨的夏天，我常常仰望焦渴的天空，寻找一种像天使一样美丽的昆虫。

小时候，我们村四面环水，我家老土屋傍水而居，东沟就像我家的池塘，翠绿的水葫芦下面，生活着鱼虾、蛤蜊、青蛙和数不清的生灵。鹅鸭成群，在沟里嬉戏觅食，我们的童年，也莺歌燕舞蛙声一片。

乡下孩子，除了吃饭睡觉几乎不着家，整天在野外疯。一群流着脏鼻涕的孩子，最快乐也最残忍的游戏之一，是在夏天的黄昏捉蜻蜓。那么多蜻蜓，也不知从哪里来的，像乡下孩子的无聊和寂寞，在沟汊和村庄的上空飞呀飞。那时候无知，它那四只精致的带着不规则脉络的薄如细纱的翅膀的美，丝毫不能洞穿我们的蒙昧，也不能唤醒诗意的弹跳，却无时无刻不在挑逗着我们的好奇心。它铜铃一样的眼睛，就像两只水晶球，折射着原生态乡村的淳朴和安详。

"小荷才露尖尖角，早有蜻蜓立上头。"（杨万里《小池》）这是文人雅士眼中的蜻蜓。东沟没有荷花，也没有芦苇，只有翠绿的水葫芦，漂浮在水面上，遮蔽着神秘的水下世界。每年的四月以后，蜻蜓们就在天空现身，不厌其烦地进行高难度的空中表演。它们像微型的歼击机，不停地变换队形，时而风起云涌群体作战，时而结成小队分头行动，时而俯冲而下，扔炸弹一般，在水面上炸开一朵朵无声的涟漪……

响晴响晴的天气，是蜻蜓们喜欢的。它们飞累了，会停在沟边的蓬蒿和茅草尖上，给逃脱午睡疯玩的我们提供了可乘之机。它探照灯一样的大眼睛，对前面和左右两边的事物明察秋毫，对身后隐藏在草丛中头戴柳条帽的我们却疏于防范。一只蓄谋已久的长满污垢的小手突然一飞，就捏住了它长长的肚腹后面的尾巴。有的男生，用铁丝圈一个圈，缝上蚊帐，绑在竹竿上网蜻蜓。得手以后，孩子们会围在一起，不厌其烦地研究它有多少条腿，肚腹有多少节，翅膀为啥能飞……研究够了，顽劣的男孩子会拽掉它一只或两只翅膀，看它能否照常飞行；把它的尾巴尖掐掉，往它的肚子里插进一节草棍，然后把它放了，看着它像中弹的飞机一样歪歪斜斜地飞出去，然后一头栽到地上，成为鸡的腹中之物……

我觉得残忍，很少旁观这样的恶作剧。后来，我得到一个去以荒凉著称的黄河口打工的机会。我从小怕蚊子，听说那里的蚊子三只能炒一盘菜，颇有点踌躇，但终究没能抗拒诗和远方的诱惑。

去了以后才知道，那里的蚊子个头虽然大，白天却很少出来，并不耽误我去野外徜徉。后来在那里安了家，我经常带女儿们去野地盘桓。城市的四面是荒原，到处都是一汪汪泛着盐碱的水沟，岸边长着黄蓿菜和芦苇，水里生长着无数的小鱼小虾。爱人用蚊帐做了一张抄网，有空的时候，就带我们去捉小鱼。

　　有一年初冬，我们去野外，抄网里除了小鱼小虾，还有一种肉乎乎的怪物，身形大小有点像蝼蛄，却有两只异乎寻常的大眼睛，看起来异常狰狞。爱人说，它叫蜻蜓虫，是蜻蜓的幼虫。我这才知道，原来水沟是蜻蜓宝宝的摇篮，诗意横飞的蜻蜓点水，是蜻蜓妈妈伟大的生产之舞。我把它们带回家养着，想观察蜻蜓虫是怎样变成蜻蜓的。谁知第二天一大早，女儿便一惊一乍地嚷嚷开了。我跑过去一看，原来小鱼被吃掉了一半，有一条小鱼被吃掉了尾巴，无法保持平衡，正在可怜地沉浮挣扎。爱人说，一定是蜻蜓虫干的，它是肉食动物，在水里吃孑孓、摇蚊等水生动物，被抓上来以后没有吃的，就吃掉了小鱼。"太凶残了！"女儿们都为小鱼抱不平，于是蜻蜓虫被处以极刑，油炸之后端上了餐桌……

　　这时候，我依然没有愧疚感，直到大女儿两个月时回故乡，娘儿俩屡屡被黑蚊子袭击，才知道自己做了一件亲者痛仇者快的事情。黑蚊子是从国外进口的木材中带进来的，身体和腿有黑白相间的斑马纹，像穷凶极恶的战斗机，24小时不停歇地骚扰人们，连猫狗的鼻子都被叮破了皮。

　　我们借住在近门三叔家的老房子里，着实领教了黑蚊子的厉害。它们阴险机警且凶狠贪婪,令人防不胜防。本地蚊子个头小,浅褐色,昼伏夜出,作息极有规律,天刚蒙蒙亮,就慌慌张张地找阴暗地方藏身,黄昏才壮着胆子,借着夜色掩护,出来叮人。想不挨蚊子叮,只需昼出夜伏,避开蚊子的活动高峰期即可。但这种黑斑马蚊子却无耻没底线,无论白天黑夜,随时都会出来。本地蚊子叮人前,会像古时候两国交战一样,彬彬有礼地在人的耳边嗡嗡地下战书,可以从容应战;黑蚊子却喜欢偷袭,闷声不响地上来就叮,还会神不知鬼不觉地落在人的头发上跟随人进家。有无数次,我发现了黑蚊子,试着去打它,它不是望风而逃,而是有恃无恐,一边诡异地忽左忽右躲避我的巴掌,一边阴险地寻找我的视觉盲区,伺机叮一口,被它叮了脸是常事。我被本地蚊子叮过之后,疙瘩顶多一天就消下去,不痛不痒了;被黑蚊子叮了,痒得钻心,抓破皮结痂留下的疤,还是会痒好长时间。

那段时间,三婶每天傍晚都会来喷药,却伤不到蚊子半根毫毛。白白胖胖的闺女成了黑蚊子的美食。蚊帐形同虚设,总有蚊子会在人进出时尾随而入;她睡梦中翻身靠近蚊帐,也会有蚊子把长长的口器伸进来,一阵狂叮。她皮肤娇嫩,被叮过的地方起老大的疙瘩,周围还要起一圈小水泡。

回黄河口之后,女儿背上留下的深褐色疤痕,一两年之后才褪去。后来回想起来,真有种劫后重生的感觉。爱人揶揄说:"号称三个一盘菜的荒原野蚊子,跟你老家的进口蚊子比,也是小巫见大巫啊!"

"穿花蛱蝶深深见，点水蜻蜓款款飞。"（杜甫《曲江二首》）在外打工那些年，古诗的意境在我的梦境中反复出现，不停地向我发出遥远而又亲切的呼唤。

十数年后，我辗转回到故乡，早已物换星移。村东的潴河断流的时候居多；北沟、东沟早已干涸，被填平盖上了房子……蜻蜓也跟水一起，退出了村庄。黑蚊子一统天下，进化得越发精明。农谚道："见了麦糠，蚊子上场；喝下中秋酒，蚊子往家走。"本地蚊子不耐寒，麦收以后开始孵化，过了中秋就销声匿迹，只有部分蚊子会躲到井下的石缝里过冬。滴水成冰的季节，人们在铁桶里点燃艾草，垂到井下熏蚊子。蚊子被艾草的浓烟熏出来，要么落进火里，要么飞出井口被冻死。少数侥幸存活的蚊子，来年就靠天敌蜻蜓螳螂来消灭。

黑蚊子却完全无视本地农谚，只念自己的吸血经。即使寒冬腊月，只要家里暖和，它们随时都会举着针管出来，给人抽血。本地蚊子飞起来走直线，傻傻的很好打；黑蚊子却阴狠诡秘，飞行踪迹飘忽不定，才刚要去打它，它却早已倏忽一闪，不知躲到哪个阴暗角落里去，等人放松警惕，它早已落在眼睛看不到的地方，喝得肚子通红。老屋四周多是无人居住的老房子，院子里杂草丛生。我在老土屋居住的那些年，就是一部荡气回肠的战蚊史，挂蚊帐、点蚊香、打药、灭蚊灯……每年花样翻新，还是不能彻底摆脱黑蚊子的骚扰。

门口的杏树，刚含苞就生蚜虫，药打了一茬又一茬，蚜虫依然在嫩梢上作威作福。母亲说，以前没有农药，仅靠瓢虫和蜻蜓吃，也没有这么多蚜虫。后来有了农药，大家在沟岔里洗刷喷雾器扔药瓶子，水里的生灵被无意中毒死，加上雨水越来越少，沟渠经常见底，一年年过去，蜻蜓和七星瓢虫难得一见，越打药，害虫的耐药性越强，成了打不死的小强。

母亲的话提醒了我，开始查找有关蜻蜓的资料，不查不知道，一查吓一跳，蜻蜓在生物链中的作用还真的不可小觑呢！

故乡曾经有红、黑、蓝、黄、绿很多种蜻蜓，它们在飞行中除捕食大量蚊、蝇外，还能捕食蝶、蛾、蜂等害虫，食量非常惊人。据有关部门统计，一种绿色大蜻蜓，一天吃掉两千只左右的蚜虫类小飞虫不在话下；一只马大头蜻蜓，一天能吃近一千只小飞虫，能在一小时内吃掉四十只苍蝇或八百四十只蚊子。一只蜻蜓一天能吃掉本身体重百分之六十的猎物。水里的蜻蜓虫更厉害，它们特别爱吃孑孓，一年能吃三千多只。

黄昏时满天飞的大多数是雌性蜻蜓，它们通过美轮美奂的点水仪式，将卵子排到水里。卵孵化成蜻蜓虫，潜伏在泥底、残枝败叶下或水草密集处捕捉猎物，在水里爬行一两年甚至七到八年，才能像知了猴一样，羽化成天使一样有着两对精美翅膀的蜻蜓。达尔文说，蝉用六年地下的苦工，换来地上两个多月的歌唱，蜻蜓虫何尝不是这样。它们数年如一日在昏暗的水下仰望天空，要经十次左右的蜕皮，才能迎来一到八个月左右的自由飞翔。

对蜻蜓的了解越多，我为童年的无知越脸红，更为当年对蜻蜒虫的误解惭愧不已。

蜻蜓惊人的战绩,让我想到金戈铁马的古代英雄,无论是水下的短兵交接,还是空中的从容博弈,不被人所知也就罢了,还要被无知的人伤害。我产生了一种强烈的奢望,希望它们能重新回来,成为大地的主人、害虫的克星、人类的朋友。很长一段时间,我一有空就去野外转,河边、水库、沟渠……到处寻找蜻蜓的行踪。

有一次,我在一个水库边,亲眼看到一只蓝蜻蜓,以迅雷不及掩耳之势捕捉到了一只好大的飞蛾,抓着它落到芦苇秆上,用嘴和两只前爪抓牢,从头开始美滋滋地吃起来。许是来这里的人少,蜻蜓没有预料中警觉,心无旁骛地享受它的美餐,直到把整个飞蛾吞下肚里,才发现了我,立刻飞走了。我信心大增,经常在这里待到黄昏, 等待蚊子起群, 看到有蜻蜓在蚊子群里盘旋低飞,总是欣悦不已,它们真的是捕蚊能手呢!

有一次,我带学生们去潞河边玩,看到一只红蜻蜓,在栈桥旁边的浅水区盘旋低飞。孩子们第一次看到活生生的蜻蜓,有的浑然不识,有的面带惊喜大呼小叫。我带着他们沿着水边一路寻找, 竟然真的发现了一只蜻蜓虫。它潜伏在一片芦苇的枯叶下面,几乎与河底的沙土一个颜色。我冲孩子们嘘了一声,让他们不要出声,静静地观察蜻蜓虫捕食孑孓的经过。在芦苇丛生的浅水区,孑孓真不少,它们或者悠闲地浮游,或者急遽地扭动着身体。蜻蜓虫先是一动不动,直到它们来到自己的捕猎范围之内,才迅雷不及掩耳地扑过去，用前爪捉住孑孓，像吃面条一样吃了下去……这堂活色生香的科普课，孩子们亲眼看见了蜻蜓虫为民除害的全过程。孩子们终于知道，这种美丽的昆虫，曾经是大地的宠儿，村庄的主人。

与蜻蜓虫的邂逅，使我惊喜万分。它们并没有走远，只要有足够的水，蜻蜓们随时可以回归村庄。

入侵者黑蚊子，就是臭名昭著的伊蚊。它们疯狂繁衍传播疾病，对人类的危害日甚于一日。许多科学家已经意识到农药的无能为力，开始利用转基因技术遏制蚊子的繁衍。他们培育出一种转基因雄伊蚊，试图通过使其与雌蚊交配，生出不能成活的后代，来遏制它种族的繁衍，取得了理想的结果。但转基因伊蚊与伊蚊的后代仍有百分之三的存活率，这些蚊子的下一代，基因会发生怎样的变异？被鸟类和其他昆虫以及水生物种捕食后，会不会影响生态链的健全？仍然是未知数。这也引起了一些当地民众和业内人士的质疑和抗议。

这种消灭伊蚊的方法，有点类似于以毒攻毒，远不如利用天敌蜻蜓来消灭蚊子，更靠谱更环保。可是目前全球性的水量萎缩和日甚于一日的水污染，根本不利于蜻蜓的繁殖，怎样为蜻蜓提供一个繁衍生息的空间，依然是一个亟须解决的难题。

今年雨水较多，但时近小满，依然没有看到蜻蜓的身影。我一次次骑着电动车，与潞河同行，发现河边的不少村庄，为了减缓河水奔流的脚步，在河床里修拦水坝。这些被村庄留下的水，向蜻蜓张开了幸福的怀抱。

那些美丽的天使，应该更渴望让它们的孩子重返池塘，在不久的将来，重新君临村庄的上空，给我们带来久违的诗意与安宁。

秋也，本名吕秀珍。作品刊于《诗刊》《青年文学》《散文选刊》《星星》《山东文学》《散文百家》《鸭绿江》《当代人》等，入选多种选刊、选本。

（《黄河文学》2022年第1期）

最后的伊甸园

◎ 唐 女

想象大木

每次去往东山,上了云栖岭,就看着车窗外胡思乱想。这是一座进入东山的门户之山。当年日本鬼子兵爬上这座山,看了一眼东山就撤军了。他们身在迷雾里,什么也没看见,周边高大的树木穿云戴雾,从天空上压迫下来,像张牙舞爪的天兵天将,鬼子兵害怕了。其实,很多难民和当时的县政府机构,就藏在这片土地上。这座高山的云雾和山上的众多树木,挡住了战争,护住了躲进东山的万千难民。

如今的云栖岭也是一道关,每逢冰封期,这里的路面便结上厚厚一层冰垢,非常滑,很多人因为滑倒摔断了手臂。要想在冰垢上行走,必须在鞋上绑一条毛巾,或者稻草绳,再拄上拐杖。如果冰冻再严重一点儿,交通部门就会在县城的东门大桥桥头竖立一块警示牌,上面写着"此方向冰冻路滑,车辆禁止通行"。云栖岭的海拔较高,一般情况下,都是此山结冰,不能通过。如有特殊工作需要进去，车轮子也要套上防滑链，即便这样，也不是入了保险箱，危险随时都会出现。所以，到了冰封期，里外的人就会被隔绝。路上只走着三三两两背包挑担的人，他们是外出打工的村民，赶回来过年。

我从照片上看到过东山的雪，非常美丽，厚厚的积雪把所有灌木压在下面，整个世界是一片耀眼的白。有高大树木的地方，便成了冰雪童话世界。去年冬天，东山又下了大雪，我非常想进山里看雪景。联系了一下里面的朋友，他们出不来，对我爱莫能助。禁止车辆通行的警示牌插在东门桥头，我不管不顾，在街上买了一袋小馒头、一瓶水，硬着头皮一步步地向着东山走去。到了白宝乡，已过了晌午，看着灰蒙蒙的前方，我执意往东山行走，心想，走到哪里就算哪里吧，全然不顾天黑之后前不着村后不着店的情景。如果没有这股傻劲，是永远没机会踏上东山的冬雪的。

这里的风是童年时候吹过的，刺骨，手脚都胀痛得想哭。水田里垢成一大块冰，脚踩下去，挺结实，可以行走。小时候，我们把田里的冰敲成一个圆圈，中间凿个洞，穿根柳皮，提着满村走，把它当铜锣敲。走到冰厚的地方，鞋上绑的毛巾也滑了，在路边的草垛上扯一把稻草搓成绳换上，再撑根残枝，继续跋涉。其实，有些地方是不滑的，比如路边的草丛，可以踩着这些草丛行走。听说二〇〇八年那个冬天，路上滑得不能走，只能踏着灌木行走。到处无路的时候，到处也便是路了。

灌木和鸟竹倒伏下去，那些俊俏的石头便站了起来。停在路边,可以看见荒芜的山岭间,远远近近站着那么一群石头,你会感到温暖,它们是天地间最坚强的生命。最近的,是一对相拥接吻的情侣,冰冻的天地,大概数它们最温暖最幸福,虽然它们的头上顶着厚厚的白雪。旁边的第三者,把孤独的目光投向远方。远处的山岭上,有八位仙人棋兴正酣,沉浸在思索里。我看不见他们的棋子,更看不见他们研究的是一盘怎样的棋。天地肃穆,只有不远处的一股温泉汩汩而出,融化周边的冰雪。放养的水牛如今已经待在主人的檐下,躲避这场冰雪。

东山的冰冻期一般是一周,二〇〇八年,大雪一场接一场,不让回温融化,不留给这片土地喘息的机会,冰冻期延续了近一个月,电线覆冰达到了六十毫米。层层叠加的雪在低温冻雨里凝结,电线比电杆还粗,电杆不堪重压,纷纷断裂倒地。交通、电力、通信的瘫痪,导致东山瑶乡成了孤岛。政府派人前来救援,飞机装着救援物资在东山上空徘徊,下面大雾弥漫,连空降地点也找不到,只好把物资空投在隔壁的白宝乡。不管雪有多大,冰有多厚,也阻挡不了回家过年的游子。他们大包小包地扛着,艰难地行走在回家的冰冻路上。那场冰冻,不但考验了人类,也考验了树木野兽。很多树木承受不住厚重的积雪,枝断干折,有的连根拔起,匍匐在地。外来树种基本上被淘汰出局。野猪也熬不住了,趔趄着出来找吃的,后来被居民围猎,惊惶中咬伤了人。幸好,这样的极端天气并不多见。

环视周围被冰雪压服的灌木,和寂寂矗立的石头,心里不免想念曾经的参天大木。那时候的原始树林到底是个什么样子？有些什么树木？我把脑壳抓破，也想象不出曾经的辉煌景象。

一个深秋的傍晚，在全州县城偶遇出来办事的白竹人燕子，他说："东山白竹还剩一片森林，是原始树木，当地居民从未碰过它们。"我将信将疑："真的有吗？"旁边一位老农说："有，有几抱大的树呢。"第二天，我起身前往探寻。我再也不愿跟那些死亡的面孔待在一起了，为了复活它们，我费尽了想象。大树、原始树木，是庄子看到过的吗？是《山海经·南山经》里的"多梾木、多白猿、多水玉、多黄金"的堂庭之山吗？真的还留有这么一个处女地，成为东山的森林标本？成为南中国的森林标本吗？

我问东山微型客车里的人，他们说："没有，哪里还会有这样的森林，都砍了的。"下车，问在白竹凉亭闲坐的老人。他说："以前有的，二〇〇八年的冰雪，把这些树木都压垮了，之后全部砍了。"我心里一沉，问："那是什么树木？"他往身后的山岭一指，说："这些山头都是杉树，现在一棵都没了。"杉树？应该是后来种的经济林木，不是原始树种。我心存侥幸。

发现坡下的古凉亭前有一棵高大美丽的槐树，我心里一喜，来到亭前。亭楣写着"三义亭"。仔细查看亭内碑文，是清代宣统元年（一九〇九年）修建的。神像的位置空着，上面墙上有个大大的宝葫芦。亭前，有一座有箭头桥墩的古桥。古柳映着朝阳，枝条拂水，独具一景。石亭门上阳刻着一副对联："一林松月绕诗兴，千里云烟入画图。"原来，清朝时期这里的山岭上生长着松树。我耳边回响着燕子的话："白竹的土地非常肥沃,地下到处是水,树木最易存活。"看着穿亭过桥蜿蜒而去的古驿道,心中忽然有了憧憬,兴许真的有侥幸留存的原始树林呢!

进山

开始进山。这是一座让我迷惑的山。这回,我特意让燕子找了几位熟知树木的村民做向导。村支书、大仁村和祖湾村的两位蒋哥,他们能够叫出这片树林里树木的名字,也能分辨各种野果。

他们把我带到了一片大树中间,各自忙着捡果实去了。

我正围着一棵大树拍照,大仁蒋哥拿来一个奇怪的果实,递给我说:"尝尝这个果,很甜,很补,比香蕉还好吃。"

"这是什么？"

"我们叫它'牛卵脬'。"

"这么难听的名字!"我不知道怎么下嘴,那果瓤里有一根带黑籽的白色东西,有点像剥开的香蕉。去抓它,软乎乎的,抓断了,咬了一大口黏糊糊的果肉,满嘴都是细细的籽儿,不过,果肉还真是香甜无比。大仁蒋哥把我剩下的果肉吃了。燕子正忙着摘"牛卵脬",说:"我摘了回家泡酒,你们来我家喝。"我连忙用手机拍了一张照片发"朋友圈",求证它是什么。刚发上去,就有一个贵州的朋友回复是"八月瓜"。在网上一搜,有图有真相,还真叫"八月瓜",也叫"九月炸",这位朋友还唱了他们的民谣:"八月瓜，九月炸，十月摘来哄娃娃。"那果还真是炸开的呢。它用果肉的香甜让动物把那么多的籽儿带走，达到传播种子的目的，真是聪明的植物。我找到它的植株，竟然是藤蔓，这么大的果实，我以为是什么大树上结的呢。那些高大的植物，反而结小指肚那么大的果实，原来植物也不可貌相。

祖湾蒋哥猫着腰在那里捡了很久了。我很好奇，过去问他捡到了什么。他递给我看，是赭红的小指肚大的圆锥果实，果冒很小，果尖很锋利。我的脚一崴，被果球上的刺扎了脚背，痛得我哇哇直叫。看那些果球跟板栗差不多。他说："果球这么多，找不到几粒果实，都被果子狸吃了。"这是一棵非常大的栗树，树围有三米多，他们叫它"金刚栗"。果真，锋利如金刚，它的刺和果实的尖锋，我都领教过了。不过，它的果肉味道甘甜，比板栗要细嫩。

山里还有一种栗树，他们叫它"卷栗"。果冒稍大，一圈圈的，比石楮木的果实长点儿，也是可以吃的。仅栗树，种类就如此丰富，大自然真是奇妙。

我还想吃石山旮的果实，但这里的石山旮已经长到了一二十米，两三抱大，我是够不着了，除非它完整地掉落一串果实。想必，树上的松鼠、果子狸没那么大方，地上一粒也看不见。

还有一种大木，叫酸枣树。这个我认识。我认识酸枣，但如果树下没有这些果实，我也是认不出这些大木的。捡一粒剥了黄色的皮，放入嘴里，酸酸甜甜，丝丝滑滑，别有风味。吃干净果肉吐出骨头核一看，一头有五只"眼睛"，这里的人也叫它"五眼果"。

能有剩余掉落地上,大概不太受树上居民的欢迎。我想象不出会有何种动物喜欢吃酸枣,它是要含在嘴里慢慢吮的。松鼠会有这耐性?鸟儿也不太喜欢吧,啄破皮之后呢,果肉酸也罢了,就一个大骨头核,那些果肉也黏在骨头核上,只能拉出一条条长丝,鸟儿叼不出一丁点儿肉。我还真好奇,这酸枣长成这样是想吸引谁呢?大仁蒋哥说:"一般是野猪把它吃掉了。其实,它的营养价值挺高,又可通便解毒,还是减肥药,我们叫它'五福临门'。"这么好?真是不可小觑。

"没想到这原始树林里有这么多果树,可以养活很多野生动物了吧?"大仁蒋哥说:"最多的是果子狸,还有野猫、黑山羊、松鼠、撬田鼠、野猪、黄鼠狼、猫头鹰、老鹰,等等。消失了的是麂子和豪猪。蛇很多,有五步蛇、乌硝蛇、小眼镜蛇、金环蛇、银环蛇……"

"不要再数了,我手上起了鸡皮疙瘩,忽然感觉腿上有点刺痛,又有点痒,莫不是被蛇咬了?我最怕蛇了。"

他呵呵一笑:"没什么可怕的。"

各种古木

树林中,最大的树树围有三四米,石槠木也有三米多,其次就是枫木。枫木有两种,一种是硬枫,也叫白枫,或黑槭,不红的;另一种是软枫,也叫红枫,或银槭,你瞧,正红着。白枫的叶子不是白色,很薄,阳光透过去,显得轻盈、亮丽、夺人眼球。我的相机总是不由自主地被它们牵引着,黑色的枝条、淡绿的天空、叶间闪烁的阳光,那是自然的颜色。红枫就更不用说了,没有谁不会被鲜艳的颜色吸引。因为从来没吃过它们的果实,所以,并不清楚它们结的是怎样的果,也不知道它们为何要这么红,红给谁看,不过有一点是十分清楚的,那就是我永远不会是它们的主角。

还有一种大树,叫豹皮樟,也叫花皮樟。它的树皮是真的花,跟豹子身上的斑点差不多。它是一味好药,有祛湿消肿、行气止痛之功效。

那种叫"牛筋楠"的大木,也并不是楠木,人们常把它的枝条剥了皮来穿牛鼻,所以叫它牛筋楠。大仁蒋哥的菜园埂子上,有一棵牛筋楠从石缝间长出来,两边的枝条像青衣舞动的水袖,姿态灵动优美。还有一个类别的叫"盘筋楠",叶子用来洗手,会起很多泡泡。

那棵单单的树干,顶着散开的枝条的树,大仁蒋哥叫它水杉树。仰头看高高的树冠,大叶子,不是羽状叶,不像是水杉。大仁蒋哥从地上捡起果球给我看,像绿色的八角。再看,枝头吊挂着很多果球。原来它是喜树,是中国特有的植物,药用价值高,喜欢在石灰岩风化土及冲积土中生长。大仁蒋哥偶尔指着一棵告诉我,这里也有一棵水杉树。我下意识地跟着他的手瞧瞧它。它不算大,但也足够高,不然抢不到阳光,就无法生存下去。

还有一棵非常高大的裸体植物,我问大仁蒋哥是什么树。一开始,他说:"哎呀,可惜了,这么大的树死了。"后来走到树的下面,抬头看见了稀稀拉拉的树叶,又惊喜地说:"还活着!"他绕着树转了个圈,最后说:"我也不知道它是什么树。"我说它是裸体植物,因为看起来根本没有树皮,乍看确实跟死树差不多。不过,它占据了最有利的位置,离溪沟最近,也离大地最远,当大家硕果累累的时候,它早就繁华过了,所以率先进入了孤绝期。

除此,还有一种奇怪的树,他们叫它"砣骨木",比较矮小,有些像茶树,叶是革质、墨绿色,上面长满了果实,椭圆的、深褐色,挺大。有一株竟然寄生在白枫树蔸上,斜着身子,长得挺茂盛,所有枝叶都朝向西北方,整整齐齐、密密匝匝,像一把钢筋做的大伞。另一株绕着这棵白枫,旋转着身子,望着天空生长。虽然枝干细小,但遒劲有力。村民说它也是特别的硬,像秤砣一样,所以叫它"砣骨木"。我在网上怎么也找不到它的介绍,不过它的果实类似茶果,大约是山茶科的吧。

告别伊甸园

太阳斜靠在树林边上,红彤彤的,漏下的光也柔和温暖,我用相机捕捉树叶和树干上的那些夕照。在有阳光的地方,我也像树木一样,用脸迎着,我知道,它会让我的脸也变得柔和美丽。阳光能给万物以力量和灵气,也能给我以力量和灵气。我会跟万物一同永远热爱它、感谢它。我也知道,站在树林里,我就是一个永远长不大的小姑娘，一个鲜活的生命体。它们告诉我，"活"是一个多么美丽的字。

就要离开了，经过泉井的时候，我绕过去，掬了一捧又一捧，这么甘甜的水，我要尽量多喝一点儿，说不定，这些水，就是这些树木的精华呢，喝下它，就能将这最后一个伊甸园留在体内，永不消逝。我傻傻地看着下方水井中晃荡的白石。阳光突然在这水面上写了一首诗，擦掉，又写了一首，擦掉，再写一首，而后就消失了，水井一片暗淡。它要告诉我什么？它要告诉人类什么？我似乎懂了，又似乎很懵懂。它的文字比甲骨上的祈祷文还要古老，这是不是祈祷文？不，这是神启，书写者是神，不是人。其实，它的文字写满大地，只是人类看不见它，什么时候，人类的眼睛里有了这些神秘的文字，什么时候，人类可能就会有一场大的改变。我相信，那时候，人神进行了一次重要会晤，解决了一些重大纠葛，终将达到和解与相容。

不知为什么，我叫大仁蒋哥测量了一下水井下方石头上的两道深痕，这是泉水流出来的。他将一根枯木横在水痕之上，用树枝插在水沟里，抓住相交的地方，拿回一测，是七十厘米。滴水石穿已经算不得什么，那轻轻流淌的泉水能让这块巨石深陷七十厘米，说明了什么？谁的泪水能流出这么深的泪痕？

唐支书手里抓着一把草药，我问是什么。他把它们翻过来，让我看到叶底的经脉。我说："是密布的血丝啊。"

"对，这是散血草，专治红眼病。"

"怎么治？"

"把它捣碎敷在眼上，一两服就好了。"

真是一味好药，如果世上没有了红眼病，是不是就清凉平和了？

好吧，我再回到去年的冬天，回到那些冰雪之上，对冷得瑟瑟发抖的自己说，真的好开心，我终于看到了抵挡战争的原始树木，看到了庄子看过的世界，切切实实地触摸到了那个神奇又美丽的伊甸园。你笑了，我看见你笑了。我惊奇地说，我第一次看见你在冰冷的疼痛里微笑。你说，我还要去看那个冰雪世界，它是我的另一个梦境。

走着走着，天突然暗了下来。我对她说，别怕，新的生命就藏在这些冰雪之下，我看见了屋檐下盛开着的李花，它们的新叶在白雪之下绿得更漂亮，它们的花也不会落下。白雪下的灌木是温暖的，灌木下的大地是温暖的，我们深藏着的记忆是温暖的，将来也会阳光普照。奇迹总在前方不远处等着，所有困难都会迎刃而解。

唐女，在《诗刊》《青年文学》《西湖》《广西文学》等多家刊物发表作品多篇，部分被《小说月报》《海外文摘》等转载，入选多个选本。出版诗集《在高处》、散文集《云层里的居民》。

（《黄河文学》2022 年第 1 期）

后山

◎ 张 恒

就叫后山。不远,村子坐落的地方,就是山麓。

夜静的时候,能听见山上的动物叫。后山有许多动物,兔子、狐狸、野猪、狗獾、黄鼠狼以及鸟类、蛇类。就数狐狸的叫声最大,听得最清楚。狐狸的叫声很难听,带着瘆人的长调"呜——呜——",想来是仰着头叫的,声嘶力竭。狐狸喜欢夜间觅食、交配,怕人上山惊扰,鸣叫可能表示某种警示意思。白天基本上听不到山上的声音,噪声盖了。但放爆竹的声音能听到。山上有墓地,一年四季时有爆竹声,清明、冬至,以及一些人家的悲伤日子。而比放爆竹还响的声音,自然更能听到,比如开山放炮。

田地实行联产承包责任制后,男人们有了大把的闲余时间。那时还没有人想到出去打工,也没有这个概念,但搞钱的心思有了。村子里几个闲不住的人在一起嘀咕,凑点子,看怎么能搞到钱,让日子红火起来。劳动人凭力气挣钱,扯着扯着,就想到了开山炸石头。

后山除了长草、长树,还长石头。石灰岩硬得很。石头没草多,却比树多,几乎漫山都是。有些地方石头密密麻麻缠在一块儿,叠在一起,都看不到泥土。有些地方即使看不到石头,但扒开泥土下面就是。石头的形状各种各样,有些因为像人,像动物,像生活中的物件,还有了名字,比如母子石、老虎石、老鹰石、磨子石……很多,数不过来。这些名字什么时候起的,什么人起的,不晓得。我们从小就喊,父亲说,他从小就喊,爷爷说,他小的时候也喊,说明喊了好多代。村里许多上辈人的名字渐渐都被忘记了,而这些石头的名字却一代一代传下来,忘不了。石头比人长寿,一直活在世上,成了村子永恒的邻居。

可村里人却在打着"邻居"的主意。他们考虑来考虑去,觉得开山炸石头能搞钱。田地承包后,粮食不愁吃,余下钱盖房子的人家多了起来,石头是最好的砌墙材料,肯定能卖掉。大家越想越觉得这事做起来有赚头,而且钱来得快,就推举我三叔领头干。三叔当过工程兵,以前在部队上开过山,和炸药打过交道,熟悉这个事。于是,置办了钢钎、铁锤,申请了雷管、炸药,一伙人就上了山,也不问山上的石头乐意不乐意。他们忘了远亲不如近邻这句古话,就想着钱。

我大爹倒是提醒过三叔他们,说炸不得的,石头长在山上,就是山的骨肉,炸了石头,就伤了山,对村子不利。当初老祖宗选这个地方住家,就是依靠山的护佑呢!可三叔他们不听,还说靠山吃山这也是古话。钱的诱惑自然比大爹的话起作用,哪顾得了许多。我估计,这个时候大爹就是说山上有神仙,不能得罪,他们也怕是听不进去。

开山炸石头不是什么难事，主要是在石头上打眼儿，有力气就行。三叔做示范，怎么掌钎，怎么扶钎，怎么砸锤，怎么装炸药、安雷管，没费多少时间大家都学会了。从此，后山多了叮叮当当打炮眼的声音，多了开山放炮轰隆隆的声音。炮炸起来比放爆竹声音响多了，震得窗户纸都颤抖，耳朵门都一抽一抽的，小鸡、小猪吓得到处乱窜，连空中飞的麻雀吓得也是一哆嗦。村人唯恐石头落到村子里，没事很少在外面转悠。

能搞到钱，三叔他们炸石头是一身劲儿。采石的塘口越开越大，越开越深，几年下来挖成了一个大窟窿。站在山顶往下看，像个峡谷，看久了头发晕；站在山脚向上望，壁陡成崖，生怕挂在上面的危石倒下来。老鹰在空中盘旋都不敢靠近塘口的方向，想必它一定看到了下面可怕的情景。老鹰可能不理解，好端端的一座山，怎么就凹下去一个深深的豁口？树没了，石头没了，不像是山了。

是的，不像山了。人脸上有块疤都难看，山豁了一处大口子自然也难看。原先后山很漂亮的，无论哪个方向都是圆鼓鼓的，丰满得像个发福的小媳妇。春夏的时候几乎一山的青翠碧绿，深秋的时候浅绿中跳着一簇、一片的红颜，大雪的时候树白、石头更白，四季都耐看。可是采石塘口这一开，山破了相，不受看了。有次我回家，远看，村子还是那个村子，山却不像原来的山，感觉很不舒服。

特别是大马石和小马石被炸了，我心疼不已，像失去什么心爱的东西永远寻不回来的感受。那可是带给我多少快乐的一群石头，如同很要好的玩伴。小时候，我们上山就喜欢到那群石头里玩，其中两块石头特像马，一大一小，大的在前，小的在后，中间是许多说不出像什么却又觉得像什么的石头。我们常常骑在大马石和小马石以及这些被各人喊着像什么的石头上，高声叫着"嘚儿——驾！"做着和马一起驰骋奔跑的姿势，很是兴奋。大马石和小马石没了，就等于我们的美好记忆没了具象，没了落处。大爹他们老辈人的记忆，也没了具象，没了落处。而下一辈的人，以后连这种记忆的机会都没有了。

还有那片桃树林和那棵银杏树也没了。就在大马石和小马石的上边，为了开塘口，炸土层下面的石头，三叔他们把桃树林和银杏树都砍了。

桃树结的是扁桃，我总觉得开的花也是扁的。其实，是花比一般的桃树花要大些，重瓣，显的。桃花开的时候，那片山坡像是落了云彩，从老远看，村子叠在桃林前面，像画一般。走近桃林，一簇一簇的粉红把视线都染成彩色的。桃林里有许多冒出土层一点点的石头，正好做了垫脚的东西，站在上面就能够得着树枝上的花，闻着喷香。喜欢，却舍不得摘。不是怕山场的人骂，是等着花结桃子偷着吃。桃子熟的时候，我们就去骑大马石、小马石。玩石头是假，偷桃子是真。瞟山场的人不注意，就钻进桃林摘桃子，然后躲在石头缝儿里啃，开心得很。桃林没了，想想就觉得可惜。

更可惜的是那棵银杏树被砍了。当时的人没那个意识，要是现在肯定砍不掉，有人管的。很粗的一棵银杏树，长在桃林中像一杆大旗，山风一吹发出猎猎的声响。大爹说，他小的时候这银杏好像就是这么粗，这么高。也就是说，这棵银杏树比大爹的年龄大得多。究竟有多大，没人说得清楚。前几年村子张姓族人修家谱的时候，在老谱上无意中翻到有记载这棵银杏树的文字，说是清朝建立的时候栽的。几百年前那地方有座寺庙，属于庙树。

　　这样一棵树，在后山长了那么多年都没倒下，却被三叔他们以炸石头掏塘口为由给砍了，这比开山放炮好不到哪里去。这棵银杏树和山上的石头一样，也是看着村里好多代人长大的，是村子的邻居，也可以说是村子人的祖先。生命就是从森林里起源的，人类从树上走下来才创造了文明，才建立了繁荣的物质社会。面对这样的古树，人的血液里应该会涌动一股炽热的情感，有回到久远的故乡、回到母亲怀抱的感觉。三叔他们就没有吗？

　　砍这棵树的时候，我不在现场，不晓得银杏树淌血了没有？流泪了没有？树也是有血有泪的，轻易不流，伤感至极才流。倘若我在现场，也许会流血流泪的。眼里不流，心里也会流。银杏树没了，以后村子宗族修谱都没得记了。

　　放炮声每天依旧，成了后山持续的疼痛。夜晚，村子几乎听不到山上其他动物叫了。许多动物可能被放炮声吓得跑到其他山上去了，或是钻进洞里躲着不敢出来。只有狐狸还在隔三岔五地叫，狐狸胆大，呜呜的叫声里多了几分抗拒和愤懑、幽怨和凄惨。人没惊扰它们的好事,放炮声惊扰了。听到这样的号叫,是没人愿意上山的,连吵夜的小孩都不敢哭了。白天时常还能听到爆竹声,尽管没有炸石头的声音响,但总让人联想到开山放炮炸石头,每个人心里都隐隐有些说不出的担心。

塘口底下那条路越伸越远,一辆辆板车从这条路把石头运下山,再运向各个建筑工地。那些年,不仅周边新盖的房子全是后山石头垒的脚、砌的墙,就连几十里外的地方盖房子都来后山拉石头。还有许多围墙、坝埂、路基,也选用这儿的石头做材料。石头很吃香,几年下来,三叔他们一批开山人赚了不少钱。

但也付出了惨痛的代价。开山是赌命的活儿,塘口上的人时刻都有掉下山崖的危险。尽管都系了安全绳,可总有不小心的时候,就有想不到的事情发生。祥海叔掉下去了,牛秃哥也掉下去了,两个人都死了,死得好惨。喊声、哭声,村里都听得到。听得人心里一揪一揪的,跟着风流泪。

听说牛秃哥死了,我很伤感。牛秃哥比我大不了几岁,小时候我常跟在他后面玩,他待我很好。我书念下去了,后来上了高中考了大学。他因为没考上高中,书没念下去,就跟着三叔炸石头。我觉得找其他事情做也能搞到钱,不一定非要上山去炸石头。唉,这都是后话,谁能想到他跟着三叔竟然把命丢了呢!真不值得。我在心里是有些怨怪三叔的。

三叔也差点没了命。那天出现了哑炮,他去排除。炸石头就怕出现哑炮,半天不响不晓得是怎么回事,必须及时排除,否则始终是隐患。之前三叔排过很多哑炮，都没出事，但那天出事了。任何事情都有不怕一万就怕万一的情况发生，有的事一旦发生了，一次就受不了。三叔刚用耳钎去掏炮眼，导火线就开始冒烟了。三叔晓得不好，转身就跑，已经来不及了。幸亏炮眼炸药装得不深，石头没怎么炸开。但也把三叔一条腿炸断了，他立马晕了过去，幸运的是捡回了一条命。

三叔出事后，大爹气得跺着脚又说山不能开，石头不能炸。可还是没人听。就算三叔不干了，其他人继续干，像赌钱输红了眼。要不是砸死一个人，政府追究下来，不得不歇，或许后山的石头还会继续开下去。那次放炮，一块比鸡蛋小不了多少的石头竟然飞出半里路外，落到山北的小学里把一个学生砸死了。这下子出了大事，家长闹，社会反响很大，政府这次以强硬措施取缔了采石的塘口。正好这时打工潮热起来，这伙人就势出去打工挣钱，后山这才没了放炮声。

歇得算是及时。要是再开，说不准还会出什么事，山上的许多树还会被砍掉。至少山腰那片茶树保不住，塘口往上移动得离茶园不远了。

后山的茶树不多，做出来的茶叶却好喝。当时在山场接受"再教育"的杨教授是茶叶专家，他说后山的茶叶一点儿不比西湖龙井差。西湖龙井当时我们没喝过，不晓得什么味道，但后山的茶叶村子人都喝过的，确实好。泡出来的茶水碧清，还带着淡淡的绿色，好看。喝起来有小兰花的清香，吃过鱼后喝口茶，嘴里的腥气都没了。可惜后来杨教授落实政策回省城了,差不多是开始田地承包的时间走的, 要不然他可能会把后山的茶叶精制成名茶,像西湖龙井一样好卖。当时他这样说过。

二十世纪九十年代后期,杨教授回来过,不过不是为茶,是为其他事情。我们当地人还记得杨教授说过的话,就请他回到山场看看他当年生活了两年的地方, 也借着机会让他为后山的茶叶指点一二。当年那片茶园规模已经扩大了很多,半边山都是。杨教授看了看,又喝了山场泡的茶,皱起了眉头,说后山的茶叶品质变了,没有了以前那种嫩香、鲜醇的独特味道。杨教授还记得当年他喝过后山茶叶的口感。于是就观察,几圈转下来最后说,是开山采石的塘口破坏了山的环境。茶树是很娇贵的一种植物,对环境要求特别讲究。山口敞开了,风进来了,雾气没了,茶叶变质了。杨教授是茶叶专家,他的话大家自然信。于是就怪当年开山采石的,说把好端端的山炸坏了,糟蹋了环境,茶叶都变味了,害了后辈人。

这是后话。其实,当时村子已经感受到了塘口留下的"副作用"。

打工的人走了,村里清静了许多。没人开山放炮,后山也清静了许多。于是,动物又多了起来,夜间又能听到它们各种声音的吼叫。到了寒风凛冽的时候,叫声里似乎还多了一丝冷啾啾的感觉。因为那座塘口,山变得寒冷了。没有了草皮遮盖,没有了树木遮挡,等于敞开着山门,风直灌到山上。动物对气候的变化很敏感，山对环境的变化也很敏感。

寒风呼啸的日子多起来。村里忽然听到了一种比动物号叫更可怕的声音，带着呜咽，带着尖啸，有人啼哭的声音夹杂其中。这种声音比狐狸的号叫更瘆人，听着头皮发麻，心跳加快，恐惧得很。

特别是阴天起北风，风越大叫声越大，一阵阵的。白天还好，夜里小孩的头都不敢伸出被窝，大人也睡不着，都在议论，这是什么声音，从未听过。大爹活了八十多岁，也说没听过。莫不是山上来了什么动物，或者是什么鬼怪？却都不敢上山看，风一阵紧似一阵，即使不怕动物和鬼怪，也怕风把人刮倒。

有人听出来，那瘆人的叫声是从采石塘口发出的。就有人想到了祥海叔，想到了牛秃哥，说定是那两个死鬼在叫冤。这一说，许多人就信了，心里更怕，不敢去看，上山都绕着塘口走。祥海叔和牛秃哥的家人就去塘口烧纸，放爆竹。

大爹又说话了，山不能开的，石头不能炸的，非不听。这下好了，村子不得安宁。说着就叹气，原先不开山炸石头的时候，村子安安静静的，哪有这许多的麻烦事！

那时我在镇上的中学教书，听到这个消息也很好奇。念书人自然不相信鬼怪之类的东西，于是就去采石塘口看。我学理的，一看就晓得是风在作祟。由于塘口很深，像一个大山洞，风吹进去，与塘口的崖壁产生了物理作用，声音是来自物体振动产生的声波，再经过塘口特殊环境的摩擦和旋流，所以显得尖啸，而且不断变着声调。当时炸石头考虑村子的安全，塘口是斜着向北的。所以刮北风的时候，塘口正好对着风的方向，于是，特定的气流遇到特定的环境产生了特定的声波现象。

村里人带着一脸似懂非懂的表情听了我的解释，他们心里也知道这世上哪里来的鬼，可他们宁愿去信是鬼也不愿承认是风，莫须有的事物让他们有了冠冕堂皇的理由去责备那些破坏了生态的人，他们没想过的是，这些人也不过是在讨生活罢了。

张恒，作品散见于《天津文学》《安徽文学》《时代文学》《小说月报》《散文百家》《散文选刊》等，著有散文集《走过南昌菊花台》《缺月疏桐》《山色水韵》以及小说集《尘封》。

（《黄河文学》2022 年第 1 期）

山客

◎ 洪忠佩

一

　　进山,昨天的雨痕还在,湿气盈逸,裤腿黏着,裹在腿肚上,鞋早已是湿漉漉的了。罗燕呸了一声,双手箍紧,想把一根倒伏在山径上的朽木挪开,谁知树兜连着,根还未断,他费了九牛二虎之力,竟然是白费劲。我想搭把手,被他拦住了。"朽了的栲树受了水,死沉。"罗燕显得无奈,红着脸说。

　　说是路,充其量是蜿蜒在五龙山脊背上一条荒芜的山径。况且,一边是山崖,一边是山涧。哗哗,哗哗哗,涧水的声音一阵阵的,隐约传来。弯腰,手脚并用,几乎是匍匐状,我和罗燕才能从朽木底下钻过。没走几步,我右手的拇指突然麻乎乎的,细看,扎了根刺,肿胀得厉害。显然,不明植物的刺中带着毒性。尽管是手指上肿胀,也可不敢小觑——同样是这样的春日,我是在五龙山吃过苦头的,山蚂蟥像它的软体一样,不知不觉地钻入了小腿裤管中吸血,发觉时脚都开始麻痹了。结果,罗燕用烟头去烫,蚂蟥死活都不退出来。

没针,怎么办?罗燕眼尖,他从路边刺梨树上掰了根刺,捏紧我的手指就挑开了,不见血,只隐约见一根细长的黑刺,扎得很深。刺挑了出来,伤口就流血了。罗燕不慌不忙,他转身扯了一根隔山消的藤,放在嘴上嚼了两下,让我敷在伤口上。意想不到的是,约莫一刻钟的样子,肿胀消退了。

持续上坡,尽管走得缓,还是能够听到彼此间喘着粗气的声音。这一路走来,我已经疲惫不堪了。问题是,我和罗燕还只是迂回在五龙山的山腰中。抬头,雾气仿佛把山巅都罩住了,四周的能见度也低。仿佛,雾气绕着缠着,能够把我和罗燕吞没。罗燕望了望雾蒙蒙的天,嘟囔道:"这鬼天气,要是起风就好了。不然,我们连走到风洞都够呛。"

罗燕所说的风洞,即五龙山山麓石头卷砌的回岭洞,拱形,如关隘状,是五龙山上赣皖之间分界的标志。往大处说,五龙山既是江西饶河的源头之一,亦是钱塘江和长江流域的分水岭。想必在整个华东地区,只有在五龙山才能有缘看到亚洲鹅掌楸与野生华东黄杨的身影。况且,还有许多难得一见的生灵。

二

山高大岩险,尽日云烟,状如五龙起舞。龙,本身就是传说中一个神秘的符号,形容到山身上,就多了几分象征意味。刻于回岭洞上"南幹止峡"的题额,应是对五龙山起源于昆仑山南幹山脉的最好注脚吧。何况,一座山涌动的生命气息,目光是无法穷尽的。这些都是山野神秘的所在。一旦在山里行走或静坐的时候,我似乎就能与草木的气息以及生灵的声音,有了一种感知或对接。

车前草、地苤、土南星、苍耳、石苇、矮地茶以及杉树、松树、豹皮樟、枫香、栲树、槠树、栗树、栎树、乌桕、檵木、青钱柳,都是常见的草木,即便混杂在一起,也一眼就能够认出来。但香榧与红豆杉,却是例外的,倘若不细看,真的容易混淆了。鸟呢,不一样了,田鸫、蜡嘴雀、白鹇、翠鸟、白头鹎、黑翅鸢、林鹬、鹪鹩,从长相、体形以及毛色上都能区分出来。问题是,山中居住与过往的鸟儿实在是太多了,且大多都停留在树冠上。还有地上爬的、在山中奔跑的动物,那更是数不胜数。

山中的草木、生灵,都有自己的家。山客的家,当然在山上。在婺源,乃至徽州地区,人们喜欢把居住在山中的人通称为山客。罗燕的祖辈,都在山上住山棚种山,到了他父母这一辈,就把他带到山下的晓庄源头村居住了。事实上,罗燕是在山上生山上长的。"罗燕"只是父母给他的绰号,含有调皮捣蛋的意思,其实他有个正名,叫盛林。不过,罗燕这些年在从事护林员的工作,巡山是常态,他以山客自居。

人的迁徙,是一个不断寻找理想家园的过程。源头村的先祖从安徽休宁的詹家山迁到五龙山下,已是清代顺治年间了。俗话说，靠山吃山嘛。想来，山客最初应是从开荒种山，以及种植经济林开始的吧。有田有地，谁会跑到山上去住山棚种山呢。想想也是，源头村就山坞里那一畈冷浆田，只能种一季稻、黄豆、萝卜，怎么能够填饱几十户人家的肚子？不到万不得已，谁愿意去住山棚？于是，山林就成了山客的衣食来源。一般来说，杉树松树的树龄要在二十年以上才能取材。而要想运下山去，山客除了用肩膀去驮，还想出了更好的办法，那就是冬天将林木伐倒，等到翌年春天梅雨季节，再利用溪水上涨的机会借水力运载出山。我不得不佩服山客们的智慧，还是二十世纪九十年代晓庄搬迁建水库的时候，上村、仕村、外村都在忙着搬迁，我在山棚见过罗燕的父亲，他吹得一口好竹笛，白水蒸五花肉也做得有筋道，蘸着辣椒酱吃，不肥不腻，特别有味。那个时候，五龙山下西垣、裔村、源头的村民，还没有意识上山采山楂、茅栗、香榧、猕猴桃拿去山外卖。

罗燕有一个哥哥，长他三岁，砍树时没经验，人随树一起倒向了峭壁。他还有一个没有血缘的妹妹，是裹在襁褓里挂在他父亲山棚门柱上的，没有胎记，没有生辰八字。她嫁人的时候，父亲流泪了，说她是野兽叼来的，养了二十年，又让野兽叼走了。嫁到外村的妹妹还是种山，只不过不种树，改种茶了。出于好奇，我问罗燕祖上从哪一个年代开始在五龙山上种山的？他一听，就傻眼了，根本答不上来。

往往，记忆是时间最大的障碍。

罗燕的父亲留给他的念想，不是柴刀，不是斧头，不是锯子，而是一张狗熊的皮子——黑色的，篾皮撑开，已经风干捋平。皮子有什么来路，父亲不说，他也懒得去问。时间不等人，父亲究竟与狗熊有着怎样的故事，早已是一个远去的谜团。

父亲入土那天，罗燕遵照他的遗嘱，与妹妹一起在坟前种了两棵香柏。

日子一长，罗燕的悲伤慢慢就淡了。是的，什么地方的青山不埋人呢？过余庆桥，还没有上五龙山岭，我就看到几块横在地上的墓碑，阴刻的年份有乾隆的，有道光的，也有光绪的。然而，在茫茫的五龙山上，我放眼郁郁葱葱的林木，可以感知到一代代山客生命的延续。

三

春天，雨水、阳光，还有腐殖土，都是山里草木勃发的最好养料。一簇簇的新绿，盈盈的，像潮涌。

不承想，盈绿下竟藏着荒凉。坍塌的五福庵，铁角蕨、大茅、箬叶、荆棘以及络石藤，掩盖废墟上的荒芜。此前，我在地方志上找到了段莘清代"尝独力修晓庄岭，费数百金"的"奉直大夫汪尧章"，是他见上五龙山的种福庵、五福庵年久失修，"捐巨款以复旧观"。然而，最初的创建者是谁，却无从知晓。毕竟是多年的朋友，罗燕知道我有一个习惯，遇到庵堂、寺庙，都要去寻找古碑匾额。哪怕，能够在遗址上找到一块风化的残碑也算是得偿所愿了。不料，大多时候都是事与愿违的。他生怕有蛇，就找了一根小木棍，笃笃笃，在周边敲了又敲，才让我钻进草蓬中。结果呢，一个刻字都没找着，倒是在树底发现了水晶兰。

在罗燕的意识里，遇见水晶兰似乎有一种不祥的征兆——水晶兰在当地民间称"幽灵之花"，仿佛一片阴霾笼罩在他心头。具体是什么缘由，他没说，我也不好意思问。我宽慰他，这大可不必放在心上，水晶兰只不过是一种腐生植物而已。其实，我第一次在大鄣山见水晶兰时，看到它通体雪白；心底也直发怵——那长得晶莹剔透的样子，我生怕有毒，手指都不敢去戳一下。

没有认识罗燕之前，我以为他住山是每天生活在孤独的情境之中。最多，也就一条狗陪他住在山中。事实上，他生活的状态并非如此。在山上，香菇、木耳、竹笋、虎杖、金樱子、覆盆子、野樱桃、杨梅、柿子、茅栗、香榧，甚至竹鼠、野兔都是他果腹的食物，而且是兴趣所在。好几年前，我看过他装补竹鼠的铁夹，上下带齿互相咬合的那种，只要碰到弹簧的发牙，一触即发。

"你别看现在荒成这样，我小时候这庵里住着观娣婆，她每天都烧水为过往的路人济茶呢。"罗燕拄着木棍，一副若有所思的样子。

山中的峡谷狭长，而山岭弯弯绕绕，比峡谷更长。腐叶，厚厚的一层，覆盖了古道。一根竹笋倔强地拱起石块，在窥探山中的春意。比竹笋醒得更早的，是山中的草木、草木之上的鸟，以及草木背后的动物。上了龙头坳，才是岭顶。石砌的黄龙洞，陷在山体,卷砌的石块裸露,石缝里滴着水滴。在神龛上,我依稀能够辨认出"泗洲大圣尊神之位""××土地长生兴旺之神"的字样。"泗洲大圣"好理解,是婺源的地方菩萨,护佑一方平安,而"××土地长生兴旺之神"呢,我猜想应是掌管一方的土地菩萨了。想想古时的山客,在山里开山伐木,先要焚香拜祭山神树神的,那是内心对自然的尊崇与敬畏。由此,我不禁想起回岭洞前那棵夏天能够长出像稻、麦、黍、稷、豆的果实五谷树,那也是山客种下的——如果我没有猜错,那位没有留下名字的山客种下的不只是一棵树,还有一种五谷丰登的祈愿。所有这些,是不是五龙山上彼此的一种呼应,抑或隐喻呢?

想来,只要大地上万物生长,民间膜拜土地、自然的遗风就在承传。

四

龙头坳下行,即是安徽休宁的五城地界了。冈杪、笔汰、阳台、里庄,一路等于是在岚培与山涧中穿越。往往,万事万物都是双向的,山水能够形成峡谷,水也冲刷山体,甚至让岩石风化剥蚀。塌方的路段,陡峭而泥泞。再次到阳台村,恍若走错了地方,二三百户山村人家生活的烟火已经归于沉寂。

以天地的名义,能够把山峦当作阳台的人,那是何等的胸襟与抱负。想必,那位在明代末期为村庄最初命名的先人,心里不仅住着山水,还有星辰与苍穹。

推开门窗,即是山峦连绵,梯田如画,多好的景象啊!不承想,竟然会沦落到空心村的地步。

巷中石缝裂着口子,长满了青苔,墙呢、斑驳、破败。朱漆写在砖墙上"山体滑坡,紧急撤离""撤离方向"的字样,以及画出的箭头符号,猩红、醒目。分明,这是村庄遭遇地质灾害后留下的痕迹。人去村空,所有的警示与标志,都失去意义了。

是砍伐过度,开垦田地过多,还是人口居住超负荷?没有人能够给我一个准确的答案。也许,兼而有之吧。

紫苏依然枯着,没有醒来。艾草毛茸茸的,新发了一片。茉莉、桑树、木芙蓉,叶子舒展,长得嫩绿嫩绿的。兰草呢,束在破旧的搪瓷盆里,叶面细长、纤弱。显然,盆里的土都板结了。房屋前的边角地,芜杂而凌乱,杵棒、竹叉、竹笃、陶瓮、石磨,七倒八歪。俗话说,干柴不如湿竹,湿竹不如破屋。然而,面前一栋栋房屋的大门,虚掩的虚掩,上锁的上锁,了无生气。道士符、木匠字,都是常人无法看懂的。手艺人一旦把祈愿与美好融入门楼、窗檐的墙画上,无论花鸟山水还是历史人物,都很好解读了。不过我看到的,一幅幅都是村民遗落了的、无法带走的。

与罗燕在村里村外转了个遍,老王是我在村口遇到的唯一一位阳台村的原住民,他舍不得耕种多年的田地,时不时上山来照应一番。老人走路慢悠悠的,挑在肩膀上的粪箕晃的幅度,比他的步态还慢半拍。

"哦，你问老瘪呀，前几年就走了。他见得明哩，连鸟笼都一起送给了买鸟的人。"老人愣了一下，像忽然记起来似的。我听懂了老人所说"走了"的意思，能够与鸟争鸣，那么快乐的一位老人，怎么说走就走了呢？

记得早年我认识老瘪时，他才六十出头，瘦瘦的，没牙齿，脸颊陷着，口哨却能吹得像鸟鸣。在阳台村，老瘪是个怪人，懂鸟语，他吹着口哨就能唤鸟。一到春季，他就开始唤画眉，然后提着鸟笼下山，去屯溪老街上卖。不过，老瘪唤鸟有个原则，一次只要一只，能够糊口即可。

午后，雨雾稍退，前方依旧模模糊糊的，混沌一片。

"你去闵口，我就不陪了，得赶回去竖长江防护林封山育林与阔叶林永久禁伐的警示牌。"话音刚落，他晃了晃手，就拐了上岭。真诚，不客套，是我喜欢与罗燕交往的原因。

转身，我看到一棵六百多年树龄的玉兰树孤零零地站在阳台村口。

五

像生活在水中用鳃呼吸的古老脊椎动物一样，山与水也是不可分离的。在遥远的年代，山中木材的营运主要走水路。

闵口、率水以及屯溪，是不是作为一个记忆符号而存在呢？

我去闵口，不是去更远的地方漫游，而是想在时空上拉近与山客的距离。想想，率水、横江汇流于屯溪，而休宁率水河畔的闵口"内通歙婺，外接徽饶"，古时即是四通八达的通道，整个五龙山脉的木材以及婺源、休宁的茶叶、烟墨、山货，大部分都是从这里往屯溪、湖州、杭州，还有常州、苏州、上海发散的。

在五龙山种山伐木为生的人，当然离不开这里。于我，这一切既熟悉又陌生。

"徽郡商业，盐、茶、木、质铺四者为大宗。"历史上的徽商，木商无疑是一支劲旅。木业繁盛的时候，婺源、休宁等徽州"一府六县"的木商仅在杭州就有五六百人。

据说，水运木材用篾缆扎箄还是清代婺源木商程文昂首创的。那时，木材按体积来区分，砍伐之后刳了皮的称白梢，没有刳皮的称红梢，胸径九寸以下的称子木，能够做房屋柱子的则称钱码了。木材成箄前，每一根都会烙上木商场主的斧印。

尽管"松箄毕至，木客熙攘"的场景，已经一去不复返了。不过，我还是在闵口看到了一块古旧的"上海双斧木业黄山分司"牌子。

说来也怪，我看着率水从面前流过，没有渡船，没有木箄，也没有听到流水的声音，只有白鹭在河边嬉戏。知道春汛未曾到来，我疑惑那率水的水声是否也随着水客的木箄远去了呢？

相对于住山种山伐木的山客，民间称放箄的箄夫为水客。记得听罗燕说过，他父亲年轻时为补贴家用，也曾客串过水客。而出徽州的水路是，"东涉浙江，滩险三百六十，西通彭蠡，滩险八十有四",也就是说,水客是相当于去做卵子放在剃头刀上的事。

我不知道,曾经有多少像罗燕父亲这样的山客,为了生计去客串水客的。

山水,是自然的容器。而融入山水的闵口呢,应是水客,还有商旅的容器。走过老屯婺路,雨又落了起来。屋檐下,雨水不断沿着瓦沟下落,滴答,滴滴答答。倚在石门坊下,闭上眼帘,许是雨滴的节奏,我仿佛听到遥远年月山客们"嘿咗嘿咗"驮木材扛木头的号子了。

老屯婺路、新屯婺路,闵口不同地段的两条路,虽然只有一字之别,却藏着屯溪、婺源两地的山水人文情缘,以及时间的流逝。我希望在闵口能够拾起的,是一些与山客命运关联的碎片。

洪忠佩,作品散见《青年文学》《北京文学》《作品》《散文》《星火》等,入选人民文学出版社、作家出版社、百花文艺出版社出版的多种选本。著有散文集《影像·记忆》《婺源的桥》《松风煮茗》、长篇小说《见素抱朴》等。

(《黄河文学》2022年第1期)

天上的湿地：元阳梯田

◎ 陈应松

一

哈尼梯田，这矗立云端的立体湿地，是无数世纪哈尼族用血汗垒出的农耕文明的极致风景，是在云水间耕作的奇迹。

如果从土锅寨的箐口村往上看去，哈尼梯田一直铺向天边，也一直通往天上。如果从坝达梯田往下看去，哈尼梯田一直通向大山腹地，也一直淌下红河河谷。

因为下雨，道路中断，我没有去老虎嘴梯田。在图片上从老虎嘴梯田往上看，哈尼梯田蔓延至远方蓝色的观音山高峰，直接云彩，往四面看，像一条扭曲狂放的大河奔腾着向下跌去。而我似乎站在大河呼啸的深处，在巨大的旋涡中飞升或下坠。

这狂潮般的梯田，这风起云涌的梯田，这挣扎在云水之间的梯田，这人类用土和水垒成的壮观的天梯，呈现着农耕时代的最壮丽的造型。从这些人们小心围筑起来的一块块小水域中，可以看到哈尼族的祖先们要在此生根繁衍的巨大决心。这是一个伟大的决定，也是一个伟大的工程，他们一定是得到了自然的指示，加之哈尼人的天资和聪慧，让他们在漫长凶险的迁徙中找到了一方梦寐以求的乐土。这里的高山全是肥沃的土壤而不是刮不出一寸泥土来的满坡乱石；这里流水奔泻，森林葱郁，花香四溢，鸟们衔着野生稻在枝头狂唉欢唱。

红河穿过滇南的群山，这条河流古时被视为文明与野蛮的分界线。红河北岸被习惯性地称为"江内"，是文明教化风俗淳厚之地。而南岸俗称"江外"，是一个人烟绝无、狼奔虎窜、瘴疠弥漫、蛮夷居住之地。有唱"江外"的民谣："江外河底，干柴白米，小谷饭，芋头汤，有命快来吃，无命归西天。"

如今的"江外"，尤其红河州的元阳县哈尼梯田，却是震惊了世界的秘境，壮美的梯田告诉世人，在这块外人很少踏足的地方，生活着一群哈尼人，他们竟然用十几个世代的不懈奋斗，创造出了让世界惊叹的大地奇观。

生存之难，可以想见，生存之美，令人仰止。

十九万亩，这只是一个县域的数字，但在红河哈尼族彝族自治州境内，梯田规模宏大，气势磅礴，全州有一百万亩梯田，绵荡在红河（元江）南岸的红河、元阳、绿春以及金平等县，其中，元阳县的哈尼梯田最为壮观，其十九万亩的梯田是红河哈尼梯田的核心区。

元阳除了有哈尼族种植梯田外，还有彝族、瑶族、壮族、傣族等多民族种植梯田。实际上，元阳哈尼梯田是以哈尼族为代表，其余六个民族(彝、苗、瑶、壮、傣、汉)共同耕种的结果,而其中当地傣族种植水稻的历史尤为久远,耕作水平也尤为高超。

而红河哈尼梯田自被发现以来,在国内国际也得到了相当的重视:二〇〇七年十一月十五日,红河哈尼梯田被国家林业局正式批准为国家湿地公园,系云南省第一个国家级湿地公园;二〇一〇年六月十四日,哈尼稻作梯田系统被联合国粮农组织正式列入全球重要农业文化遗产保护试点;二〇一三年五月三日,红河哈尼梯田被国务院公布为第七批全国重点文物保护单位;二〇一三年五月二十一日,红河哈尼稻作梯田系统,入选首批中国重要农业文化遗产,成为十九个传统农业系统中的一个;二〇一三年六月二十二日,在柬埔寨金边举行的第37届世界遗产大会上,红河元阳哈尼梯田被列入《世界遗产名录》,成为我国第四十五处世界遗产,同时也是云南省第五处世界遗产、中国首个以民族名称命名的世界遗产。

发现哈尼梯田的桥段有多种版本。有一个版本是,一九九五年十月,在哀牢山深处的元阳县攀枝花乡一个叫作老虎嘴的山崖边,一辆汽车到达这儿时,突然一个急转弯,有一块巨石突兀横亘在车前,司机小心翼翼探出头从悬崖边往下看,以为脚下是万丈深渊,狂风会呼啸着从山谷底冲天而起,可在这山谷之中,竟然奇景显现——一大片广阔的梯田,层层叠叠,起伏连绵,错落有致,铺向四周的群山,爬上山顶,直接天际云端。

据说刚好车上有个法国人让·欧也纳,他是一个博士,也是一位人类学家。这个浪漫的法国人浪漫惯了，也见多识广，但当他看到脚下的梯田时，竟然被雷打痴了一般，嘴唇嗫嚅，久不能语，身体颤抖，突然下车跪倒在岩石上。过了一会儿，他才终于双手举起，惊叹道："哦，上帝！这怎么可能！我的上帝呀！"

以上说法的后续是，让·欧也纳博士将元阳哈尼梯田介绍到西方，哈尼梯田在西方轰动一时。此后，法国有个著名影视自由摄制人杨·拉马，两度来到元阳，拍摄哈尼梯田。杨·拉马制作的专题片在法国巴黎上映后，元阳哈尼梯田一时间风靡法国，被法国媒体称为"人类第七大奇迹"。

从此，哈尼梯田名扬天下。

那天上的湿地、云雾中的镜子、破碎的田畈、艰难地在山上开凿的赖以生存的稻田，对我这个平原上长大的人来说，似乎太小，家乡那一望无际的平原，大到可以让人忘记地平线，相比之下，哈尼人在这山上开辟水田，可以说是像小孩子"过家家"一样的游戏：一块最小的田只能插几蔸秧，只有一个平方米，没有规则、陡峭、随意。可是，年深月久的垒砌，一代又一代人，将一座座山岭全部拢成田埂，挖成水田，灌上水，种上谷子。这固然是一种奇观，但这样的奇观也是一个民族艰难困苦生存的记录。想起"学大寨"年月垒梯田的镜头，就知道每一块小田，都是汗水与血泪合成的。

天上的湿地、天上的梯田、天上的稻谷、天上的劳作者、天上

246

的歌声和天上的生存,这是一个让人敬重的民族,把群山弄成良田,勤扒苦做,愚公移山。水田的活儿是最苦的,何况是在大山之上。没有大路,听说下一次田,有的人要在梯田间的田埂上走十几里地,要是赶着牛,要是挑上一百斤稻谷,要是背上一百斤稻草,上山,下山,可以想见这耕种和收获多么艰苦,这日子多么没有趣味。壮观的梯田中是在泥水里挣扎的生活,而且这水田里的收成很低,一亩才三四百斤,比平原上的平均产量少了一千多斤。这样的劳作是不是得不偿失?

奔流直下的水是如何被这个高山上的民族拦截的?他们在山顶的栽种是如何获得成功的?他们是怎样利用这恶劣的生存环境让自己像真正住在天上的?

在我们发现哈尼梯田之前,这个民族的劳作被忽略在我们的视线之外,他们神秘的存在就像是森林中的传说,若隐若现:有一个在高山上种稻的民族,那一群人,总是把那片看似挖得千疮百孔的山体打理得稻花飘香、稻谷金黄。这个民族从遥远的西北旷野,历经了七次大的迁徙,颠沛流离,历经九起九落的数万里艰难跋涉,才抵达这里,即使在灭族灭种的危难关头,还保存着他们的稻种。哀牢大山和红河湍流,挽留了他们,并让他们聆听到自然的暗示,学会在云雾深处开辟高山,蓄藏流水,耕云播雨,金谷满仓。

哈尼人认为,这天地间有三个世界,这三个世界繁华而圣洁:高穹的天空是神灵居住的地方,广袤的大地是人和动物生存的地方，深邃的水底是龙蛇水族游弋的地方。哀牢山山脉高齐云天、气贯长虹、云雾蒸腾时，几与大地相连，而他们开垦的梯田中，云水相映、蜃气涌动，分不清天上人间。山上禽飞兽走，水中鱼跃波欢。哈尼人正生活在这天、地、水三个世界之间。

谷穗在秋天爆响的时节，整个大山向外界传送着这种沙沙的声音，这是生命在大山间的美妙绝响，是一个民族延续的方式、讲述的方式、宣示的方式，是他们心中的歌声。

二

箐口村属土锅寨村委会的一个自然村。村头的一块关于"箐口民俗村"的牌子上介绍，这里因为位于老箐边而得名。箐是一种小竹，意指树木丛生的山谷，但云南人说的是山箐，就是山沟旁的意思。这牌子上说："该村落是哈尼族长期生产生活与大自然和谐发展的典范，集中展示了'森林—村落—梯田—河流—云海'融为一体的人文与自然景观，堪称世界一绝……"

在箐口村的村口，土锅寨村支部书记李学在等着我们。有人介绍他是这个村的书记，管五个自然村，初见时我还以为他是一个司机或是一个普通村民。李学朴实、憨厚、黑胖、平头，穿着短裤、拖鞋，没有过多的言语，只是陪我们走，不像有些主人那样拼命向客人介绍情况。从公路往下走，走上石级，在石级边，一个老人背着背篓歇息，顺着他的目光，可以看到下面的村庄里有政府帮着村民修建的蘑菇房、小广场，卖手工艺品、纺织品、银器等旅游产品的商铺。老人八十多岁，戴着哈尼人特有的草帽，穿橡胶水鞋，背着一些从山上打来的猪草，他没有放下背篓，而是将背篓靠在高高的石坎边。这是一幅哈尼老人的活画像，我甚至可以想象他在梯田的泥水中滚了一辈子，现在，他从泥水里爬起来，做一点儿力所能及的农活儿，他的生命已经渡过了难关，到达了平静的晚年，尽管他眉宇间仍有一点儿对风霜雨雪的忧郁。

一个小孩在村里的一眼古井边爬，不知要干什么。那古井引的是山上的泉水，有三个用石头雕的出水口，年头久远，小孩就踩在一个伸出的出水口上。李学书记见状赶忙跑过去将小孩抱下来，以免他栽进水井中。

我在想，这样的高山上真的会有泉水？我还在想，一个梯田中的村庄，能有多大呢？可是，直到我在箐口村穿进穿出，在村巷里忽上忽下，经过那么多石板小路、那么多流水沟渠、那么多参天大树之后，我对哈尼梯田的无知才结束。"古老"用在箐口村太准确了。那么湍急的水不知是从哪儿奔流直下的。路过一座发亮的石板桥，桥下水花四溅，水声嗡嗡，一个哈尼妇女在淘沙，旁边的道路正在修补。我们上了很多石级，它们是多少代哈尼祖先为后代铺就的，当地的人也说不清了。但一个古村落所要求的，这里全有。

李学书记带我们去的地方，是不会让游客参观的。那是村后，是哈尼人真实生活着的地方，也是梯田的中心部位。我不敢提出要求让他带我看看箐口村的寨神林，但我看到了箐口的神泉——白龙潭。白龙潭是用石砌的，潭中一处翻着水花，两棵树歪长在水中。水不深，水底清澈，有绿色的藻蔓，有游鱼。李书记说，这处白龙泉外，还有一眼长寿泉。这二泉水好，是梯田稻子的水源之一。

而在旁边，我们一路走过了几条从山上奔流而下的溪河，李书记告诉我，他们土锅寨有三条溪河，一条是土锅寨河，一条是箐口河，一条是大鱼塘河。这些溪河是从观音山流下的，四季不断，这几条河，就是箐口这片梯田的水源保障。我在村里经过的三条小溪，都可以称作是河。站在箐口河边，水势更大。这么多的水日夜不停地流淌，多少田地不能被蓄满呢？所谓"山有多高，水有多高"，在这里应验了。涵养水源，就像种植粮食一样，种下树，保护树，水就有了。

同行的朋友说，这里哈尼人爱种的树，是水冬瓜树，就是桤木。这种树根系发达，是涵养水源的主要树种，在哈尼族的每个村寨，都种有大量的这种树，它们不消耗水，却制造水。

哈尼人是属于大自然的，他们尊崇自然的规律，在自然循环的系统里生活，不逾越自然，不欺骗自然，不亵渎和榨干自然，而是弄懂自然，养育自然，让自然乖乖为自己服务。

在龙潭旁，几个年轻人坐在精心砌好的石坎上，将脚放进奔腾的泉水中濯洗，消暑解热，十分悠闲。下面是一个个水塘，都不大，却围养着一群鸭子，是村民卢同沙家的，他正在这儿看管。问他养了多少只,说有六十只。我们讲话时,正站在几棵大树底下,旁边也有水塘,秧田就在眼前,梯田就从脚下铺展开了。从我们的脚下看,这水田跟江南的水田无二,也是泥埂,也是水沟,也是一样绿得似翡翠的秧苗。但这水沟的流向却比平原上的复杂,高高低低,四面散去,田呈扇形展开,给人感觉好像这些梯田没有图片中展示的梯田那么陡峭,这也是因为我们在一个丘陵地带,身处梯田中心,所以才产生了这种错觉。还有那些鸭子,那些浮萍,那些小池塘倒映着的哀牢山顶之上蓝得像画片一样的天空,上面点缀的白云,以及鱼的游动,也会使人产生疑问:这是在海拔一千七百多米的高山之上吗? 这些鱼虾是如何翻山越岭从红河里爬上来的? 水中大量的生物,不会是高山上的"原住民",山上只有森林和陆地生物生长。想想世界真的太神奇了,这天上的梯田,涵养着多少世界的隐秘。在田埂上,有一大一小两头水牛——这里只有水牛,耕水田用的,它们安详地在田埂上吃草,它们的影子也倒映在水中,煞是好看。

再继续行走,路边有大量的绿蒿、解放菜、鱼腥草、水芋和一些开花的不知名的野草。无论山有多高,有水的地方就会有水生植物、水生动物。不只有房舍、梯田,村里还有许多大树,田畈间也有许多树木。那些大树都是生长了几百年的,树上长满了青苔,有的叫油油树,有的叫毛毛树,有的叫盐树果(就是盐肤木)。在蘑菇房的前面或后面,每家都有一个水塘养鱼,也围着些嘎嘎大叫的鸭子。我看到了稻草盖顶的水碾房,听到了沉重的水碾被水推动的声音，看到了水碓、水磨，水磨轰轰的磨面声、水碓咚咚的舂米声，像来自远古。在水流中截取它们的冲击力，建立起一劳永逸的水能作坊，这跟截取水让它们进入梯田的智慧一样。水太珍贵，不能白白流淌浪费，每一滴自然赐予的水，对哈尼人都是有用的。在水碾水磨的转动声中，这农耕时代的桃花源向我们展开，这箐口村的美妙生活，这鸡欢鸭唱，这清泉石上流的风景，这秧苗漫山遍野摇曳起伏的碧绿与壮丽，不能不让人为之倾倒。

村子里房屋间的街道弯弯曲曲，但都是用石头石板精心铺成的，村子整洁，污水进了管道，也有垃圾箱。有的屋檐的木梁上，搭晾着干枯的扁豆，有的堆着稻草垛。有鸡在成群地踱步，也有牛卧着反刍。从山上流下来的水经过每一家屋旁，都是洁净的。水在山上的村庄里绕来绕去，绕进稻田，再在三千层稻田里绕来绕去，让稻子吃饱喝足，再流下红河。水的绕弯艺术，令人眼花缭乱。

李学书记说，他们土锅寨的梯田有一千三百七十一亩，占耕地面积的一半，主要种红米，养殖的是稻鱼、鸡、鸭、猪、牛。村子海拔一千七百米。高山上种稻，产量都不高，现在他们主要种"红阳三号"，亩产有四百多公斤，当然也是红米。

我们一路看到秧田漠漠、鸟飞鱼跃、溪水潺潺、牛哞鸭叫，恍如来到江南水乡，这里有江南的情调。但过了一处湾田，到达敞开处，是村里的一个制高点、观景台，突然山风呼呼，树摇竹撼，寒意袭人，高山之气回荡于村寨田野，我才回到现实——这里是海拔近两千米的高山,这里是天上的梯田。

的确是生存的奇迹,哈尼人把一座山挖成水田,用了十几个世纪,说白了,这是一种艰难的讨生活的方式,如果他们能够占有平原,也不至于如此吧。

哈尼祖先来源于两千三百多年前春秋战国时期的古代羌族,从青藏高原往四川盆地,在今四川省大渡河(哈尼语"诺玛阿美")一带游牧,哈尼族迁徙史诗《哈尼阿培聪坡坡》,说到他们曾经住在平坝:

　　从前,哈尼爱找平坝

　　平坝给哈尼带来了悲伤

　　哈尼再不找平坝子了

　　要找厚厚的老林

　　和高高的山场

　　山高林密的凹塘

　　是哈尼亲亲的爹娘

平坝战乱太多,与其他民族的征战一定让他们损失惨重,备尝欺侮。为了生存,哈尼先民只得带着数量庞大的族人,翻山越岭,在翻越哀牢山时,他们看到了渴望的山高林密、河流澎湃的山坡,可以让他们养精蓄锐、安居乐业、与世无争。传说中,是吉祥的白鹇带他们找到了这个地方,这儿就是哈尼人的亲亲爹娘。

我继续到坝达梯田采访。在坝达观景点能看到的梯田，哈尼语称"欧补奇冲乡"等，即箐口、全福庄梯田。这部分梯田坡度较平缓，一般在二十五到三十五度之间，故田块水面稍宽。据说冬末初春观看此田最佳，每天早晨、中午和下午都可以观赏到不同的景观。当地人说，箐口梯田看的是云海，坝达梯田看的是落日。在箐口，云海没有看到，但清晰的视野让我对哈尼梯田有更直观的感受。看落日的坝达梯田，我不仅看到了落日，还在梯田旁吃了一顿梯田红米饭。在坝达的几个观景台，可以看到包括箐口、全福庄、麻栗寨等连成一片的一万四千多亩梯田，这里境界更加阔大，气势更加磅礴，仿佛哈尼人排兵布阵的雄风英姿。在六月风吹稻浪绿潮奔涌的时节，虽然梯田的立体感不是太强，但梯田巨大浩荡的面积、弯曲柔美的线条、陡峻峭拔的风姿、大起大落的气魄，都令人叹为观止。往往一坡就有成千上万亩，它从海拔八百米的麻栗寨河沿山而上，山岭连绵，四通八达，互相勾连，一直爬伸蔓延到海拔两千多米的山头。这儿的梯田有三千五百多级，万架天梯盘旋直上，飞入天际，矗立云霄。在梯田上面，浓云奔驰，如湍如潮，大气淋漓，浓云笼罩下的一万多亩坝达梯田，呈现出壮怀激烈的诗情、耕耘大地的豪迈。把天地间的所有山冈变为良田，这种凌云壮志，只有哈尼族的先人们才能具有。

傍晚，西天云彩燃烧，通红一片，背着"长枪短炮"的摄影发烧友们成群结队地进入坝达梯田，开始捕捉夕阳下梯田的光影。我们在略有些寒冷的坝达观景点旁的哈尼农家乐用餐。全福庄村委会钱正康书记和李文家副书记到来，为我们讲了许多关于梯田的故事。

吃着红米饭、哈尼腊肉、稻田鲤鱼，喝着古树茶，吹着从梯田里漫上来的风，我们听五十多岁的钱书记讲述他小时候的梯田生活。他说，他们村有梯田一千零八十亩，稻田里养鱼、养鸭。小时候有趣的生活记忆就是捉泥鳅、捉鲤鱼、捉黄鳝、捡田螺、放鸭。他说小时候水比现在大，螃蟹在树下到处爬。稻田里养的本地鲤鱼八年才长三寸，不像现在的鱼，不过割大稻时抓的鱼还是很好吃的。最好吃的是稻田的螺蛳，打汤，煮四十五分钟。他说他什么汤都不喝，就喝螺蛳汤，实在太鲜美了。钱书记讲述的五十年前的情景，现在只能凭想象，螃蟹到处爬的过去肯定是回不去了。但他说水比现在大，这是让人忧虑的，不知水变少是因为气候的变化，还是因为乱砍滥伐。他的解释是，现在杂树种多了，所以水就少了。也许，这只是原因之一。

我问他稻田鲤鱼一亩能收获多少？他说要看养什么鱼，本地的传统鲤鱼一亩只能收获六十公斤，要五公斤鱼苗；而外地的鱼苗，一亩收获一百公斤鱼，但没有本地的鲤鱼好吃。

养鸭，稻子扬花时是不能放的，扬花后再放入稻田。这里的梯田是稻、鱼、鸭共生，历来如此。

他说哈尼人种的梯田水稻有香糯、紫糯、冷水谷、小红谷，都是红米。他们小时候吃的一种米叫月亮谷，亩产只有三百多斤，那种口感，现在没有了，也很少再见到有人种。我说既然那么好吃,为什么不种呢?他说主要是产量低,能找到有人家种一两亩就不错了,也都是自己吃。

关于梯田水稻的收入,钱书记说现在一亩地有两千八百元左右,不是很高。村里的年轻人还是以打工为主,在这里种稻太辛苦,全是人工,没有任何机械。打了谷从田里背回来,通常一天只能背两趟,最多背三趟。打工两三年,就可以回家建房,而种梯田,建不起房。过去哈尼族种田的主要是女人,因为这里有句老话:男人造田,女人种田。梯田是男人造的,种田的自然是女人,但现在男人也下地干活儿,毕竟时代变了。过去哈尼族女人在家地位不高,禁忌很多,女人受了许多苦。哈尼族女人大多偏瘦,因在高海拔地方种稻谷,紫外线强烈,皮肤都有些黝黑。在梯田中插秧割谷以及从数里外的山上山下挑稻草回来的,都是她们的身影。当然,没有这些辛苦付出,这些梯田的种植,是不可能保持下来的。

在我们吃饭时,落日下的梯田,风吹稻浪,绿波起伏,仿佛山妖奔跃。一些人拥挤着找镜头拍夕阳梯田,一些人在夕阳下的稻田里牵牛背草回来,他们现出劳动者的沧桑和疲惫。因成了世界文化遗产、国家湿地公园、全国重点文物保护单位,这些田也就只能停留在原始的农耕文明中,不能动一草一木。成为被人观赏的对象,美则美矣,但这样的牧歌与诗意,让哈尼人不能承受命运之轻,显得有几分残忍……

三

刻木分水是哈尼族天才性智慧的表现。三千多级梯田的水能利用,精心算计,不让一滴水浪费,不让它们直接进入红河。

哈尼梯田的灌溉工程,是一种复杂的依山势埂堤迂回曲折的土建工程,纵横交错的沟渠引的是森林、箐谷间的山泉、溪流来灌溉,水源属于大家,纷争在所难免。

元阳县有两个哈尼族早期开垦梯田的遗址,有一个在全福庄村,这里有一块巨大的"分水石",据村里哈尼人的家谱记载,这块分水石是他们的第四十七代祖先安放的。一代如果按照二十年计算,这块分水石至少也有一千年的历史了。这是哈尼梯田历史的古老见证。

哈尼族是个守规矩的民族,有史书上称他们"其性柔畏怯"。在开垦出来的梯田上耕种,首先要解决的是分水的纠纷,这是为了族群的安宁、公平和公正。为此,聪明的哈尼祖先想出了一个绝妙的办法,在水沟处放置一根横木,横木上刻着宽窄不一的凹槽,根据各家梯田的多少和开挖水沟时投入的多少来分配水量,这样就不至于发生扯皮争斗事件。听闻农村各族各村各地界为争水所产生的争斗异常惨烈,死伤无数,甚至至今还在上演,而哈尼人在一千三百年前就解决了这一问题。木刻分水的科学性,没有可挑剔之处,让任何人都无话可说。分水木刻,哈尼语称"欧斗斗"。选用的刻木一般是不易腐烂、结实、耐浸泡和耐磨损的板栗树、黑果树木，木刻分水器上的开口以沟长的右手掌四指根部宽度为一个用水单位。

在沟长的监督下，由寨子里最好的木匠，将依据约定分出的几个用水单位，在横木上凿刻出来。对于不够一个用水单位宽度的水量，可以进一步使用一指、二指、三指的宽度细分，不得使用小拇指宽度计量。因为木材长期置于水中还是会腐烂的，久而久之，分水木就改为石头的了。

全福庄村这块分水石是村与村之间的分水石，全福庄与箐口村相邻，两村有几千亩梯田，为了合理地分配来自山林的泉水，两寨人就协商着在全福庄立下了这块分水石。村中还专门设立了一个官职——专职管理水沟的沟长，这沟长在全国是独一无二的，也许就是"河长"的雏形，是最早的河长。

以刻度缺口灌水，如果急需水或用水量增大时，必须经沟长批准，才能增加用水量或堵塞水口，否则，整条沟的用水户就会惩罚私自加大水口的农户。平日里，沟长负责巡查和维修水沟，保证沟水畅通，能流进各家的田块，管理维护分水木刻器，严查挪动、破坏分水木刻行为，监制生产分水木刻器。如果有人擅自挪动和毁坏分水木刻器，进而偷水，一经发现，必然受到惩罚。哈尼人的惩罚比较人性化，通常的惩罚是罚款加罚物，情节较轻的罚"三块三、六块六、鸡一只、酒一壶"，情节特别严重的要拖猪杀牛，但这种情况几乎很少发生。

水沟的管理关系到全村的利益和一年的收成，因此沟长要全村投票选举,沟长要没有私心、正直公正、责任心强。因为沟长的责任就是巡查和维修水沟,保证沟水畅通,所以他们身份的标志就是肩膀上永远扛着一把锄头。看见扛锄头的,你喊沟长就对了。

刻木分水在哈尼古歌《四季生产调》和《哈尼哈吧》中有记载,也是指导后代分水的圭臬。沟长制度一般由村里德高望重的老者牵头协商,根据各家各户需灌溉梯田面积的大小,约定每条水沟应该分得的用水量。如今,为传承保护哈尼梯田,元阳县已投资修建引水沟渠约五百九十多条,灌溉面积为二十二万余亩,更有力地保障了梯田的用水。

刻木分水是第一步,是总的分水规范,相当于总干渠,还应有支渠之类,为此,哈尼人还有"卫重""嘎斗""欧黑玛博"等分配水源的方法。"卫重"意为轮流引水或分段引水。在用水紧张的农忙期,为使每家每户都能顺利耕种,村民协商出沟渠分段引水顺序,一般由下到上轮流放水,或以抽签方式决定分水顺序,没有轮到的区域要关闭分水口。"嘎斗"含意为切断水尾。每条水沟开挖时就规划了一定的灌溉区域面积,沟尾以某个山梁或山坡为界线标志,这个界线以外的田不经同意不得引用该沟渠的水。"欧黑玛博"的含意是没有进水沟,指的是有些田离分水沟渠比较远,不能直接从沟渠分水,而是通过其上方的田引水,上方田主将田水口扒开,流到下家梯田中。

另外,哈尼族的流水冲肥法,是世界稻作农耕史上独有的施肥法。哈尼族村寨里都有公用肥塘,每家也有私人的肥塘。平常把牲畜的粪便积存在肥塘里,到了初春,哈尼梯田翻犁泡水时,每家引水进自家肥塘,把肥料搅拌成肥水,顺水沟流淌进自家梯田。这种流水冲肥的过程,耗时短,至多一天,需要冲肥的农户,只要跟沟长打个招呼,堵上各户水口就成。

鱼、鸭、稻共作,是哈尼梯田的特色,更是哈尼人的创造发明。稻田养鱼在我国已有一千七百多年的历史,有人以为,稻田养鱼仅仅是为了给农民增加点收入,如今的"虾稻连作"在南方稻谷产区十分流行。

但这一传统耕作技术隐含着大智慧,既可以解决稻田除草问题,也可以解决害虫问题。

稻田养鱼可减少水稻种植投入,少施化肥、农药。稻田养鱼不仅对害虫、杂草都有抑制作用,灭稻螟的效果明显,鱼的粪便也是天然肥料。梯田的鱼、鸭、稻共作,这三种东西都成了有机食品,提高了它们的价值。

哈尼梯田中养殖的鱼类主要以谷花鱼、鲤鱼、鲫鱼、江鳅、墨鱼为主,梯田中养鱼不喂食,依靠森林中淌来的长流水中浮游小生物和稻花粉为鱼饲料。这种鱼因为是泉水与云雾养大的,清甜细腻,少鳞少刺。

水稻田作为湿地之一种,是最富生物多样性的系统,一亩水稻田中可能栖息了几十甚至几百种的动植物和微生物。稻田养鱼正是利用了生态系统生物链的原理，保证了稻田生长的生态平衡。如今，农业部门推广的"稻鸭共作"就是借鉴了哈尼梯田的经验。

在箐口和坝达，梯田中不时传来鸭子们欢快的嘎嘎声，这不仅是一种生产耕作方式，也给梯田带来了欢乐和热闹。禾苗还没有抽穗灌浆扬花，它们尽可以在稻田里玩耍，稻田里有螺蛳、有小虫、有鱼、有杂草，它们像环卫工一样，将稻田打扫清除得干干净净，它们不爱安静地啄食划水，而是每天用嘴巴啄动水稻根部和泥水达数千次，促进了水田养分物质的流动，刺激了水稻的生长发育，虫没了，杂草没了，农药化肥也就没用了，农业的面源污染在梯田从来没有过，流下红河的水是洁净的。

哈尼梯田作为世界自然文化遗产，不是死去的文明，而始终是一个永远鲜活的生命大系统、生命大循环，是世界农耕文化的典范、一个活态的正在进行时的文化遗产。我们在哈尼梯田中会得到更多的生态观念与启示，哈尼梯田的古老智慧是一个宝库。

湿地难得，这块将整个山脉垒成为人工湿地又兼有自然属性的梯田，更是世界湿地的独特标本。全球在耕种的梯田中，秘鲁的梯田多达一千六百万亩，只有两百万亩在生长庄稼，梯田种水稻的更是寥寥无几。中国的哈尼梯田是顽强存在的范例，而且生机勃勃，年年丰收。

哈尼梯田成就了梯田红米。

中国的南方和西南地区,都是以吃米为主,稻谷的种植在我国至少有七千多年历史。我国也是水稻品种最早有文字记录的国家。《管子·地员》中就记录了十个水稻品种,现在我国保存的水稻品种约有三万多种,它们是几千年来变异选择的结果。一千三百年的哈尼梯田,一定有一千三百年的稻种。

在滇南哀牢山上哈尼族培育栽种的传统稻谷品种达数百种,仅元阳县从红河谷到海拔两千米的观音山脚使用的品种就有四十二个。

哈尼梯田种植的传统稻谷品种四十五个。如海拔一百四十五米至八百米炎热河谷地带耐温品种有:大谷、芒糯、扁米谷、麻糯、小谷、大白谷、小白谷等。海拔八百米至一千四百米,下半山区耐热地带稻谷品种有:花谷、曼车谷、车然、高山谷、车卓、丫多谷、箐口谷、黄草岭谷、大瓦遮谷、狗爪谷、大老梗、红脚老梗、老梗白谷、阿党寨谷、滇阳 2 号、楚梗(17、18、19、20、21 号)、芒糯等。一千五百米至两千米高山区耐寒品种有:黑壳谷、冷水谷、冷水糯、抛竹谷、月亮谷、雾露谷、皮条香等。

哈尼梯田不同的分布区,地质、地形、气候完全不同,所以适合大多数品种稻谷栽种的梯田面积往往不超过几千亩,有很多品种只适宜在几百亩或几十亩梯田中栽种。这种情形在我国许多地方也有表现,有时同一块田中稻米的口感、色泽、软硬都会有所不同。稻谷在种植中的神秘奇异、千姿百态,是土地赐予它们的丰富性。而梯田稻作农业的复杂性,哈尼族世世代代在哀牢山脉与大自然的相处中,将其摸得清清楚楚,他们得到了大地的启示。

哈尼梯田中红米的栽培与流传,是哈尼梯田的伟大贡献。写这篇文章时,我在网上购买了一袋哈尼梯田红米,五公斤为一百二十元,听说最贵的红米在上海的超市中标价一百二十元每斤,大约是留胚红糙米。这些生长在海拔一千六百米甚至两千米水田中的冷水稻,是中国稻米中的精华,是野性未泯的粮食,是哀牢山上的奇珍。它们在森林、山泉、云雾的熏蒸和滋养下,在高高的山冈上成长。它们也许被驯化过,但它们的野生品质历经数千年,没有退化。

元阳这地界,明明崇山峻岭,没有一块平地,却是稻米生产大县,就在于梯田基本是水田。在梯田上种植红米,这也是哈尼人自己的口味和饮食习惯千百年来选择的结果。根据哈尼族口传史诗可知,元阳梯田红米发源地在元阳县马街乡乌湾禄蓬村,自有梯田就有了红米。

我在坝达梯田吃的晚餐正是红米,这红米饭黏糯成团,饱胀红润,香气袭人,有森林和山泉水的自然气息。我食欲大增,吃了足足两大碗,就着在梯田中生长的鱼,满口哈尼梯田的神秘气味。

虽然红稻米有无数品种,但在关于哈尼梯田的研究中,我少见对哈尼红米的研究,可是,我所知道的红米的品种就有许多个。据研究,红米的基因多样性指数是现代改良品种的三倍,具有适应性强、需肥少及抗虫害的优良特性。但因为它保存了远古的稻谷基因,产量较低,对比当今亩产上千斤的稻谷产量,一亩三四百公斤的产量,才达到我国稻谷栽培史上宋代的水平。但因品质超群,还有其独特性,哈尼梯田红米正在成为珍稀的养生食品,价格是一般稻米的数倍甚至几十倍。元阳梯田红米营养丰富,富含人体所需的十八种氨基酸,人体所不能合成的八种氨基酸中,哈尼梯田红米就含有其中的七种。

红米不是现代农业技术的产物。它固守古老的品质,使用古老的稻田耕作方式,在一千三百年前的泥垄上,在同样的山泉和木质犁耙下,在牛哞声中,在高山之巅,经历着繁缛、漫长、细心的梯田稻作过程:挖头道田、修水沟、犁、耙、施肥、铲埂、修埂、造种、泡种、放水、撒种、薅草、拔秧、铲山埂、割谷、挑谷、扳谷、晒谷等二十多道工序。再加上"积肥塘"冲肥,加上夏季雨水从森林中冲刷出的腐殖质引入梯田,营养秧苗,而水是各种矿物质含量极高的森林涵养泉水,种出的米有泉水的品质,是真正的山珍。

我住在元阳老县城新街镇的云梯大酒店,房间里有宣传册,宣传当地的红米产品,有留胚红糙米、精制红米、精制水碾米,还有红米糊、红米茶、红米黄酒、红米酱油、红米醋、红米糖等。

哈尼梯田,是一片被哈尼人血汗浇灌出来的神奇的田地,一千多年来,它默默无闻,但它养育了一个民族,成为穿越时间的农耕时代的不朽经典。

陈应松，出版长篇小说《天露湾》《森林沉默》《还魂记》《猎人峰》等，散文随笔集《朝向一朵花的盛开》《寻找自己的归途》《春夏的恍惚》《所谓故乡》《灵魂是囚不住的》等，获鲁迅文学奖、中国环境文学奖、《人民文学》奖、首届《十月》生态文学奖等。

（《黄河文学》2022 年第 4 期）

我们在五月遇见的事物

◎ 晚 乌

一

四月底开始,皖南一直下雨。

樟树在雨水中也没放弃开花,空气里满是湿润甜蜜的味道。

这个春天,我跟亨(我的孩子)细致观察过香樟的花朵。最初,我在取电瓶车时发现有些细密的乳白小花落在黑色的坐垫上,它们很小,但很玲珑,我带亨拍了几张照片。后来,我们还从树枝上摘回一小束樟花,放在书桌上看了许久。未撑开的花骨朵儿,如米粒大小,开放后,六片花瓣包裹着蛋黄色的蕊,看起来倔强而勇敢,散出一缕缕香味。

四月的最后一天,雨落在午后两点。我把睡梦中的亨叫醒,一起去参加单位的健步走活动。雨水淋漓,亨自己撑伞,穿一双蓝色雨靴,跟在我身边。

从城市展览馆去后山茶园的途中,亨问我:"爸爸,你闻到什么香味,像蜂蜜一样?"

我嗅嗅鼻子，回他："是香樟，甜甜的气味。"

雨落在伞上砸出沉闷的声响，我为亨的提问感到一丝欣慰。我们要一直保持对自然的好奇和敏感，只有这样，才有可能从日常里获得源源不断的惊喜和满足。

二

这段时间，亨喜欢晨练。说是晨练，也只不过是在小区里溜达几圈，跑跑步而已。有时他踩滑板车，我步行，小区边边角角绕一圈下来千米有余。

晨间阳光从东边照来，给孩子的小身体裹上了一层柔软的明亮。小区像个植物园，草木间住着众多鸟儿，它们是这里的业主。乌鸫晨间觅食，在草地上走来走去，跟人保持不远不近的距离。亨很小时就能认出乌鸫，每次近距离看到它们，都会站着不动，轻手轻脚招呼我去看。等它们猛然警觉飞走，亨就会大叫一声："小乌鸫！"他喜欢加一个"小"字，听起来多么可爱。乌鸫真多，有的站在树上发呆，有的在灌木里慢走，有的会低飞，感觉快要撞上人的脑袋。有时，一只胆大的鸟突然掠过我们身边，亨会手舞足蹈地笑，笑它的勇敢，也庆幸我们没被撞到。

除了乌鸫，珠颈斑鸠也是我们的好朋友。绵延的雨水暂停，我们清早出门就能听见斑鸠的叫声。亨曾问为什么叫珠颈，后来我们悄悄地靠近一只斑鸠，我让他仔细看鸟的脖子，那一圈斑纹多像珍贵的项链。跟乌鸫鸟比，斑鸠的胆子要小一点儿，一旦察觉有人靠近，它们就拍着翅膀呼呼地飞走，但也不会飞很远，只不过是站在高一点儿的枝头，然后傻傻地看着你，好像还带点挑衅的味道。斑鸠跟鸽子不仅长得相似，个性也像。它们都是热爱和平的鸟，叫声也让人觉得平和。有一次，我跟亨在晚间散步，夜幕已落，远处有斑鸠在鸣叫，接着，身边草丛处也传来斑鸠的歌唱。亨让我别说话，我们仔细听，那声音给夜晚带来宽阔的寂静与安详。

锻炼让身体更加结实，而鸟儿的出现让我们获得额外的快乐，真是要感谢这清晨美好的时光。亨想让乌鸫或斑鸠在我们窗台上安家，再生几个小宝宝。其实，我也很想。不过，鸟儿未必会明白我们的心思。

三

如果我们把眼神放低一些，一定能在草丛里发现更多秘密。那些小巧而又无比可爱的花朵、蜷缩在地上的马陆虫及蠕动翻滚的蚯蚓，都能让我们驻足半天。不过，我今天想写一写曾遇到的蜗牛。

前两年，我们很容易就能看到蜗牛。一场雨后空气清新，它们就会集体出门，在湿滑的地面缓慢散步。跟从前比，今年蜗牛的数量似乎有所下降，不知是不是多变的天气造成的。

五月初，我们只见过两只蜗牛，且都在早晨。第一只蜗牛长得健壮，也许正是这一点帮助它抵御了前阵子多变的境况，存活了下来。它在一条略有坡度的岔路上爬行，地面粗糙而干燥，它走得颇为吃力。我和亨陪它玩了一小会儿，我们拍照、录视频，有时它把脑袋转过来直接对着手机。亨大惊："它真的爬过来了，快，手机举起来。"没多久，它又扭头离开。它的必经路上充满危险，我决定把它挪到草丛里，刚一触到它立马蜷缩起身体，躲进壳里，内心一定充满恐慌。这是一只独特的蜗牛，壳上有个小斑点，像望着天空的眼睛。第二天，它遭遇了不测，在昨天相同的地方，我们发现它试图穿越主路到对面的草地时，被人或车碾压过。外壳的后半已碎裂，冒着液体，但它依旧在爬行，破碎的身体留下一道潮湿的痕迹，那斑点依旧像眼睛一样仰望着天空。亨看看这只不幸而倔强的蜗牛，认为它有点粗心。

　　第二只蜗牛也挺大，在路牙上行走，带着慌里慌张的神色。亨拿一根草茎触碰它的头部，我问他："蜗牛会说什么？"亨说："它会说'完了、完了'。"两个小孩被我们吸引来，刚要同我们一起观察，同行的老人便大声呵斥，又跟着离开了。

　　我们为这两只蜗牛拍了视频，每看到受伤的那只，都觉得它会疼痛。亨对它受伤的原因有不同的解释，认为可能是鸟想吃蜗牛，把它叨起来往地上摔的。

四

同事送了八只蚕，用保鲜袋装着。当晚我把它们落在办公室，半夜想起又去取回。从此，照顾蚕成了我们五月里最重要的事。

刚出生的蚕，幼小如蚁，却有惊人的进食能力，给一片桑叶，片刻就能啃出豁口。这样，我们又多出找桑叶的事。寻桑叶并不太费劲，毕竟它是那种极富生命力又跟人格外亲近的植物。楼下有一株桑树，它实在太小，只有几片叶子，好在能解燃眉之急。

后来，我们又发现一棵小桑树，一天天下来，它快被揪秃了。看着光光的枝条，亨说我们像土匪，在搞破坏。蚕渐渐长大，它们进食时，把耳朵贴在纸盒上，便能听到沙沙沙如雪花落下的声响。十岁时我在大姑家也听到过蚕食桑叶的声音，养蚕的那间屋里满是架子，架上是一簸一簸的蚕。

吐丝做茧是必须要写一写的。五月七日晚间回来，亨迫不及待地拉我去看那枚椭圆的茧，并神秘地告诉我："它躲在里面了。"这只最早做茧的蚕，此时想来，要比跟它一起生活的兄弟姐妹聪明能干得多。六日晚，它准备吐丝，我把它挪到另外的纸盒，它四处爬动，好像觉得不合适，不愿意住那里。七日凌晨，我发现它竟然跌落在地上，一动不动，我捡起它放回进食的纸盒，那时是凌晨三点半，它即刻吐丝，启动建造工作。

我频繁地看它,每次都能发现新进展。最初,它总是昂头,像在寻找什么。它先架设茧床,在某个空间里横竖拉丝,像在给房屋搭脚手架,再在架子上结茧。以人的视角看,吐丝结茧颇为费劲,不吃不喝,一直劳动,不曾停歇。它在小小的空间里来回掉头,这端织一阵,那端再织一阵,身体靠脚固定,头部自如扭动。就这样,它慢慢把自己包裹起来,刚开始我还能朦胧地看见它在茧里忙碌,后来,丝线越来越密实,我再也无法看清它的身影。就这样,茧静静地悬挂在盒子的角落里,一只蚕睡着了,在睡梦中缓缓变形。

一只茧是安静的,但它给人无限希望,因为寂静之后一定还会有某种力量喷薄而出。

五

八只蚕,各有各的故事。

第二只让我们最担心,它准备吐丝时,身体颜色变得褐黄,亮晶晶的。它的独特之处在于能吐出金黄的丝线。它像画师一样,在纸壳上涂抹一大片金黄,却不懂如何拉丝做茧床,这里涂涂,那里抹抹,接着休息,四处溜达。我认为它缺乏技术,需要外力协助,于是把它移到一个四面有着力点的小空间,它不领情,可能还是觉得不合适。晚间,我接亨放学,一进屋就去看它。它不见了,找半天,未果。亨大叫:"你看!"原来它独自在盒口边缘踱步，像杂技演员走钢丝。

亨对它不满，大声呵斥："不吐丝，东跑跑，西跑跑，这是什么道理。"我母亲也多次观察它，对比第一只蚕，她认为这只有点蠢。第一只蚕耗时十八小时，完成结茧；这只已经耗费将近二十四小时。我颇为焦虑的是，如果不能及时织网做茧把自己包裹起来，它一定会精疲力竭而死去。十二年前在大姑家见到的蚕，是令人害怕的蠕虫，我从不敢走进那屋。有时，四表哥会捏一撮蚕送我面前，那些扭动的身体和吸盘似的脚仿佛会缠住我，吸我血，我总是落荒而逃。此时，我陪孩子关注它们的成长，看它们以惊人的速度变胖、长大，我不再那么害怕。我在第一只蚕的结茧历程中，窥见它的智慧和聪颖。它用前部的四只脚与嘴巴并用，把丝理顺，粘贴在需要的位置；在疏空之处，不断放丝加固；柔软的身体，爆发出不绝的耐力，一刻不停，它多么专注啊！那枚洁白的茧，像是大自然派它造出来羞辱人的。

孩子的责备、母亲的看法，都无法改变现实，吐金丝的蚕终于不再动弹，软软地挂在那里，最后跌落盒底。母亲调侃我说："你像个孩子一样，一天看这么多次。"是的，我为它的莽撞感到遗憾。同事说："扔花盆里做肥料吧。"我没有，不时还去看它，甚至将它放在书桌上，仔细看看，它体型明显变小，身体依旧柔软。

神奇的事情发生在第二天，我们发现它的腿已消失，头部开始变化，长出胸足和翅膀的轮廓。这个纺锤模样的东西，有九个环节，尾部力量大，偶尔还不停地摇动。我恍然，这只没茧保护的蚕依旧活着，看样子，它想裸着实现蜕变之梦。我用棉絮裹着它，这自以为是的爱，或许多此一举。大自然没有教会它如何顺利织茧，但赐予其顽强的生命力，这是我们没有想到的，它极有可能是只调皮的蚕，而不像我们想的那样，既蠢又不专心。

写到这里，我又跑去看看它，希望它一直活着，能变成蚕蛾，有一对明亮的眼睛。

六

五月的许多个清晨，具体点，是六点左右，我会坐在河边阅读梭罗的《瓦尔登湖》。这件事情，外人听起来多少有点矫情，而我却能真实体会到其中的宁静与欢喜。

出门步行五分钟，便到河边。两条河流在此汇合，得名新安江，最终奔赴钱塘江。河滩有荒野的杂芜与生机，野草半人高。鸟儿在柳树上鸣叫，低吟一句，高歌一声，像是在发呆的间隙偶尔想起自己还有歌唱的本职似的。

在这里读梭罗，是因为我觉得，只有此时此刻才配得上他的文字。在无人打扰的寂寞与宁静中，我有很多荒诞的想法，比如：给梭罗写一封信，去美国看瓦尔登湖，甚至想邀请他来皖南看看。三十五岁之后，我在岁月之中深刻体会到自然的美妙之处，我也越发热爱读梭罗的作品。在有山脉、有河流、有野草和树木的地方，我似乎有一个完全属于自己的小世界。

梭罗说:"在任何大自然的事物中,都能找出最甜蜜温柔,最天真和鼓舞人的伴侣。"此时,太阳是我耀眼的伙伴,我来得早了,它还没醒。不着急,我坐在石头上用阅读来等待,读完几小段落,它会从山后露出脸,像个又大又红的橙子,圆圆的,光芒也不那么逼人。真正想看日出的人啊,这个时候千万要专心些,太阳从露脸到升高,只需要几分钟的光景,那是稍纵即逝的奇妙。它被山举着,像是山头上一盏昏黄的大灯。

太阳一点点上升,河面也开始不平静。初夏的风吹起水波,光芒在水面闪烁。一会儿看书,一会儿看水,我不会为这样的分心感到羞耻。这里的清晨,堪比文字,我觉得梭罗也会原谅我的不专注。远处,有鱼跃出,它腾空画一个蹩脚的圆圈,再落下去,风很快平息了它制造的涟漪。坐在晨风里,我能记起这河滩早春的样子。河流消瘦,有时我还会领着孩子去河床无水处玩耍,后来青草蔓延,绿潮四溢,渐渐,草淹没膝盖,泥径依稀。那是另外一个早晨,我走在草丛里,突然被水边响亮的声音惊住,我甚至想到水怪之类的不明生物,慌忙捡起一根朽木,去一探究竟。在草里产卵的大鱼,在水上犁出细浪,游得自在而倔强。我试图举着大木棍朝它们打去,转念一想,又放弃了。

在自然带来的寂静与纯净里,人会变化,至少那一刻是向善向美的。这么好的早晨,属于我,属于鸟,也属于水中的鱼群。要是梭罗知道我袭击鱼,他该会认为我大煞风景,自然的美也无法涤去心中贪念。

太阳一点点爬高，鱼已返回深渊。

我合书起身返回时，亨差不多也要醒了。

晚乌，本名郭飞。有散文随笔刊于《散文百家》《少年文艺》《奔流》《岁月》等。著有散文集《天亮前醒来》。

（《黄河文学》2022 年第 4 期）

愤怒的野猪

◎ 绿 窗

然而野猪犯大事了。

当然在那之前，人先犯了罪。

一

父亲年轻时是猎手，打过大灰狼，尝到过狼肉冲鼻的香味；夹过火狐狸，狐狸从门头窗户上红彤彤垂到地上，他领略了一只狐狸无敌的臊气；狍子跑跑停停挑逗单薄饥冷的汉子，被父亲抓回来，让村里傻老二迷迷糊糊翻了一次身，对着一堵墙笑得肠子差点抽筋了；存一罐獾子油留着炒鸡蛋吃，常被冻伤烫伤的人来挖。野猪却没听谁念叨过，在一次全村大会上，"野猪"这个词才冒头了。

冬日傍晚，村主任从这沟到那岔地喊："开会了啊，大人孩子都去！"村主任家炕上地下人挤人，中心几个虎实的"小蛋子"，细麻绳捆着，低着头脸通红。原来是批判大会，屋子里一下子多了兴奋的空气。村主任家平时人也多,搂着火盆三吹六哨,或听村主任绘声绘色评说"三国""水浒""西游""封神"那些古书,"西游"定性,"水浒"陈情,长冬不寂寥。

那日,村主任一脸怒气严肃地训话:"天干物燥,小心火烛,非就跑山上笼火,偷人家大棒子烧着吃,跑火了吓麻爪了,幸亏羊倌儿发现,大羊咩咩咩铲土压灭了。满山半大小树都是九死一生活下来的,一场火燎没了,十年辛苦白费。靠山吃山,山烧秃了吃胳膊烧大腿呀。一天天跟'野猪'似的可着劲山岭跑……"

听到"野猪",我们努着嘴巴都笑了。原本持九齿钉耙准备耍威风,现在成了耷拉着头的猪八戒。

"小孩玩火还得说道说道爱尿炕呢,半大小子玩火反了天了,现在敢在村里放火,将来就敢到大森林里放火,现在象征性地捆你,将来要犯大错误就是戴手铐进局子了。"

家长愧疚地表态:"管得好!批得好!"这不是危言耸听,家家靠山而居,柴火垛、棒秸垛,火烧过来还不房倒屋塌。塞下风大沙多栽树确实难,我们小学生也得上山。小雨若有若无,头发软软像才出的青草,男生包括被批的几个也使劲抢镐头,依山势刨出深洞,女生把树苗妥妥地裹进洞里,丝丝络络的羊角藓、垂枝藓环抱住,固土固水,唱着歌逗着笑,一陡坡树苗稳稳地戳住了。杨树、柳树、槐树直接用短枝扦插,不久青枝绿叶挺起来,真神。南山、尖山、大东坡松树林子,后梁槐树林子,村头村尾的杨柳榆树园子都成形了,是村庄的绿眸子。

"野猪的性子,敢上敢掐不寻思后果,搂不住就是大事。"第二天,四个自然村的小学也开大会警示,语文老师围绕该事件布置批评稿,生物老师界定事件为"破坏祖国森林平衡"。大操场前,玩火的男生喏喏地念检查,学生轮番发言,批到灵魂里蹦三圈,一辈子长记性。过后没有打击报复之说,也没有歧视,就"野猪"的绰号私下里叫一两声。

村子和学校的两次会,确实有引导震慑作用,割柴火顺手割树权的缩了手,烟叶火柴坚决不装上山。山渐渐可以靠了,刺槐两年一砍当烧柴,丛林保住了;山杏采杏核,杏树叶喂猪;荆条编盾筐、粪箕子;梓椤树叶子蒸大馉馉做屉叶;粪肥不足,割一捆捆山槐子沤粪;老人老下了,伐杨树、柳树、榆树做寿材,随即栽上新树。

村主任未必懂"生态"的涵义,理念是朴素的,山上不秃,泉水长流,牛羊有草,心方能落肚子里。树像村庄的好品质扎下深根绵绵不息了,有树就有骨气有底气,白云蓝天皆可赠客,明月清风俱能照拂,榆钱不买酒而入粥饼,书带草成行成信使,安抚八十老妪的寂寞。

村主任老了,坐街头聊以往,说那时候人心齐,舍得,放今天,他早被家长吊打残了。那些挨批的"野猪们",后来是村里首批京郊打工者,个个七侠五义,能屈能伸,又和睦孝顺,没一个屎箕篓子,和当初的家教、村教不无关系,搁现在,叫良性的文化生态,其实就是村里荡着一股正气。

村主任说:"咱坐的地方过去哪有道?都是树,一搂粗一人粗的,老祖宗砍树盖房,狼狐天天来敲门。一镐一镐刨出小道、庄稼地,慢慢山秃了动物跑了,才开始栽树。那些年孩子真没少生,树也真没少栽。"

八月的呼吸饱满多汁,绿意跌宕,气色蓊郁。四邻八村来山上采蘑菇,不拦,谁有能耐谁捡,小妇人一秋能捡两万来块,还不算一年四季刨药的收入。

丛林是一座宝库,显出村主任当年严管责罚的气魄和成果了。走失的动物先后返回,野猪一两家子出没松林视察领地,时常冲上村庄的热搜。

二

立秋添秋膘,野猪也要添。灌浆后待成熟的香气飘得满山满谷,野猪哪里忍得住。野猪、家猪口多,一拱一块地,人恨得咬牙切齿骂。你就是蹦着高骂出二里地去,它们还是躲在林间窃笑。扎几个草人长胳膊拉腿,黑里糊巴,鬼似的摇摆,把人吓一跳,对猪是儿科笑话。搭个窝棚看青,一个人对一群猪干瞪眼,东方不亮西方亮,炸一串鞭炮管几天事,但是你听听,此处不养爷,自有高老庄,野猪可是打游击战术的鼻祖。野猪脾气暴,獠牙凶狠,有组织有纪律,行动敏捷,吃饱拱足立马退回深山老林,贼精。

大家庭烧柴做饭的年代,把耙搂子篦子一样梳遍山野,还搂二遍、三遍,山上的羊尾巴盖不住羊腔,动物只有惊慌地一退再退,哪有穷困者到不了的深山,最后野兽无踪了。禁牧还林这些年,一方面大家庭锐减并向城市分流,另一方面烧柴少了,被煤气罐、煤、秸秆棒瓤替代,八抬大轿抬也不上大梁受罪了。耕牛没了,羊财也不是什么人都能发的,丛林自由生长,早年纵有生态意识效果也微。

野猪也才逍遥几年,人就郁闷了。五月,我和大姐帮二姐家耪地,早晨五点到梁头,连年打药地硬邦邦的,地里不生一棵杂草。今年没打,刺菜、灰灰菜则汩汩滔滔,铺张的魔性黑绿让人恐惧,秧苗跋涉不出来。耪了一条垄,听见山根处有哼哼的窸窣声,挨着松林的马铃薯地影影绰绰,两头大猪委委佗佗领着十来头小猪拱地,外甥喊了一声吱,它们顷刻间便隐没松林了。这就是探探道,给小猪崽上课磨牙,入秋那块豆子地怕剩不下了,野猪记性贼牢。

三

家猪喝醉了也暴露野性,龇出獠牙。前村一老头儿好酒,夜半歪斜着归家,进大门一拐闯猪圈里了,把俩老母猪挤开了。猪可能正做着打圈子的美梦,一撅屁股拱出去,老头儿骂骂咧咧搂了大猪接茬睡,猪更用力拱,酒鬼哗啦吐一摊,猪卷起来大嚼,也醉了,闻闻味道出处,当即下了一大口,嚼碎了半张脸。家猪虽然不如野猪吻部狭长、颚肌强力，但发起飙来肯定不讲斯文的。

猪野了和野猪还不一样，家猪野乎撩撩跑山上去，一找就回来，你不找它，逛几天刺刺挠挠自己往回蹭，它有家的概念。几个月的小猪就像半大小子，愣头巴脑猪壳郎，一副愤青的样子，注定不让人省心，放一阵子野惯了，一天不出去就噜噜叫，出去了人与猪跟打仗一样互相盯，保不准猪出溜一下钻进庄稼地去。

我家新买的猪壳郎也天天练习立定跳高，摔得鼻青脸肿技艺大长，竟然跳墙跑了。庄稼已高，一家人找了一天一夜没影，父亲又往远处找去，还好，猪跑到三里外我家七湾地，大嚼倒下的玉米，拉了一堆粑粑，斜愣着眼睛正快活呢。见主人来了，又开始窜，父亲追狼的腿脚，它还哪里跑。这要不被发现，找不着家，它就变成野猪逃脱既定命运了。晌午，父亲把猪赶回来，像英雄赶着俘虏。但猪壳郎决不蔫头耷脑，有做错事忏悔的样子，它更像叛逆期的儿子，梗着脖子不服输，瞅着机会再打主意逃。这回墙高了，干打磨磨跳不上去，上去还有院门插着，于是，猪慢慢忘了墙外的诱惑，吃饱喝足晒太阳，上膘的猪都懒。

被劁的猪情动激素少了，剥夺了它的生育机会，也就剥夺了野性，没有江山谁要做荡子？

而野猪以山为家，深居简出，自由繁衍，打食也避着人，步步为营，有危险就退。

四

先退至二里地外,两个岔口。逆着清澈小河奔狭长北沟,二十来户人家,一家门前的加勒比松三四十米高,顶头挑着一对大红灯笼,黑夜里如火眼金睛,野猪沿着沟垴直入榛树林了。

要么逆着混浊大河奔尖山打个尖儿,只有一家房院陷于南砬底下,六畜兴旺,禽鸟徜徉,半坡瓜果林子,春天花枝打头绊脚,树下红泥烂卷,袅袅婷婷出来人了。

是刁蛮的二奶奶,黑色斜襟大褂,绾髻插簪叼着大烟袋,当啷着黝黑的烟口袋,吧嗒一抽两颗金牙似笑非笑,大步过河去镇上说媒了。且往那坡摘杏去,只有悍妇在家,二奶奶捞着啥拿啥揍儿媳妇,她不敢反抗,男人也揍她,那二位一出山她就为王了,打鸡骂狗问候灰喜鹊大火燕。树上毛毛虫翻涌,我们怕虫掉脖颈,她嘴一撇:"怕它干啥,等着。"闯到杏树下手抓树干,树枝一阵晃,兜了一大襟酸杏来,头发衣襟上蠕动着好几条长毛虫,她一撩发一抖搂完事。眼前枝上还趴几个大号"贴树皮",她眉毛一挑,说:"看着!"伸开粗厚的手掌将枝叶与虫一攥一捋,甩开去,枝上瞬时干净了。好手段。但她乱柴一样的头发里还有小虫来去,是一群虱子牛,同伴说:"给你捏下来。""甭用,养着去吧,它也得活着,吃撑死就不管了,哈哈。"空谷"辣"兰,连腿裤腰都震拉垮了。

天蒙蒙亮,野猪四五只在溪边喝水,顺势跳进瓜地咬瓜,二奶奶的儿媳妇扛着铁锨挖葱去,以为自家大猪跳了墙头,骂了一声,挥锨直拍大猪的肥臀,野猪甩着大头奔她拱去。不是家猪,来神了,她抡起铁锨哐哐砸,嚯嚯骂:"倒头玩意儿,揭三玩意儿,吃到老娘头上,滚滚滚。"野猪哧溜溜逃去,皮糙肉厚没打惨,"一口一个蚂蚱"被炸晕了。

在她面前,细巴连纤的二奶奶就是纸糊面捏的,一胡噜就倒,她是尊老,守规,也有点愚。二奶奶决不搬家,舍不得金山银碗,呵手是丰年。

五

蜿蜒再上三里许,野猪退至水井村了。四围山林磅礴,十来户人家窝在幽深的井底,大河潺潺奔出去。一发大水多处路断了。小学支农去掰玉米棒子,我打头,草窠深,忽而一群咯咯鸡叫着飞了,留下一窝蛋,拐弯一条长蛇盘成金字塔昂扬吐着信子,动物明显多了。但十年前这里还拉不起电,修不起路,与世隔绝。

隔有隔的好。暑期回乡,母亲在灶上熥饭,叹息道:"这早起听不到公鸡打鸣儿,还真不习惯。村里的鸡都瘟死了,一只都没了。就水井村消停停的,瘟鬼都进不去,都去那买鸡蛋了。"我在灶下烧火,赶忙说:"我也给你买鸡蛋去。"母亲乐了。

午后,我戴着母亲的草帽,拎着手编篮子,拉小侄子做伴,走在哈代笔下起伏温润的乡野小道。南砬底下成了废墟,二奶奶故去后他们搬走了，榆樱杨花长进屋里的炕上。若见一群野猪打圈子，破木窗探出一串妖粉的打碗碗花，莫惊诧。

水漫过细沙，我与小侄子忍不住赤脚踩踏，在青石板上跳跃。两岸山树泼绿，玉米正出花线，金凤蝶与马蜂自在飞，香薷花下山驴驹子安静乘凉，两只屎壳郎滚着粪球，马莲虫妖娆穿行"马路"，墩墩马莲花"臭老婆摆当心"。摘马莲花吹，啾啾如鸟，吹够了吃掉，咀嚼大把的好光阴。

跨过一溜搭石入村，巨大的蛤蟆石下，一众人在石碾上乘凉，大嫂撩着背心给孩子吃奶，逗趣道："蛋都被你们村抢光了。"大娘说："大老远的，几家凑些吧。"村庄拐在一百五十度的大斜坡上，粗壮的山丁子树，虎皮墙木窗，石磨石碾，毛驴蒙着眼一圈圈转，白亮亮的液体流下来，大锅热气腾腾杀浆过包，豆腐脑加葱花酱油，蹲树底下细细地吃……老念兴还活着。母鸡大大方方跟进屋来，咯咯咯寻找食物，跳上锅台。红躺柜、煤油灯、发黄的四联戏剧年画，风吹进山丁子的果香，也掺和着一丝牛粪味道。

"没柴火垛。"大娘说，"来了不要'作瘪子'。"抽袋烟的工夫，捡了一大捆干柴，薅几把野菜，捡一浅子地皮菜，好歹三四盘不误下酒。灶前，小媳妇已点火，看去眉目庄重，莞尔一笑却勾魂。井口大的天，几道炊烟支满了。

我说："山上有野猪不？"

大娘笑着说："深山老林啥没有？下夹子一天能蹓二十多只野兔，狼、狐狸常见，倒是不祸害，就野猪不好整，时不时到地里拱几圈,赶急了睚眦必报,弄不过就不惹。吃点就吃点呗,这大山多种几垄就有了。"

说有一年大旱,野猪拱了一片山药地,那家人仗着民兵有猎枪,打死了一只猪壳郎,炖肉吃了。第二天,酒气未散就傻眼了,整块的地被拱得乱七八糟。第二年秋收时候,又被蹚碎了一块地,从此不敢再打了,怕祸害村子。

那片林子就叫"野猪林"。野猪常露头,碰上了会意一下拱拱嘴躲开,山大体丰,榛子、橡果、松子多了,野猪吃得油光锃亮,尽量不惹人,也有小摩擦,总体相安无事。

归去已黄昏,夜很快会光临深谷,孩子们早早钻进被窝,听老人讲遥远而又神秘的故事。彼时,溪水瑟瑟,母猪方领着一群家小来喝水,打闹一会儿,背脊流动着星光消失在丛林里。

水井村与野生动物相处的方式,有信任,有余地,彼此默契留有后路,他们比山外人更懂得,哪怕有一丝赶尽杀绝的意思,也会遭到野兽的反扑。

六

水井村是我的"依依墟里烟"(陶渊明《归园田居》),意念里常把自己扔进那一方幽静的古池塘,淘洗一番。

想不到的事出现了。一家媳妇采蘑菇,见树丛下一只狗立着耳朵闪着绿光,恨叨两声扔块石头欲撵走,了不得,那物嗷的一声扑过来,照她肩膀就咬下去,是狼。幸好她带着镰刀,乱挥乱喊,附近几个男人赶来都带着家伙,狼跑了。

更没想到的事情出现了。后山一片开阔地,黑乎乎都是石头渣,寸草不生,竟是铁矿!忽然有一天,路和电一阵风刮来了,机器日夜鸣响,大车轰轰来去。再深的山谷也会闯进文明的眼睛,大液晶电视、智能手机、摩托车、汽车一一来到。我们村蹒跚着走了十年,水井村眨眼到位。

矿物被一车车拉走,路过的村庄也暴土扬尘,深受其扰。我内心珍存的古画冷不丁被揉皱了,山谷害了热病,咳嗽呓语,动物都被吓跑了。挖矿是对寂静的掠夺,是对自然犯下的错,但你不能阻止山里人奔着富裕去。

幸好铁矿三五年就挖没了,车呼啦啦撤光,但留下个骇然伤口,堵不住,绿植也无法搭桥包扎。小村独自舐舐,也或山大林多不在乎。

野猪回归,或早或晚去河边喝水,偶尔去地里打点牙祭,老年人温和,顶多扎个草人吓一吓,撵一撵,没有你死我活。市面野猪肉价格看涨,钱袋子在眼角眉梢晃荡,但前车之鉴摆在那儿,猛男也不敢贸然行动。

然而,野猪作出格了。

七

《水浒传》中描写的野猪林："早望见前面烟笼雾锁，一座猛恶林子，但见：枯蔓层层如雨脚，乔枝郁郁似云头。不知天日何年照，唯有冤魂不断愁。"

水井村的野猪林则林木森然，阳光澄澈，山脚一处大瓦房，几畦菜地，老男人独居，看起来勤恳木讷、憨憨壮壮。原有个媳妇跑了，说是受不了苦穷。现在，有钱了，花了不菲彩礼又娶了一妇，才月余，那妇人鼻青脸肿瘸着腿跑回娘家要离婚，这老男人才暴露了。

老男人有严重的暴力倾向。这下，再想说媳妇儿，拿着金条贵贱没有人愿意。也因此连累了老弟，外人以为一窝子一个窑性。其实老弟是真老实，上了五十才说下个寡妇，带个姑娘。结婚当晚，不知谁提议，小姑娘半大不小，老弟初婚炕头上免不了出些动静，东西屋住着不太妥当，不如先在大伯子家住阵子。合情理，信任也是应该的。

第二天，小姑娘失魂落魄跑回来，动一动就哭嚷尖叫，母亲以为山深有大动物狼嚎鬼叫，又或看到了灵异之类，小姑娘错乱哭泣着说了原委。月明林下恶魔来，人龇起牙齿比野兽恶，不知她受到了怎样的恐吓与虐待。母亲要报案，老光棍鼻涕眼泪一大把，磕头求饶给补偿，老弟心软了。

恶大莫过于浮浅不自省，侥幸是恶，私了也是恶，助长恶习。

小姑娘性情不稳,动辄尖叫,不梳头洗脸,扯掉衣裳街头乱跑,咬人骂人,只好辍学治病。老光棍养了几头牛,都卖掉给治病也没见好转。一家子只好搬出了山沟,环境的变化或许令小姑娘多了些安全感,略安静了些。女孩的创伤就像开矿留下的沟壑,时间也难医治,最终要靠心灵自愈。

那老光棍一片荒凉哪有心,即使夜夜忏悔也无法拯救。人与病都逼得紧,老光棍琢磨来钱道,铤而走险,打起了野猪的主意,破了村庄多年与野猪的和谐禁忌,晚上偷偷在溪水边下了夹子。

猪群半夜来喝水嬉戏,大猪先蹚路子,一脚踩到夹子,小猪闻听惨叫赶快逃了。大猪就慢慢磨着挣扎,天快亮时,老光棍扛着镐头来了,砸向大猪。

大猪悲愤间又挨一镐头,愤怒冲顶了,号叫着使出蛮力,阔嘴直似鲁智深的铁禅杖,对着老光棍的大腿豁下去,一条腱子肉硬生生撕下来了。

八

整个河滩响彻老光棍的长号,人们暗地叫好,活该,现世报!村里人赶到时大猪已挣脱,带着铁夹子和老光棍的肉条跑了。

野猪群也愤怒了,半夜冲进老光棍的院子,拱坍了墙,撞坏了门窗,咬瘪摔碎了锅碗瓢盆,棒架塌了,彻底一番扫荡。

老光棍也不敢再回老屋,怕野猪闻味卷土重来。

人馋野猪野性的肉膘，野猪不馋人的肉膘，但它会复仇，不接受私了。野猪与人最初因为一块土豆地打起来，后来因为一块人肉积下仇恨。人再坏总有人关心，野猪呢？它拖着一段铁夹子逃了，要么日复一日磨断它，要么咬断腿，此后瘸着腿战斗，或自生自灭。

野猪宿命般撞进了一段是非，使一出悲剧如此落幕，其壮举被人与猪同时铭记。但这起恶性事件，影响了村庄与野猪的信任关系，彼此都感到威胁，一时间，人不敢独自夜行进山，野猪也少下山喝水，村庄紧张沉寂了。

九

我一直惦记着再去水井村看看，听说要整体搬迁，可折腾一阵子又没动静了，桃源依旧。端午成行，开车去，新路改道梁上田野，一路左弯右转。

入村更安静了，菜畦碧绿着，独行菜蜂拥着碾台，碾盘上坐着两位老人，一位眯眯做着针线，一位正是当年卖鸡蛋的大娘，都八十多了，还记得我是谁家人。"野猪咬过人，还敢住啊？"我说。"冤有头债有主，该咋住咋住。"老大娘的豁达是生存的理由。

一百二十米深井水窖系着红布条，一哥骄傲地拧开开关，水极力蹿出来，我正渴，接一瓶灌下去，清凉甘洌。他说山里菜随便一种，吃不完的，养一头牛两万来块，啥都不缺，谁出去？大羊圈比院落干净，放着绿枝叶，羊们正安心啃食。一个男子正抱着小儿蹲在墙角玩耍，一名少妇开着"三马子"（一种三个轮子的机动车）风一样冲进冲出，一个男孩带着大狗才跑进石头小道……一家子从远城往回赶，车停在家门口，大公鸡耀武扬威地在前面开路，一群母鸡咯咯咯跟进院子。

我以为老人老去后，这里就是荒野了。但完全不是，仍生机勃勃的，没有弃置田地，没有丝毫颓废，"月出惊山鸟，时鸣春涧中"（王维《鸟鸣涧》）。

山前是张承高速，巍峨山体将村庄捂得严实安静，我童年揽榛子、苍术苗、捡干柴都去过，松树、榛树林外，有椴树、槭树、乌桕、鼠李、热河榆、山核桃、梓椤树、栓翅卫矛、粉枝柳、白桦树、白蜡树、黑香子树等，每一株都绿得发烫。丛林轻易淹没了我，我急急拨开又被蛛网罩住，发辫刮散了，头绳在枝梢上飘红。正全神贯注采摘，被艳丽的羊喇子蜇了胳膊，扎破它，将汁水涂在红肿处以毒攻毒；撞到马蜂窝抱头不敢快逃，乱叶隐藏的柴根会扑哧穿透胶鞋底子。十八盘底下恍然神界，野山楂甜透了，落叶堆有迷人的霉香，断木横进溪流，沙砾闪着金光，拨开草乌淡紫的花朵，跪下捧水，又担心喝到小虾米，躺在大石盖上晒裤脚，小蚂蚁顺着脚丫细痒痒爬上来……一帧帧画面都像经过了列维坦（俄国现实主义风景画大师）深情的凝视。

大自然容易让人忘情，水井村也让人忘情。野猪林早将污垢洗清了，人与动物江湖两忘，恢复信任，还是一卷好山河。

想起春节上山拜庙,到山下,弟弟们放了"二踢脚",说告知神灵一声,也给动物提个醒,该躲躲该藏藏,互相尊重。果然,我们到山腰歇息,一群野猪不慌不忙拐进另一片松林了,相互不扰,心生喜悦。

《阅微草堂笔记》记载:"一书生夜半去后园拔莱菔下酒,见一女鬼赏花,遂以幽明异路之理厉声责之。丛竹有人语:'一阴一阳,天之道也,人出以昼,鬼出以夜,鬼白天入先生室,责之不怪。今时已深更,地为空隙,入鬼居之地,既不秉烛,又不扬声,猝不及防,突然相遇,是先生犯鬼,非鬼犯先生,敬避似已足矣,责之深乎?'"

好厉害的嘴茬子。

是人过多地侵占了荒野,入深山老林要礼貌地吱一声。

绿窗,本名宋利萍,满族。出版散文集《击壤书》《被群鸟诱惑的春天》等。入选首届中国少数民族文学之星、获首届丰子恺散文奖等。

(《黄河文学》2022 年第 4 期)

雉鸡与父亲的玉米地

◎ 刘丽丽

　　五月的阳光洒在白杨叶片上，闪耀出翡翠般的光泽，父亲说："这样的好天气不下田，是罪过。"

　　父亲在村东的沟崖上补种玉米，他是个闲不住的人，除了家里的七八亩口粮田之外，今年开春还栽了三百多棵杨树苗。偶尔，他还要到镇上去帮弟弟照看生意。他像陀螺一样被生活抽打着不得停歇，也习惯了这种节奏的生活。似乎生在这片土地上，睁开眼就得迈了脚步向前走，就得为了这片土地弯腰弓背，竭尽全力。可他毕竟已经七十五岁了，再怎么奔，也总有照管不过来的地方。比如农田里的事情搞定了，院子里的荒草就没有精力处理；好容易把院子里里外外收拾停当，鸟儿却把玉米地里的苗苗啄个七零八落。

　　玉米种在新栽的杨树趟子之间，"五一"我回家的时候，小苗已经出土，父亲年事已高，身体也开始出现一些小问题，不知道这样的劳作还能维持多久，因此，这些带着他的指纹和体温的新芽便格外让人怜惜。如同清泉出山，兰芽破土，它们在风中摇曳，世界呈现出一派清新的图景。当然，这些鲜嫩的幼苗不仅吸引了人们的目光，也引起了雉鸡的注意。春播期间，雉鸡成群结队迁徙到村庄附近生活，春天的嫩草和玉米苗是它们的开胃小甜点。父亲承包的这块地挨近水渠，向东、向北、向南都是开阔的田野。没有人类的轰赶，雉鸡们的胆子变得大起来，父亲的玉米地成了它们的食堂，一天三时光顾，大大咧咧吃完啄完，连个招呼都不打，扑棱棱地展翅飞走。

母亲很心疼，有一次打电话跟我说："你爹种的黏玉米都被野鸡吃光了。"我也很心疼，既心疼那些小苗，更心疼父亲使的力气。父亲是个闲不住的人，命运给予的重荷也不允许他闲着。奶奶去世很早，留下四个儿子和一个女儿。失去母亲庇佑的孩子要长大成人，势必要比别人多吃很多苦。成人后，又拉扯我们兄妹三个，靠着双手土里刨食，把孩子们供到修完各自的学业，其中的艰辛一言难尽。父亲懂得土地的重要，修行人一样，身如枯木，心如死灰，心里眼里只有他脚下的田地。从我记事时起，他把文人写文章的执着和细腻都用在了种田上，对于子女和孙辈的前瞻，无非就是种树和种田两件事。种一批树，大概需要八到十年的周期，是一项长期工程。种田，除了种好口粮田之外，父亲和别人的不同之处就在于，要留出几分地给孩子们种些好吃的。他平素沉默寡言，对于孩子们的宠爱便都在这每日的奔忙里。同龄人大多开始颐养天年，他不闲着，那些玉米都是在别人喝茶、下棋、打扑克的时候种下的。有时候，冲一杯茶，坐下来喘口气，才喝了没两口，突然又想起什么似的，抬脚走出门去到田里忙活。有时候，从镇子上回来，天色已晚，身子沉得没了力气，但是还要坚持着去看看他栽下的花生、豆角、黄瓜。步履虽然沉重，但栽下的希望轻盈，为了孩子们喝到纯正的苞米粥、吃到无公害的菜蔬，为了换得一张笑脸，听一声脆生生的"爷爷"，他什么苦都能吃。对他而言，似乎那些苦里藏着莫大的快乐。

怎么对付这些入侵者呢？我想起手机通讯录里有位卖农药的朋友，脑海里也闪过那些在网子里挣扎、最后蜷缩着死去的鸟雀的样子。

父亲却说："也没啥好法子，再种一次吧！"他的语气中没有抱怨、愤恨，甚至听不出他有什么情绪。在父亲的处世词典里，掠夺者吃玉米苗是为了生存，被掠夺者出于忙碌，也出于宽厚的天性选择了原谅，是很正常的。于是，这块土地上经常上演这样的场景：一边是父亲在田里铲除杂草，修整田埂、树坑；一边是雉鸡拖家带口在大田附近的水渠边啄食、饮水。起初双方是互相戒备的状态，时间长了，在两者都能接受的安全距离内，各自忙碌，倒也相安无事。这场景在外人看来也许是匪夷所思的，但又是真实存在的。入侵者和土地的主人之间似乎达成了某种共识，两者都依赖土地和河水生存，都遵循日出而作日入而息的原则，所以既不必架设冰冷的铁丝网自卫，也不需要狰狞的猎枪和棍棒来进行暴力袭击。最多就是轰赶一阵，吼几嗓子，它们飞走，过一阵子再飞回来。不争吵，也不跟你翻脸，好像这块土地天生就该有个勤快的老农,也该有一群不断来捣乱的雉鸡一样。

随着时间的推移,这种默契最终演变为一种亲密关系。有时候,父亲在树荫下打磨他的铁锹,金属之声在寂静的原野上回荡。鸟雀在天空飞翔,远处的灌木丛中偶尔传来几声高亢的鸣叫,似有金属之声。我曾问过父亲那是什么叫声,他说是野鸡。两种声音遥遥呼应,金属之声冲击耳鼓,让人感觉到大自然的神奇。有时候父亲会念叨"今天野鸡没来",他和母亲电话里提到的"野鸡",都是雉鸡。有时候他也会告诉我们,在田边发现了刺猬或者獾,它们吃了他种的花生或者玉米,进行了某些破坏。但他只是陈述事实,发现之后采取一些补救措施;提及它们的语气并非咬牙切齿,仿佛只是提及一个不善与人交往的邻居。

夜晚的村庄和田野都是安静的,人回家,鸟归巢。藤蔓继续攀缘,夜行的动物悄悄探头张望。古老的河流在北方流淌,灯光与星光汇成一片温情脉脉的海,叶子的窸窣犹如催眠曲,依赖这片土地生存的生灵们都被包裹其中。眠床舒适,睡梦中的表情愉悦,多少不同姓氏的人,多少种生灵几百年来都诞生在这里,是土地把它们结合起来;大家关注的是眼前的一啄一饮,是过好眼下的一天又一天。

雉鸡成了这片土地的常客。

在村人还没起身的时候,雉鸡们已经忙碌起来,觅食,嬉戏,筑巢,育雏。晴朗的蓝天下,汽车在乡间公路上飞驰而过,沟渠那边,站着一只拖着长尾巴的雄性雉鸡,它面向辽阔的原野,面对匆忙的人群,任凭外界风云变幻,它自岿然不动。

童年时代,我很少见到这种体型较大的鸟类。近年来,雉鸡的种群数量在增加,活动范围在扩大,它们开始接近人类的生活区域,表达出某种亲近感。无论是出于谋生的需要,还是生态环境日渐好转的缘故,总之,这是一件令人兴奋的事。远来的客人是为了探亲而来,那么第一只雉鸡是因何而来呢?也许是偶然的落脚,最初并没有打算长期停留;也许是经历了千万次的寻觅,躲开狰狞的枪口,躲开天敌的袭击,躲开不怀好意的兽夹,终于选择了这片栖息地。也许,当它怀着警惕的心啄食第一口嫩苗的时候,发现沟渠边的老农很反常,他并没有像自己想象中的人类那样气急败坏,欲置自己于死地而后快。也许是因为一份好奇之心,它也在暗中观察这位老农,看他如何对待土地上的生灵,看他呼喝几声,追到近旁却常常网开一面。看他像土地似的沉默着,不知劳苦、孜孜不倦地开垦、播种,使蛮荒之地变得有秩序,变得郁郁葱葱。

总之,后来它们决定留下来。日子简简单单,内心的愿望在时间的夹缝中发芽,继而攀缘向上,朝着广袤的原野举起一簇簇希望的花苞,绽开了,藏着的也不过是最朴素的声音:平平安安活下去。

雉鸡的叫声与众不同,那声音严肃、锐利,如同铁锹在水泥地上快速摩擦瞬间发出的金属之声,介于“嚓”和“咯”之间。这声音在浓密的树丛间回荡，它向世人宣告了雉鸡家族繁殖季节的到来。五月份是雉鸡们最忙碌的时候，小镇的近郊也能见到它们的身影了，对我而言，这是意外的喜悦。几乎每天上午或者傍晚都会听到这种高亢嘹亮的鸣叫，王者之气充斥着原野。每当结束一天的工作，暮色中走出沉闷的办公楼，触目所见的是西天边庄严的落日，或者东天边皎洁的月亮，耳边捕捉到这种亲切的叫声，一颗焦虑的心总能变得平静下来、柔软起来。

我知道，新生命正在孕育，我的朋友们正在忐忑又幸福地守护着。此刻，我能做的就是停下脚步聆听，聆听这晚钟般准时的祈祷。我们离得这样近，吃同一片土地上长出来的庄稼，喝同一条河里的水。白天同样为衣食忙碌，夜晚又在同一片星空下入眠。对大地而言，人类和雉鸡一样，都是它的子民。在那样的叫声中，心灵逐渐得到舒展，人渐渐摆脱红尘烟火的负累，忘掉了手机里一个个密集的通知，忘掉被生活催逼的急迫。它引领着听众们逆流而上，追溯到另外一个时空。

法国现实主义画家米勒创作的油画《晚钟》，画面中，一对农民夫妇在暮色中谛听远处教堂的钟声并进行祈祷。在荒芜的地平线上，落日的余晖洒满天际，辽阔的田野寂静萧瑟，当教堂的钟声响起，丈夫摘下帽子，妻子将双手紧握在胸前，他们在认真祷告。虽然生活艰辛，衣衫褴褛，土地上出产的食物不能赐予他们富足的生活，但是夫妇二人依然做着最虔诚的祈祷。他们对拥有的衣衫表达感激，对被赐予的食物表达感激，甚至对艰辛的生活表达感激。活着，并用双手创造幸福，也许就是那一刻他们的热望。画面中的农民夫妇让观众感到了高贵的单纯，而在画面之外，在一个个类似的薄暮里，在雏鸡或者其他生灵的鸣叫声里，我聆听到了生命的庄严之音。

六月份，父亲偶尔也能闲下来了。弟弟的生意不再那么忙碌，于是他的所有精力又回归到田地上来。

这期间，他帮大姨父搬了两天家。大姨所在的村子进行整体搬迁，土地被收回，全家人都搬到了镇上统一建造的楼房里。第二天搬家结束，傍晚的时候，父亲用电动三轮车载回一个工具箱，木头的、刷着黄漆。父亲把它放在卧室里，打算用来装一些零散的工具，扳子、钳子、剪刀什么的，后来，这个黄漆箱子成了他待客用的小茶桌。

他的老伙伴们，偶尔过来打打扑克、喝喝茶、谈论谈论最新的见闻。年轻人都出去赚钱了，田野在收麦之前是寂寥的，那些在田间劳作的，也大多是老年人。骑着三轮车或者电瓶车代步，用省下来的气力支撑起田野的繁荣。

父亲还从姨父家运回来几件农具——摊麦子用的木耙、一把扫帚、一个大笸箩。六月份收麦的时候，这些农具都能派得上用场。还有几件笨重的铁器和农具，父亲载不动，后来舅舅用汽车给运了过来。父亲说："家里有地，过日子的家什，万一派得上用场呢？假如当废铁卖了，又值不了几个钱，只赚了个心疼。"

远离了田地，城镇里的生活变迁并不像乡村那般明显，但是命运的暗河依然在汩汩流淌。六月份，当地的园林管理部门开始介入城镇周边的绿化带的管理。我开始担心雉鸡们的命运。根据它们的叫声，我判断在绿化带的灌木丛里生活着至少一对雉鸡夫妇，它们在迎接新生命的到来。如果被园林工人看到，他们是否也能对这些鸟儿们网开一面呢？

　　工人们往往先割草，再喷药，最后用耙地机把地上的一切都耙进土里。令人困惑的是，他们投入大量人力物力，不是为了土地的葱茏肥沃，更不是为了收获果实，而是要让这里变得寸草不生。被暴力剥夺生存权的不仅仅是草，还包括这里生活着的其他生命，每一次人类的介入，对它们而言都是一次严峻考验。

　　破坏的发生往往没有预警。六月份的破坏发生在北侧，雉鸡的巢穴在荒地南侧的树丛和杂草间，基本没有什么影响。但当时间推移到七月份，随着割草机的轰鸣声又一次响起，我之前最担心的事情还是发生了——那天清晨，照例去探访，我发现雉鸡家族的成员在一夜之间突然消失了。我在树丛中待了很久，一种巨大的失落感，一种无法宣之于口的痛苦充斥了内心。我像个无助的孩子一样立在那里，不知道自己能做点什么，不知道这种心情向谁倾诉！我可爱的朋友们，不是生长在乡野，而是生活在城郊并未侵犯人类的朋友们，它们是遇害了还是逃离了这块是非之地，不得而知。整个夏天，我再也没见到过那忙碌的身影，也没再听到那嘹亮的鸣叫，荒野一片沉寂。"没有鸟类的世界将丧失多少斑斓的色彩、美丽的景象和欢乐的时光啊！"（蕾切尔·卡逊《寂静的春天》），读到这一页的时候，我绝对没有料到书中描述的惨剧会来到我的身边，只用了短短几天时间。

关于雉鸡的消失，我猜测有可能是割草工人发现了雉鸡的巢穴。要知道，能发现一窝可以吃的鸟蛋也算意外收获。尽管这一窝鸟蛋外壳薄脆，值不了多少钱，也解不了多少馋，可是本着"认真负责"的态度，工人要把树丛和杂草间所有不允许存在的生物摧毁。作为被雇用者，他们无须看它们的脸色行事，只需服从安排。这块荒地隶属于一家单位，自从野草发芽以来，几乎每个月都会进行一次喷药。春夏季，强有力的喷雾器对准了树木和地上的杂草，从天空到大地整个织就了一张大网，饱含毒药的水雾不仅杀死了杂草，也能杀死草地上的昆虫。据悉，工人们喷洒的药物是"克无踪"，它有一个通俗的名字"百草枯"。这种药的毒性猛烈，五毫升即可致人死亡。当雉鸡吃下含有剧毒农药的草叶、嫩苗之后，其结果如何，可以想见。

在《寂静的春天》一书里，蕾切尔·卡逊还这样写道："有时候情况是这样的：虽然在某次喷洒化学制剂后，有些鸟类、哺乳动物和鱼类遭到了伤害，但过了一段时间，它们又恢复了——只是这并不意味着万事大吉，而是真正已经铸成了巨大的危害。"她提到了"知更鸟、蚯蚓和榆树"三者之间的食物链关系。当榆树被喷洒了杀虫剂，不仅杀死了人们原本要杀死的榆树甲虫，也杀死了蜘蛛和其他甲虫。秋天，蚯蚓吃掉落的榆树叶子，也吃下了杀虫剂,在蚯蚓的体内,DDT(一种杀虫剂)沉积下来。有一部分蚯蚓因此死去了,但也有一部分存活了下来。到了春天,知更鸟飞来,只要有十一条大个头的蚯蚓,其体内 DDT 的总含量就足以杀死一只知更鸟。即便是幸存下来的鸟类,因为体内 DDT 的存在,其生殖系统也遭到了破坏。

回到雉鸡的话题上来,农药、杂草、土壤及空气污染、鸟类中毒,这几者之间有密不可分的因果关系。雉鸡所面临的环境问题并不比知更鸟少,安全的绿洲已经不复存在。设想一下,那些生活在草地上的居民,那些以草籽、嫩芽和昆虫为食物的居民们,它们如何度过这样的浩劫?如何教会一只蜗牛爬得快一些,赶在农药降临之前逃离;如何教会一只新生的雏鸟辨识哪种植物没有经过药水污染、哪只虫子体内没有农药残留? 如何判断朝着土地走来的被称为“人”的物种,哪一个是友好的,哪一个是危险的?当饱含着毒药的喷雾从天而降的时候,谁能听见它们惊恐的心跳,谁能听到它们垂死挣扎时的呼喊? 甚至那些只做了简单防护就要整天接触剧毒农药的工人, 他们的健康又有谁来保障?

几年前, 当沉寂的土地上出现第一只雉鸡, 它鲜亮的羽毛——那骄傲的长尾赋予这块古老土地一分新的生机。雉鸡是什么? 在我看来,它已经超越叽叽喳喳的雀鸟,成为乡野蓬勃的灵魂。现在,城里人不允许它们立足,它们被驱赶,甚至被屠戮,树丛只剩下一片死寂。也许, 只有在梦中才能见到那样的场景了：在某个黎明或黄昏，草丛间多了软软的呢喃，新生命终于破壳而出，忐忑的父亲和疲惫的母亲终于长长地舒了一口气。接下来，在母亲的带领下，几个毛茸茸的绒线球会在草地上啄食、嬉戏，小脚丫细细软软，沙土上印下一行行"竹叶"，清澈的眸子映照出世界的安宁。

从六月到八月，浓浓的药味弥漫在树林和田野之间。喷药的方式起先是个体操作，用便携式喷雾器，后来改成飞机统一喷洒。校园旁的树丛间已经听不到雉鸡的叫声，也再没有见到它们飞翔的身影。荒地上，杂草一茬茬被消灭，又一茬茬顽强地生长出来，大有与那些杀生者长期抗衡的意味。草木可以复生，雉鸡们却没有再来，希望的场景始终没有再出现。是乡下人太不识数，所以允许雉鸡们侵入自己的生活圈子；还是城里人太精明，精明到连安放一只鸟窝的位置也不给鸟儿留下。

我打电话问父亲，田间现在是否还有雉鸡，他的回答是肯定的，这个答案也让我悬着的心放下了。

从夏天到秋天，父亲依旧在家园和田地之间过着简单的两点一线的生活。五月份，当第一茬春玉米被啄食的时候，他补种了一次，对雉鸡没有采取任何报复行动。"它们吃点也就吃点"，这是父亲的原话。五月底，幸存下来的第一茬玉米已经长到一尺来高，长势苗壮喜人，叶片乌油油发亮。补种的苗苗发黄，父亲追施了底肥。被啄食的范围大概有两趟，长二十米左右。六月中旬我回家,发现初播和补种的玉米苗的差距已经不太明显,它们一起肆意伸展着宽大的叶片,顶端已经开始秀出粉红色的缨子,既冷静含蓄,又饱含热烈的期待。在学校附近的荒地上,又钻出一茬新芽,幸存下来的鹅绒藤举起一簇簇干净的小花,大地用盎然的生机暂时掩盖了人类留下的蹩脚痕迹。

粮食进了仓,父亲终于可以完整地把茶杯里的水慢慢喝完。他坐在黄漆木箱的旁边,端着杯子,吹去浮沫,一小口一小口地啜饮,这是他难得的悠闲时光。然而,这种幸福没有持续多久,村子里有收走土地的传闻,父亲开始变得不安起来。鸟类被驱离家园,尚有翅膀可以寻觅新的落脚地,人呢?父亲有时候跟老伙伴们聊聊;有时候茶水喝到一半,他就抬脚走出去,到村口站一站,愣一会儿;有时候到地里转转,很久才回来,谁都不知道他在想些什么。那些粗笨的农具和铁器,厢房屋放不下,只能挤在墙角,一天天被风雨锈蚀,一天天随时光老去。

刘丽丽,山东滨州人。作品散见于《人民文学》《散文》《散文选刊》《芒种》等刊。著有散文集《十三岁,世界告诉我们什么》《野草物语》等。获冰心散文奖等。

(《黄河文学》2022 年第 4 期)

大地词条

◎ 田 鑫

省略

和那时候相比，一切变得简单起来，人们省略了很多。

那时候到底是啥时候，我说不清楚，只记得日子刚刚好过，人们不用再挨饿。可是，我要吃白面馍馍，可不是伸手就会有的，要等母亲用麦斗从麦栓子里盛出小麦，装满一尿素袋，然后推着架子车到几里地外的磨坊去磨面。磨面的器械是那种看上去很工业的简易磨面机，像个漏斗，麦子倒进去，机器轰鸣声一起，整个磨坊里就像仙境，白蒙蒙一片，磨面的人操作着按钮，麦子在大漏斗里来回反复，我蹲在院子里看一只猫抓捕麻雀的间隙，麦子就被分离成白面和麦麸，白面留着做面条，麦麸喂猪喂牛。白面磨回来，倒进面柜，母亲就开始发面，白面馍馍算是看到了希望。我痴迷于母亲做馍馍的过程，曾不止一次蹲在灶火边，一边等着馍馍，一边观察做馍馍的过程。面和水混在一起的过程，和我玩泥巴并没有两样，可是面团在母亲手里来回揉动的时候，仿佛张三丰在打太极拳,有波浪的起伏感,面时而聚合,时而离散,这一刻,我觉得母亲就是武侠电影里的高手。最后在擀面杖的作用下,成为饼状,只等火候。我塞了好几根木柴的灶火旺盛,锅底的少量胡麻油也被均匀地荡开,母亲这个高手开始展示最后的绝技,面饼下锅,又是一次打太极的过程,面饼上下翻飞,胡麻油均匀地粘连在面饼上。面饼变得金黄的时候,就有香气散发出来,我已经流口水了,母亲却不急着给我吃,而是拿了盘子,盛上第一块饼,摆在堂屋的供桌上,我只能等第二个饼。灶火边等馍馍的习惯,在母亲去世之后,由奶奶继续,我一直觉得,等着馍馍出炉的过程,要比吃馍馍还要值得期待。如果再稍微发挥下想象,等着吃馍馍的时间跨度,其实很长的,要等着从小麦从种子变成麦苗,要经历春天的抽芽,夏天的收割,要从磨坊到面柜。现在回乡,这一切变得简单多了,吃一块白面馍馍,只需要去一次集市,麦子成长的过程被忽略,面粉变成饼子的过程被忽略,我只需要交出钱,就能吃到白面馍馍,味道虽然比童年时的可口,但是总觉得少了什么。

说起集市,这个镇子上的人们学习买卖和了解行市的地方,就想起牛来。我曾经跟在父亲后面,把家里壮年的犍牛赶到集市,换了钱供我读书。在这里,要买卖一头牛,先得根据家里的情况做个评估,买犍牛还是乳牛,要盘算好,犍牛耕地,乳牛耕地之外还要生产,然后怀揣小心思去集市。一般不能当天完成交易,因为还要经历窥探、打听、观察这些环节,谁家的牛来路正,身板硬朗，价格合适，要做到心里有数，这样才能化解一场投资所隐藏的各种不利因素。看牙口，试脚力，顺毛发，仔细拣选到相中，交易才真正拉开序幕：找个中间人，买卖双方之间来回周旋。我见过议价的过程，买卖双方衣角掀起来，手伸进去，等着中间人问价，指头之间的变化是看不见的，只能靠买卖双方的表情判断交易的紧张程度。成交之后，还要经历卖主的眼泪不舍以及买主的满心欢喜。现在，这些程序都省略了，因为村庄里已经没有几头牛可以买卖，而需要牛的人，也只需要一个电话，就有牛贩子拉着牛到村庄里任由挑选。衣角也不用掀了，磅秤将牛换算成肉，一斤多少钱随行就市，不用买卖双方再较量，成交之后，也见不到卖主惆怅，买主也像买了件农具一样，将牛拴在牛槽上，就算完事了。

　　人吃五谷杂粮，大小会有个啥病，没病的也总担心哪天出个啥意外，因此，山神庙就成了祈福许愿的去处。山神庙一年四季开着门，却并不是天天适合去，春节前后是最佳的时机。去庙里烧香之前，先要去鸡圈里挑选养了一年的鸡，这些鸡，背负着敬神的使命，往往长得比其他鸡更好一些，鸡冠更突出，羽毛顺溜且有光泽，两只爪子伸开，更有长在地上的气势。人们相信，只有拿这样的鸡做牺牲，才能获得神灵的垂青和保佑。而山神庙里的神灵，从接受了许愿那一天开始，就装着叩拜者的愿景，明里暗里使着劲儿。去还愿之前，要净手，要准备香火，要带鞭炮，要想好怎么感谢神灵，并且巧妙地将下一年的愿续上。跪倒在山神庙里的时候，要面带虔诚之色，三叩九拜要有模样。我从小跟着爷爷还愿，对这一套程序烂熟于心；可是，等我带着我的孩子去山神庙的时候，才发现，一切都不是以前的模样了，几个不认识的孩子捏几只炮，把大人们准备好的香火扔到一起烧了，省去了烧纸磕头的环节，少去了祈祷，直接进入放炮的环节。庙门口炮声此起彼伏，山神庙里却无人叩首，观音、药王爷、财神爷干瞪着眼睛，不知道该保佑谁。

死亡和出生可是村庄里最具有仪式感的两件事。孩子出生之前，母亲隆起的肚皮让整个村庄操心，因为出生能为村庄里添丁，这是一件大事，也是一件值得庆贺的事，等孩子降临，全村人都会来道贺。而等待一个孩子出生时，所有的事情要停下来，一家人蹲在屋檐下，心里默念着土地爷保佑，等着那一声啼哭以及接生婆的报喜。可是现在，原本属于这个村庄的很多孩子，出生已经和村庄里的土地爷、接生婆再无关系，在城市里的医院，来自村庄的祈祷和等待显得无力，出生的喜悦大多是一个电话送到村庄的，并不会引起整个村庄的注意，直到有一天，这个孩子回到村庄，大家才知道，哦，村子里名义上又添了一个人。现在，每个村庄里，都能看到抱着集市上买回来的馒头啃的孩子，他们的父母在城市里，省略了他们的童年，省略了一起去公园看猴子一起去游乐场滑滑梯一起去田野里分辨麦子和韭菜的过程，而是将他们交给祖父祖母。这些被委以重任的老人们，省略得更为彻底，他们把陪伴省略成隔三岔五的电话，把疾病省略成躺在病床上的呻吟,等到他们再也走不动了,本应该有一场隆重葬礼的事,也被省略成哭声、仪式、酒席、告别,最后一生被省略成一个土堆。

省略的生活让村庄变得空空荡荡,毛驴和石磨、井绳和水井、集市和交易……都被晾在一边,大家对简易的生活乐此不疲,总以为这样不会有什么问题,殊不知,村庄也省略了他们,不再替他们留住任何东西,盖下的房屋、走过的路、使用过的老物件,只要不再有人惦记,村庄也很快会让蜘蛛网和杂草覆盖它们。只有在他们死后,留一个坑,埋了,至于埋下去的这个人这一生是怎么过的,大地无心过问。

灯光

最开始,我以为,这世上的所有的光,都是煤油灯发来的。

白天的太阳,一定是无数盏煤油灯一起点亮的,才会有那么持久的光,要不阳光照在母亲身上的那部分,怎么跟煤油灯照在母亲身上的那么相似?

夜晚降临,无边无际的黑把村庄铺满,母亲扣紧木门,拉开抽屉,拿出火柴盒,取出根火柴,火柴划过,哧溜一声,黑就被赶出了屋子,灯芯上的小火苗卖力地燃烧着,像个要够高处放置着的玩具的孩子,一跳一跳,可不管它怎么努力,只有豆大一点儿。

母亲所有的针线活都是在灯光下完成的,白天有太多的粗活等着她,只有晚上,她才能清闲下来,把细细的线穿过针眼,然后在布与布之间来回翻转。母亲拉长针线的动作真优美,豆大的灯火,将她的影子投射在墙壁上,一个巨大的胳膊在静止的空气里挥动,有收割的喜悦,也有爆发前的沉默。我的整个童年就这样被点亮了。

甘渭河畔习俗,正月十五不吃元宵,而是点荞面灯盏。荞麦和面,揉成馒头的样子,但又不是很圆,母亲用擀面杖在中间捣个窝,再放进蒸笼。雾气升腾中,一锅荞面窝窝头做熟了。

小孩拳头般大小的荞面灯盏,和我们一起等着正月十五的到来。天一黑,它们整齐地出现在供桌上。这些灯盏,绝对不会多出一个,也不会少一个,对于家里包括牲畜在内的所有成员,母亲绝不偏袒。

点灯时分降临,母亲给荞面窝窝插上灯芯,倒上清油,然后开始摆灯:我一盏,妹妹一盏,父亲一盏,母亲一盏,当院的天官供桌上一盏,厨房的灶王爷一盏,上房供桌上的先人们一盏,大门供台上也要一盏,有游魂野鬼刚好路过,不会怕黑。剩下的灯盏就要分配给牲畜和粮食了,住牲畜的房间各一盏,牛比鸡要占便宜些,一头牛独享一个灯盏,而一群鸡只能共享一个灯盏。

灯盏分配结束,点灯仪式正式开始。我在院子里放过鞭炮,父亲划亮火柴,母亲手执一根缠着棉花蘸着清油的细竹竿接火,然后逐一点燃灯芯。夜幕之下,几十个荞面灯盏被母亲逐一点燃,几十尾灯焰像庄稼一样长在荞面灯盏里,清油燃烧的火苗和黑烟,瞬间把屋子变成仙境。

平淡的日子一下子被点亮了,我目不转睛盯着我的那盏灯,想象着棉花烧尽后灯芯上出现的那个灯胎。母亲说,谁的灯胎最大,谁来年的收入就最多。可是等不到灯胎出现,我就睡着了,醒来的时候,往往看见母亲在灯盏下缝缝补补。

那些年,我们的日子贫穷破旧,全凭母亲操劳缝补。母亲这盏灯似乎从点着之后就没有停歇过,在小小的院落里,洒过光芒,不大的村庄里,灯影也游走过。那些年清贫的日子,都是她微弱的光亮充实的,可是,眼看着小小的院落变得丰盈起来,这盏灯却被吹灭了。母亲闭上眼的那一年,我们已经用上了电灯,开关一摁灯就能亮一天。母亲躺在晃眼的灯光下,我们泪眼婆娑,总觉得洒在她身上的灯光,不是来自灯,而是她自己本身发出来的。命运风一样吹着她,灯光一闪一闪的。我想伸出手去罩住她,给她做个灯罩,可是手伸过去一点,母亲的身体就会暗一些。我想起那时候保护荞麦灯罩的情形,我们越想让灯芯旺旺的,风就使劲冲着灯罩吹,我们又不敢挪动它,只能看着风扯着小小的火苗。我们围着母亲,生怕风把她吹灭,土炕被围得密不透风,我们成了母亲的灯罩。可是,挡住了风,却挡不住灯芯枯竭。

母亲这盏灯还是灭了。我们小心翼翼地把她埋进土里,她成了大地的灯芯。头七,我们按照甘渭河一带的风俗,去给母亲的坟头挂灯,想着有一盏灯亮着,暗夜里母亲就不会孤独。灯装在用纸糊的灯笼里,一个褐色的药瓶子做成的灯盏里,装着满满一瓶子煤油，灯芯是用新棉捻成的，在煤油里浸泡过之后显得臃肿。这个瓶子原本装着的药片，搭救过母亲的命，可是那些白色的药片最终回天无术，那天，它变成一盏灯，替我们照亮母亲。

灯是从出门前就点着的，我小心翼翼地提着它，生怕它被打翻，被风吹灭。它可是要在母亲的坟头亮一夜的。在天快要暗下来之前，一盏灯穿过巷子，穿过村庄，穿过麦田，天黑之前挂在母亲的坟头。这样，母亲就不会怕黑，也就能转身从别处拿出针线来继续在灯下做了。

灯挂在坟头，天彻底黑了，老天爷好像是专门等我们一样。我跪在灯前，磕头、作揖，然后蹲坐在坟头，想着这样母亲就能看到我，看到一张被灯盏照亮的脸。无边的黑从四面八方压下来，四周阒静，能听到煤油在棉花上燃烧时发出的嗞嗞声，这声音跟母亲的针脚穿过麻布时一模一样。

我怕再听下去会放声大哭，那些年，那么多的苦日子，母亲都有本事把心灯点亮，带我们渡过难关；现在，母亲没了，悲伤成了我最大的难关，可是没有人领我，只有眼前这一盏煤油灯，在风里摇曳着。

恍惚之间，我觉得母亲就站在这摇晃的光里看着我。

河流

旱塬上的河流，有很多种形式。你站在塬上往村庄里看，村庄本身就是河流，三面环山，每一条路就是一条支流，不管风从哪里吹来，或者人从哪里来，路都能带到合适的渡口。

抬头往天上看，天也似一条河流。天空平静的时候，没有云彩天空就变成了海，遥远而辽阔，就差倒映出大地上的事物了；愤怒的时候，云彩裹挟着闪电，要把天和地翻个个儿的感觉。大地上的人们就躲起来，等着这愤怒平息，云朵重新变成河流，流到大地上。这样，旱塬上的河流就复活了，在此之前，河床裸露，虚土在风的作用下，代替水流动。

旱塬上，作物是更为具体的河流。玉米笔直，既是一泻千里的流水，又是翻飞的巨浪，在大地上以静态的方式奔腾。豌豆是藏在河床的暗流，弯曲的茎蔓，向深处延伸，蛇一样缠在玉米上，豆荚里藏着圆润的珍珠般的小果子。小麦是平原上的溪流，舒缓、迂回，恨不得漫过整个平原，它的野心比玉米大。我常常站在麦浪中间，张开双臂，等风吹过来，起伏的麦田中间，我也成了有野心的浪花。

耕种下作物的牲畜们，用蹄子在大地上冲出属于自己的河床。牛走过的地方，泥浆厚实，有积水窝在蹄窝里；马跑过之后，尘土四溅的样子和水花四溅的样子一模一样；毛驴性子缓，它应该是曲折婉转的小溪，经过的地方，痕迹漫漶，你都不知道它是不是流动过。

连那些贴在地面上的花花草草，也都是河流，它们细小的花朵，低矮的茎蔓，都是河流的组成部分。打碗碗花用小旋涡让我迷路,马兰用二十二个花瓣把河流分解成二十二条更小的溪流,蒲公英像瀑布四处飞散……我躺在一地花草之间,觉得自己开始涌动,开始流淌。

人本身就是一条河流,不过是站立的行走的河流。每一条毛细血管都像山泉一样,汩汩流出最初的水,血管再将它们运送到身体的每一个方向,这河床,百转千回,乳房是身体这条河的外流河,隆起的部位,喷薄的火山,时而激情暗涌,时而寂静如初,而膨胀的火山一旦爆发,一定有小嘴唇作为外流河的入口,一条河和另一条之间,吸吮、吞咽、消化、吸收……没多久,幼弱的河流就日渐丰腴起来。

河流本身是无情的,不管往哪个方向去,都不准备再回来。不过,它并没有带走所有水,留下一部分滋润大地,另一部分补给人和牲畜。人吃水的时间长了,就有了水的性情,反复,固执,无情,终有一天,也像水一样流向未知的大地,那时候,旱塬将再次干枯,万物裸露。

仇恨

我正在麦苗刚没过小腿的麦田里走着,突然就像中了魔咒一样,小小的胸腔里,有说不出的感觉:压抑、痛苦、愤怒、仇恨,我不知道这一股莫名的情绪来自哪里,所为何因,只知道我需要发泄,需要呐喊,需要把胸腔里的东西排挤出来。

我冲着山下的村庄大吼三声，这时候就有躲在隐秘处的东西飞出来，惊慌失措，我以为是我内心里的感觉飞出来了，却是一只呱啦鸡。这让我有些失落，还是不解恨，还是想发泄，就跑到一棵树的下面，三两下把最笔直的树枝折断，这树枝也像中了魔咒一样，在我手里舞动起来，见到啥打啥，我向空中挥舞，能感觉到风被抽打的快感，呼呼呼的声音让我愈加疯狂。我朝地上摔打，树枝刚落地土就发出嘭嘭嘭的声音，尘土飞扬，每一粒土都带着惊讶的目光，我对着麦苗乱扫，麦叶上绿色的血四溅，我快意泯恩仇，像侠客征服了整个世界一样。

　　在村庄里，我能对付得了的，只有这些长在大地上的植物。

　　人太复杂，我连自己的父母都无力抵抗，更不用说别人，父母说过年才能穿新衣服，所以其他时间我的衣服总是皱皱巴巴的，不是留着哥哥的鼻涕，就是留着堂兄弄上去的红色墨水，他们的个头都比我大，我穿他们的旧衣服总显得宽大，像稻草人走在村庄里。父母还说我这个年龄的孩子不能老去河里摸鱼，不能总是爬在悬崖边抓鸽子，要把老师发的书多看几页，这样就能和大表哥一样长大到城里给人开吉普车。总之，他们总把我搞得很烦躁，我总想着离开他们，他们却想方设法让我足不出户，我曾经抵抗过，也在一个下午沿着出村的土路准备来一个十岁出门远行，脚步迈得很有力，可是连镇上都没走到，就被拦截，最后，一顿鞋底子把我抽得老老实实。我打不过父亲，又不能骂他，就暗暗地恨他，诅咒他，希望他在路上走着走着就把脚给崴了，然后在土炕上躺上几天，这样我就不怕他发现我摸鱼抓鸽子追着用鞋底子扇我；希望他晚上出去打牌一直输钱，输到别人不让他走，这样我就可以趴在土炕上看电视到深夜。可是恨有什么用呢，诅咒又有什么用呢，父亲总是在我觉得不应该回来的时候回来，总是在我觉得不应该出现的地方出现。而别人更麻烦，我的语文老师总是放学后留下我们背《新华字典》里那一个个永远也记不住的汉字，数学老师反复折腾那几个洋码字用加减乘除闹出另一堆洋码字，我搞不清楚它们之间的关系，只希望它们能变成我家的鸡一样，用一个符号相加或者相乘就能变出一堆更大的数字。

其实，我最恨又最想对付的那个人，是舅舅。那个眉毛和我一样粗粗的，嘴唇和我一样厚厚的，说话和我一样笨拙的舅舅，他是母亲的哥哥。母亲活着的时候，舅舅经常来我家，不是拎着一只呱啦鸡就是捉一只活蹦乱跳的野兔子，傍晚的时候，父母陪着舅舅在火炉旁聊天，我啃着呱啦鸡肉或者逗兔子玩，感觉自己像个住在温暖城堡里的小王子。可是没多久，我就在舅舅那里失宠了。母亲在一场事故中死去，舅舅作为她的哥哥来参加葬礼，让我生气的是，整个葬礼过程，他竟然一滴眼泪也没有流。我哭得快要没气了，他沉着脸坐在人群里当亲戚吃席。我哭一会儿看一眼舅舅，哭一会儿看一眼舅舅，他就是不哭，他一直搛着菜，和别人喝酒。我就开始怀疑他此前所做的一切是否真实，内心生出一种看清他真实面目的恨意来。这个人怎么能这样？他的妹妹死了,他的外甥没有了母亲,他难道不应该流眼泪吗？他难道不应该哭泣吗？可是他没有,并且葬礼结束后,他的行为更让我伤心了,不再像以前那样,隔三岔五带着呱啦鸡和野兔子到我家,甚至春节走亲戚也是跟着一大群人来,混在人群中吃吃喝喝,然后坐不了一阵子就走,连抱我一下都不愿意。农历二月,是舅舅转亲戚的时候,"二月二炒豆豆,家里来了个你舅舅……"一大早,村里的孩子围在一起唱这首歌谣的时候,都瞪大眼睛等着舅舅出现,我也瞪大着眼睛,可是唱歌谣的人最后就剩下我一个人了,舅舅还是没有出现。我一个人站在村口,心里只想着一件事:我恨这个人。我想去他家门上骂他一顿,质问他为什么二月二不来外甥家,可是我没有勇气,只能在心里默默地恨他。我想过很多报复他的法子,没有一条成功的。后来有人告诉我,正月里剃头死舅舅,我就第二年大过年地跑到镇上的理发店去剃头。理发店先是不开门,等开门了又说正月里不理发。我软磨硬泡让推子在头上跑了一圈之后,就高高兴兴回家等着舅舅死去的消息。那些天,我有一种大仇马上得报的兴奋感,却一直没有听到任何和舅舅有关的事。我开始沮丧,看来舅舅命硬,外甥正月里理发都没办法让他死,我只能认命。

舅舅人不来了,自然就没有呱啦鸡肉吃,不过吃家里养的鸡,也还算童年里最美好的记忆。可是,我们家的鸡也不好对付,我想要一个毽子,它脖子上和尾巴上的羽毛最适合,我就去鸡圈抓它,刚进去,一群公鸡就警惕地抻直脖子,目视前方,很明显它们已经做好了战斗的准备。我瞅准一只有蓝色羽毛的公鸡准备下手，刚一靠近，它就跳起来冲向我，手背瞬间被啄出一个口子，血立马冒了出来。我捂着手冲出去，找来竹竿想和它决一死战，可惜竹竿还没伸进去，一群鸡趁机溜出鸡圈，满院子乱跑，这下我更束手无策了。鸡没抓着，换来奶奶的一顿骂，说我闲得跟一头猪一样，整天没事干就知道闯祸。我哪能跟一头猪比啊，人家一天躺在猪圈里可舒服，我呢，挨骂不说，还要去地里干活儿。其实猪也不好对付，一到腊月，我们就盼着大人们早点架起炉灶烧水杀猪，这样我们就能玩到猪尿脬，一群孩子在尘土之上追赶一个猪尿脬，那种快乐是其他游戏难以替代的。我们买不起足球，只能等一头猪被五花大绑。可是到杀猪的时候，我家的猪咋绑都绑不住，它好像知道死期已到，圈门一打开就窝在墙旮旯里不出来，进去赶也不出来，只一个劲儿地号叫。好不容易赶出来了，瞅准没人的地方撒开蹄子就跑，我们一群人跟在后面追，远远看上去像某个电影里的桥段。养肥的猪终是跑不过我们的，被控制住之后，除了一个劲儿号叫外，后蹄死死顶在地面上，怎么拽也拽不动。但猪还是抵不过人，最终，在一声长号之后，血溅当场。

人和动物我对付不了，大地之上的植物跑不动，自然就成了我发泄的对象。

我除了打过刚没过小腿的麦子，还在玉米帐子里砍杀过玉米，到葵花地里拧断过葵花的头，把苜蓿连根拔起，让车前子变成一根没有籽的细棍。在村庄里，我随时都可能对一群植物下手，不是让它们残缺，就是连根拔起看它们在太阳底下枯萎。其实，不止我一个人这样，村庄里很多人都拿植物出气，你去山上看看，每一块地垄上都搭着枯萎的植物。

不过那都是前几年的事情，现在的情况已经不是这样了。今年春节回老家过年，我就想着趁机带四岁的女儿去山上认识一下大地上的事物。村庄像一口锅，我们在锅底的部位居住，作物们住在水渠之上的山上，我带女儿去山上，没看见作物，却越走越荒凉，很多地空出一大片，冰草和野蒿子密密麻麻挤在一起。山上啥时候被野草占领了？我站在地垄上，没有作物可指认，只能指着水渠下的地膜对女儿说，冬天农作物都在地膜之下沉睡，等春天来了再领你来认识它们。

春天来了，这里还会有作物吗？我心里没底，陪着女儿在野草之间站立。看着眼前这一块接着一块的野草，突然就想起曾经被我作为发泄对象的农作物们，它们都去哪儿了？山上原本是它们的领地，紫色的苜蓿花开的时候，粉白的荞麦地里蜂蝶成群，抽穗的麦子暗暗发力和身边的玉米比身高，玉米哪有工夫理它们啊，它们已经准备好了长长的胡须并且把所有心思都放在玉米棒子上。现在，这一切都看不到了，取而代之的野草，肆意生长，从一亩地到另一亩地。哦，其实在农作物没有出现之前，这山坡就是野草的，它们按照自己的规律生长，喜阴的躲在阴面，喜阳的长在阳坡，喜水的或漂在水里或站在水边，人没有住进村庄之前它们就拥有这片土地，人来了它们就成为寄人篱下的野孩子。现在，一大批人走了，留下的大多已经无力再到山上侍弄庄稼，于是，地只能荒着，这时候野草重新回来，回到它们以前的位置。面对这荒野，我的内心有一种莫名的伤感。

那些被我抽打过的作物们不知所终，那些被我恨过的人又在何处？下了山，我决定去看看他们。我先到小学校去找我小学的老师，白色的围墙和铁大门上的新锁，把我拒绝在童年之外，这里已经找不到我的名字和课桌，让我背字典算算术的老师们，也已经打了铺盖卷，回到家乡养老，我只能在记忆里向他们表示歉意。正月初二，是村庄里转丈人家的日子，父亲已经没有丈人可看，多年没有去过舅舅家的我，想着代表他去转转，看一眼当年被我恨过的舅舅。

有些东西似乎一辈子都不会变，舅舅家就是。低矮的门洞进去，一抬头还是那眼窑洞，眼睛一样欢迎过我的窑洞，只剩下了眼窝，内部坍塌，墟土已经将入口封死，看不见内里的旧时光；右手是住着农具和粮食的偏房，房檐上的对联印进木头里，红红的"福"字膏药一样贴着，却无法救治一座老房子的疑难杂症；左手是厨房和上房，厨房门口的三垛蜂窝还是童年时的样子，土的颜色发白，垛里的蜜蜂屁股对着我，静默无语；上房里八仙桌油乎乎的，已经看不出木质，八仙桌上方的牌位和中堂，走漏了经年的风声，我跪下，向八仙桌上的牌位烧香焚表三叩首。我冲着躺在土炕上的舅舅说给您拜年了，舅舅的声音还没落地，我已经站立在炕头。躺在炕上的舅舅，这个眉毛和我一样粗粗的，嘴唇和我一样厚厚的，说话和我一样笨拙的舅舅，已经和我童年里喜欢、期待、诅咒、报复的那个舅舅完全不一样了。此时，他脸色铁青，嘴唇发紫，眼皮耷拉着。他看见我进屋的时候，眼泪应该已经涌出来了，我坐在他身边的时候，眼泪流到了他的脸颊上，因为躺着，就窝在那里，不再往下流。我也像这眼泪，窝在炕沿上不知道说啥。舅舅已经老得快下不了炕，想起当年我诅咒他的那些事，我突然觉得自己荒唐极了。

　　不过有些事情还是要说出来，比如我必须问舅舅为什么二月二的时候不来我家，为什么不再给我送呱啦鸡和野兔子。舅舅不语，舅妈说，还不是穷，你妈在的时候，你舅舅拿个啥去你家你妈都不会嫌弃，你妈没了，你舅舅就不好意思去了。这句话让我有些哽咽，童年已经过去好多年了，舅舅家还是记忆中的样子，这么多年，日子该有多难过啊。我突然就觉得自己是一个可耻的人，总想着得到，总想着报复。这么多年，舅舅没来看我，我也负气没来看过舅舅，很多事情就被仇恨悬在了空中。

　　从舅舅家回来的路上，我把车速降得很慢，看着路两边萧瑟的草木，看着来往的行人，看着从舅舅家到我家之间这一座座熟悉又陌生的村庄，噙在眼眶里的泪水就落下来了。原来，有些人有些事，恨着恨着就恨不起来了，多年之后也才发现，当年的那些恨多么微不足道。又觉得，人心里总是要装着一些恨的。于是就恨这时光，恨这悄无声息的时光，把大地还给了草木，让村庄变得荒芜；于是就恨这时光，悄无声息的时光，偷走人年轻的容貌，给他疾病，给他痛苦，让人无法直立行走在这世间。

　　田鑫，一九八五年生。发表散文多篇，部分被《散文选刊》《散文海外版》选载，入选年度选本。出版散文集《大地知道谁来过》《大地词条》等，获宁夏文学艺术奖、丁玲文学奖、百花文学奖等。

（《黄河文学》2019 年第 2/3 期合刊）

彭阳的青绿画卷

◎ 陈美者

广袤大地。这是初来宁夏那几天心中一直出现的词。我从建筑鳞次栉比的坊巷之城而来，在银川落地，然后坐车一路直奔固原。好漫长呀。车就那样一直向前开着，我睡去一会儿，醒来一会儿，醒来时总看见无数的平原在我眼前展开，玉米地、羊群、羊群、玉米地……寥落如星辰的房子，还伴随着远方若有似无的山脉。更多时候，则是在半睡半醒之间。这是闭关读书三年后首次远行，重新拥抱现实，蓦然惊觉自己已然四十，许多人事皆已离我远去，真不知如何是好。一时恍惚，觉得整辆车仿佛都开到了时间之外。

一路上，玉米长得越来越高，我们过茹河，抵固原，到彭阳。

来之前，我已有诸多想象：黄沙弥漫、旱灾奇重、积雪经年不消；帝国命脉、刀光剑影、兵家必争之地；驼铃声声、宝石闪耀、丝带风中飘扬。帝王的皇家气派、将军的赫赫战功、僧侣的苦行跋涉、墨客的经典诗篇，都是留在这片大地上的痕迹。我甚至想象过总与骆驼相伴的商贾干裂的嘴唇与双眸的锐光。

当我站在彭阳金鸡坪时，映入眼帘的却是一片叠翠的田园风光。

居然是这样的青绿画卷啊。梯田层层叠叠，流连铺展于山间，一座山连着一座山，一层田挨着一层田，宛若波涛翻滚，一浪叠着一浪，让我不由想起闽地的霞浦海岸线。可以想见，在晨曦晚霞时分，在落雨起雾季节，这样的广阔梯田，该有着怎样的灵动之美、家园气味，怕是那些身骑战马的悍将或手牵骆驼的商贾望见了，也要动一点儿思乡归家的念头。

但也仅此而已。对于一个见多青山绿水的南方人来说，彭阳梯田只能算宁静美，还不至于震撼。直到我了解它的来历。

此地原来几乎就是荒山，黄沙弥漫，水土流失严重。1983年，彭阳立县，此后四十年间，一代又一代人不停接力，改坡造地、修建梯田、封山育林，方才捧出这样一方绿意。彭阳的朋友说，自退耕还林二十年来，每年春天，大家就全部上山种树，十来天时间里，扛一把铁锹，带一壶热水，穿一双胶底鞋，日出而作、日落而息。可是只要辛苦种下就可以了吗？没有水啊，植株在旱地的成活率是大问题。种下的树还未长成，就可能被夹杂着黄土的风呼啸着拔走。也许第二年春天，来种树的人换了一拨，但种树的位置却不变。

苦寒之境哪。然而，除了继续种树，还能怎么办？

在这样一个黄土丘陵沟壑区种树，不能盲目地种，光有热爱并不够。这是一件专业度很高的事。当地有一个独特做法，采用

"88542 隔坡反坡水平沟造林整地技术"。我琢磨过这个技术的概述图，大致如下：在小坡度的荒山和退耕还林的缓坡地段，挖一个坑，宽八十厘米、深度八十厘米，挖出的土堆做外埂，用来防止水分流失，埂不能太窄也不能太低，标准是宽五十厘米、高四十厘米。坑是用来做栽植穴的，还不是梯田的田面，真正的田面要宽达两米。田面并非完全平整，要有小幅度的反坡，自然也是为了防止水分流失。这项技术显然是以几个重要指标命名，方便人们记忆和操作。理论上如此，实施的时候还要考虑坡位、坡向、坡度等各种因素，每隔数米还要修筑拦水埂，作为集水坡面等。整个技术的核心目的只有一个，让土壤中水分尽可能地保存，并假以时日，改善土壤的结构和质地。

这真的是经年工程。四十年过去。春天种下的山桃成活了，山杏成活了，沙棘、柠条布满山坡，偶有兔子、狐狸在林间闪过，黄土高原的环境被改变了，森林覆盖率从最初只有百分之三到如今快百分之三十七，荒山变生命之山。梯田成规模，汇成优美的线条图，不愧于"大地指纹"的美誉。每道宽两米的田面上种满小麦、玉米、胡麻、油菜、大豆、苜蓿，它们随风摇曳，沉静又生机，朴实而壮阔。

置身于此，深刻领会到生态学的第一定律：万物皆彼此关联。因为整体环境和土壤变好，能种的树木品种也渐渐变多。有些低产山杏被嫁接为红梅杏，还种云杉、连翘等，并以针阔混交、乔灌草花搭配的造林模式，打造立体生态景观林。物种丰富了，四季皆有不同风光。春天,桃、杏、李开得绚烂,遍布田间,好一幅山花烂漫图。夏天,树、木、草一律着翠衣,清新、葳蕤、身姿昂扬。秋天,桃儿、杏儿的果实挂满枝头,甜蜜渗进人们的唇齿间。冬天,雪给了这些辛苦生长一年的植物休憩的机会,世界清白,素净中又酝酿着无限的力量。彭阳的山仿若身披不同颜色的霓裳,在日光、云雾、白雪中翩然而立。一年四季,景色长美。

此刻,极目远眺,只见蓬勃生长的梯田,就卧在葱郁树林的环抱中。彭阳的朋友对此充满骄傲,谈起此脸上是安详、洁净与尊严的表情。彭阳梯田呈现的不仅仅是空间意义上的线条美,更展示出时间的力量,是"四十年"在这片土地留下的痕迹。它不是普通的自然奇观,而是人们以双手捧出的绿色奇迹,是数代人共同坚守创作出的艺术品。在恶劣的环境下,默默地劳作、付出,承受失败,再劳作、付出,总结经验,最终在一棵又一棵树成活的基础上,让一片树林成活,乃至改变一座山的命运,形成全新气象。

当我不再无知时,凝望周围世界的眼眸中就多了一些流动的光。我开始认真看周围的树木。树木是多么好看啊,世上就没有一棵树会丑,丑也可爱。除了山桃、山杏,还有我熟悉的云杉、松树等。但它们长得和南方的不同。这里的树木枝叶都是细细瘦瘦的,几乎没有阔叶,结的果实也是一副小心翼翼的样子。我掌心里的那枚松果,叶片更是叠得细密,一片一片慢慢长出来的,一片紧紧地抱着一片。这不难理解。对于黄土高原的树木而言,收敛的小叶有助于储水,捧出的小果已是它们能给出的全部力气。

令我惊讶的是,这里还有柳树,与南方的更不同了。南方的柳树树干和枝叶皆修长柔美,且往往生在湖边。柳枝如丝绸般在微风中荡漾,一下一下地点着湖面,远远望之,就像美人在揽镜自照,是"天生丽质难自弃"的娇俏。彭阳的柳树则不同,树干粗壮许多,枝叶也硬朗,很少摇曳之姿,还是美,但属于飒美,让人怀疑会有白衣女子背着长剑从这林间策马而出。

我对朋友说起这点发现,她回:"废话!要扛多少风沙啊!"朋友在银川,总是言简意赅,其洒落豪爽每每令我仰天大笑。

在彭阳歇脚那晚,当地有几位诗人听说来作家了,就从固原县城开车一个半小时赶来见我们。彼此亦无事,聊会儿诗歌,再开车一个半小时回家。匆匆一见而已,可当目送他们的车渐行渐远时,我猛地想起那些吐出的烟圈和鬓角的白发,想起毕加索对格特鲁德·斯泰因说过的一句话:"所有的脸都和世界一样老。"

彭阳回银川的路上,我们还去了西吉。西吉是个作家之县,文学在这里奇迹般生长。二○一一年十月十日中国首个"文学之乡"落户西吉。授牌词写的是:

> 耐得住寂寞,头顶纯净天空,就有诗句涌现在脑海;守得住清贫,脚踏厚重大地,就有情感激荡在心底。在这里,文学之花处处盛开,芬芳灿烂;在这里,文学是土地上生长的最好的庄稼。

从西吉接着回银川,还见到木兰书院,见到青铜峡"作家之家",见到广袤大地上闪耀着的文学理想。至此,我更深刻地读懂彭阳梯田。为一座山披上霓裳,需要旷日持久的耐力与不断精进的专业度,一年、两年、三年、五年,甚至十年,都不见得有明显成果,这与我热爱的文学事业如此相像。一棵树被种下,另一棵树再被种下,也如同写作者必须在一次又一次的作品成立中,最终让自己作为一个作家而成立。好在,我们愿意为之付出所有的时间。好在,我们还有时间。四十年对一座山来说,只是一个小片段。对人生而言,也才刚刚开始。每一场日出日落,都意味着新的可能。我就这样一路想着,最后,车辆穿过茫茫夜幕到达灯火璀璨的银川,将我再次带回了壮阔人间。

陈美者,一九八三年生,文学硕士。小说、散文见《上海文学》《山花》《散文》《雨花》《大家》《青年文学》等刊。出版长篇散文《活色严复》。获福建省百花文艺奖、福建省优秀文学作品奖等。

(《黄河文学》2024 年第 2/3 期合刊)

山河草木

◎ 刘汉斌

贺兰山上的草木

站在银川腹地，远观贺兰山。山在沙与水的重重包围中突兀，岿然矗立，像父亲宽厚而又温暖的胸膛；绵延不绝的山体，又似父亲伸出的强壮的臂膀，将银川揽在怀里，四季安澜。山上耸立的树木，矢志不渝地将贺兰山一再拔高，深入岩层的根系在汲取力量的同时，也通往山的秘境。我从繁茂的叶隙中，遇见了今夏的第一缕阳光，当我仰望贺兰山的时候，脚下的地丁也以蓝色的花儿仰面迎接着太阳。

贺兰山是大自然硕大的衣橱，收纳着草木的全部衣裳，羽叶丁香的花裙子、油松的绿塔裙、白杨的晚礼服、山桃花的粉丝巾、益母草的花翎子……草木四季，所有的草木都会在相宜的季节从衣橱中翻找出自己的衣服穿戴在身上，山中的每一日，都有盛装的草木在欢度它们的节日。

峡子沟春日，与一簇丁香偶遇，丁香花开了，它们微微抖动了一下,分明是它向我扮了个鬼脸,或者是朝着我努努嘴,一转身,我看到贴在悬崖上的岩羊,像挂在山崖上的念珠,在山的指间,捻动着。

贺兰山下的戈壁滩上,布满着荆棘,也铺满着乱石,棘刺尖利,砾石坚硬,站在上面,硌得脚疼。砾石、棘刺,是贺兰山对每一个初次来到这里的人保持着的警惕,而绝非敌意。

坚硬的石头是贺兰山,粗粝的树木是贺兰山,幼嫩的草芽也是贺兰山。龟裂的石缝是山上的每一种植物通往土地伦理的必经之路。在一拨拨游人只掠去它的美的时候,我紧握住沙枣树皱裂的树干,多么想通过沙枣的甘甜、树干的粗粝去试着理解生命的热烈。纵裂的石缝,它不只是呈现着一块石头的裂痕,庞大而又坚硬的石头,如果没有裂痕,你叫细碎的草籽如何抓住它们。石缝向天,承接着时光,也迎接了雨水和阳光。当种子落进石缝以后,它们就会在时光中演绎出眼前的美景。石缝是贺兰山的伤,也是它留给生命的通道。一座山的格局,不只是体态的巍峨和高大,而是让所有想留下来的生命能自由繁衍生息。

石苔花千娇百媚,贴在石头上就有了石头的纹路和质地。石苔花印刻在石面上,五彩斑斓。此刻,我距一块石头是那么接近,而一幅画面却又是离我那么辽远,石苔花绚丽多彩,分明是在端详,却感觉是在远眺,那色彩斑斓的世界与我心中的某些地方一一对应,或许是我此生的梦境,或许是故乡留在心中的容颜。当繁花开满石头的那一刻,我们不应该只从石苔花上领略它的美艳，而应该记住坚硬的石头一定是在某个时候曾对石苔花敞开了怀。石苔花是大自然无自刻在石头上的贺兰山岩画，无论从哪一幅画开始，都可以顺畅地抵达人对大自然本能亲近。贺兰山岩画是远古时期的人们印刻在石头上的石苔花，每一帧画面，都是他们生活、思想、文明的真实记录，无论是日月星辰还是生活盛景，都留在了石头上，游牧人，不止于此，他们或云游四方，或客死他乡，一些过烦了游牧生活的人们，笃定贺兰山就是风水宝地，便定居于此。他们的后裔，在山的庇佑和黄河水的浸润下，从山川草木中汲取了力量，因而获取了繁盛。

浅草中散布的羊群，是被山野放牧着的一群石头。夕阳西下，贺兰山用它峻然的身躯，把山脚的乱草滩遮进暮色中，暮色是一个硕大的羊圈，让每一只在草中隐身的羊儿都在原地休憩。

芸草细小，贴在石头上生长，是贺兰山的原住民。每一株活在石头上的草，都值得被尊敬。草在石头上的欣欣向荣，蓬蒿的香味是它倾其所有的热情，让石头不再冰冷、坚硬，给人以希望。真想将它捧在手中，而我温热的双手竟然没法将它们养活。

山榆的叶脉纤细，伸向叶缘的同时，也伸入了贺兰山深处，经由树叶的指引走进贺兰山，每一枚树叶都染上了贺兰山的四季。

山涧的椿树疏于职守，没有看守住它的种子，一不留神，几粒种子跟着山风跑了，跳下悬崖，在山脚的溪水边萌芽生根。贪恋充足的水，徒长枝叶，显出病恹恹的姿态。地下水过于丰沛，让小树苗，在日光下露出羞赧，头重脚轻。树冠太沉重，树干太纤细,充足的水,让生命不堪重负。是啊,生命之重,是需要经历时间的,这是贺兰山对叛逆的新生命的一次教训,若要长久地驻守在贺兰山上,好好地活下去,就必须摈弃贪念,根深固本。

如果不是接连下雪,贺兰山上的雪是不会沉积下来的,向阳处的雪总是会在几个晴朗的天气中消失不见。而海拔三千多米的贺兰山主峰,终年无夏,你根本不知道会在什么时候会有雪落在山顶。我因长久地在贺兰山下生活,运气好时,便抬眼看到贺兰晴雪的盛景。眺望贺兰山,已然成为生活的一种习惯。我感谢命运,让我为生计奔波的间隙里,能够独享一片苍茫天地。身前的远山,面前的石头群,身后细密的脚印,在生活的细微之处,给予了我内心的博大。

屹立的贺兰山,以石头的形态沉睡,身上龟裂的伤,在雨水的滋养下,新的皮肤在滋长,每一株草都是它在现世的表情。我会在闲暇时手握一把草籽,爬上贺兰山,将它们撒进山里,这是我对这座山充满敬意的拜谒。

河西稻事

一路逐水而下,河流是我的向导。

到了银川,看见宽阔而雄壮的黄河水,我便笃定,就在黄河以西的土地上租一小块地,再也不往前走了。

春天,我撒进田里的水稻种子有一小半没有出苗,烂在了泥里。出了苗的,大都长着长着也自行消亡了,最后留在土地上的一小部分才是属于我的庄稼。水面下的泥里,似乎有一帮遁隐的贼,分时段从土地里克扣了原本属于我的口粮。消亡的水稻,并没有使土地空下来,分蘖的稻子和萌发的草种子恰到好处地把土地占得满满当当。

水稻叶子尖利,指着天空,风却是最好的软化剂,风一来,稻田就立即变成了柔顺的液体,风吹稻菽浪滚滚,稻子分明就是立在土地上长高的水呀,只有风才能让稻田掀起水一样的波浪。

黄河水混浊,泥沙在水的奔流中渐渐沉淀,我在农闲时喜欢背搭手站在河岸上眺望,看黄河水绵延不绝地奔流,感觉身体就汲取了不少力量。站在河岸上望着黄河水的时候,水面上有另一个我也深情地注视着我,我们都一动不动,水中的我一直浮在水面上,河沙退隐,我们的面目各自渐渐清晰。每天的某个时辰,一群羊会来到河边饮水,领头羊带着羊群,在河边一字排开,给河水镶上半截洁白的边。这是一群线性流动的羊,所到之处,都会平添一道亮丽的白边。一眨眼的工夫,地上的羊一伸脖子,它们的两肋生出了翅膀,洁白的羊群,飞上了天空,水天一色的黄河岸边,天地各自放牧着自己的羊群。只有我,长时间站在河边,守着一地总在不断地长高,却总也不见长高的水稻。

有一年春末初夏,天气回暖慢,水稻苗子羸弱,草却长疯了,地里铺下厚厚一层稗草,我心急,私自配了除草剂,将稻苗和稗草一并全打死了。我用芸苔素救了几遍,却无济于事,眼睁睁看着田里的绿色褪尽，稗子和稻苗全都死绝了。水面像一面镜子，装着蓝天，天蓝得一丝云也不挂，仿佛把云彩也从天空中灭绝了一样。

时至五月，再撒稻种子定然是来不及了，最好的补救办法是插秧。插秧是技术活，我干不了。稻秧像绣在苗盘里的针箐，雇来的插秧机如同刺绣工，不多时，纤细的秧苗就织绿了水田，让先前死气沉沉的水田，瞬间泛起了活色。我的心情顿时大好，原本说好的包工活，我没忍住请他们放开大吃了一顿。白菜猪肉炖粉条就白米饭，食材全都是我自备的。饭时，听着这些外地口音的师傅们一个劲儿地夸米饭好吃，肉炖得香，我竟然被感动了。像小孩子突然受到了老师的夸奖，心里别提有多受活了。听着夸赞的话语，感觉饭菜分外香。

八月，稻田宽广，它袒露着我的全部家当。我的稻花，开在旷野，我的稻香弥散在空气中，被风传播得到处都是，稻花的香味是对我在春天热火朝天地劳作的奖赏，我满心欢喜地接受着季节的嘉奖，我若是能通过自己的努力领到一张奖状都已经欢天喜地了，想到等秋后，土地还要奖励给我一大批粮食，我感到幸福得快要飘起来了，幸福使人身心愉悦，我实在太想接受一次实实惠惠的奖励了。

稻花藏在绿色的颖壳里，只闻其味，却从未见其形，我在低头拔草的时候闻到了稻子的香味，嗷乳而生的稻子在香味的掩映下悄然长大。

记不清有多少个夜里我给稻田放水，轮我放一次水不容易，水什么时候下来，我就什么时候在田埂上豁开口子。月光下给稻田放水，是寂寞的事。却不敢耍手机刷视频，水在无人照看的时候，什么祸都敢闯，得死死地盯着，蹲在田埂上看水，水中有一个月亮静静地泡着，我手闲，悄悄伸手去摸，月亮总是先于我的手在水面上碎成了一道道波光。你若不去动它，它又聚集在一起，还是那个月亮。

渠水汩汩流淌，天上的月亮亘古不显苍老，只要它挂在夜空上，都会用新的光辉照着稻田和田埂上的我，披星戴月的稻子，日夜兼程地长着，我把水口撕开，稻子与我是月辉中建成的命运共同体。夜空中布满繁星，多像我在田埂上挥锹打埂时飞溅起来的水花，也许有一些水花飞到天上去了，被夜色澄清，成了星河，而落入稻田的，被稻谷收藏了，结晶成米。

一粒晶莹剔透的大米像冰晶一般，没有丁点裂纹，它的生物结构我全部清楚，从春至秋，我看着它长大，绿的时候，太阳越晒越绿，绿得深沉时，会咧着嘴笑，我从它张开的小嘴里闻到了花香；黄的时候，风越吹越黄，颖壳上的绿色褪尽时，稻子熟了，水稻地一片金黄，成熟的稻田与黄河浑然一色。剥开它黄色的颖壳时，是一粒灰不沓沓的糙米，放进机器里又剥掉一层皮，它才变白，这一粒米，来之不易，一半河沙，一半河水，燃起稻秸煮好的米饭真香，带着淡淡的米香和烟熏味，不用一口菜也能把人吃饱。

深秋的清晨，湿气很重，连水闸门上的每一颗锈迹斑斑的螺丝都在冒汗。我在翻耕土地的时候,田埂上摇摇晃晃跑来一个孩子,他手执铁铲,臂挎竹篮,路过水闸时,发现一只稻穗斜挂在上面,他拾起稻穗放进竹篮,篮子里零星的稻穗,铲子上黏黏的泥土,都似在向我展示着一个孩子对泥土的亲近和对农事的喜爱,从此,这片土地又多了一个关注它的人。

当河岸上的土地都变成洁白的雪野,黄河不堪深寒而将流凌堆积成山的日子里,我整日都要把干透了的稻子用装载机推着堆垛起来,河面上的冰凌也在被水流推着向前走,流凌走着走着也开始堆积如山,黄河也在用它的山堆收获着它的粮食。厚厚的积雪,在昼夜的交替中变轻、变薄,破雪而出的土地,都为我产出过粮食。

刘汉斌,在《人民文学》《青年文学》《文艺报》《人民日报》《散文》《北京文学》等报刊发表散文多篇,著有散文集《草木和恩典》(入选"21 世纪文学之星"丛书)《阅草集》等。

(《黄河文学》2024 年第 2/3 期合刊)